漱石のなかの〈帝国〉

「国民作家」と近代日本

柴田勝二

翰林書房

目次

漱石のなかの〈帝国〉

——「国民作家」と近代日本

第一章

連続する個人と国家——「文学論」と「吾輩は猫である」の「F」

1 個人主義と国家主義

夏目漱石ははたして「個人主義」を標榜しつつ、反国家・反権力の立場を生き抜いた文学者なのだろうか。かつて「則天去私」という〈神話〉から漱石を解放した江藤淳は、「国のため」に文学に関わるという使命感を担う世代に属しながら、ロンドン留学でその幻影を打ち砕かれ、儒学的な世界像も希薄化した二重の不在のなかで、「おびえた、無防備な、しかもぶよぶよな自我という怪物」(「明治の一知識人」『決定版夏目漱石』新潮社、一九七四、所収)に直面する地点から歩み始めた文学者として漱石を眺めた。江藤の把握では、漱石は決して個人主義思想の体現者ではなく、逆にそれを体現しえない困難を主題化しつづけた。柄谷行人が捉えた漱石の世界も、「「意識」の外にひろがる非存在の闇」(「意識と自然」『群像』一九六九・六)としての、自然の不定形の力に取り囲まれつつ生きることを強いられる世界であり、そこでは「個体は本質的な生存を許されない」(「内側から見た生」『季刊藝術』一九七一夏)のだった[1]。柄谷においても、漱石的人間の個人性は、つねにその意識的な主体が簒奪される運命に置かれている。あるいは近代的自我への疑念という地点から日本の近代文学を眺める山崎正和の批評においても、漱石が描いたのは社会的行動の能力を持ちながら、その発露をみずから禁じてしまう「自我の空洞」を抱いて生きる「淋しい人間」(「淋しい人間」『ユリイカ』一九七七・一一)であるとされる。

一九六〇、七〇年代に書かれたこうした論考において、理念的な次元で個人主義を受容しつつも、いわば肌身に染み込んだ前近代的な感覚によってそれと違和をきたしてしまう作家として夏目漱石を捉える視点が基調をなしていたのに対して、近年の把握においては、むしろ漱石をリベラルな個人主義者として位置づけようとする傾向が強い。加藤典洋は『私の個人主義ほか』（中公クラシックス、二〇〇一）の解説「近代の日本のリベラリズム」の冒頭で、近代日本における「個人主義の出現地点というイメージ」によって漱石を捉え、「骨がらみになったリベラリズム、宿痾のような個人主義」が漱石の表現に見出されるという視点を示している。その論拠として挙げられるのは、講演「文芸と道徳」（一九一一）において「日露戦争も無事に済んだ状況下で、「吾々の道徳も自然個人を本位として組み立てられるやうになつてゐる」ために、「〜したい」という欲望の上にモラルを築き上げることが、いまや新しいモラルの構築のため、必要になっているという意味のこと」を漱石が語っていることである。さらに講演「私の個人主義」（一九一四）でも、「国家が平穏な時には、徳義心の高い個人主義に矢張《やはり》重きを置く」ことが望ましいと漱石が述べていることも指摘されている。

「私の個人主義」は表題の明示性もあって、漱石の「個人主義者」としての立場への論拠として挙げられやすい言説である。小森陽一の『世紀末の予言者・夏目漱石』（講談社、一九九九）でも、漱石の反国家主義的な姿勢を示すものとしてこの講演に言及されている。ここで小森は「戦争の憂が少なく、さうして他から犯される憂が少な」い状況においては「個人主義が這入《はい》つてくるのは理の当然」である一方、国家の存亡が問われる戦時においては、「個人の自由を束縛し個人の活動を切り詰めても、国家の為に尽すやうになるのは天然自然と云つてもい丶位なもの」である点で、「此二つの主義はいつでも矛盾して、何時でも撲殺し合ふなど丶いふやうな厄介なものでは万々ないと私は信じてゐるのです」と漱石が語っているのに対して、「明らかに、戦時においては、「国家主義」と「個人主義」は決定的に「矛盾」し、互いに「撲殺し合う」関係にあるという認識を示しているのである」と論評している。さらに小森はそれにつづけて「そして、現在、「日本が今が今潰れる」わけではないのに、過剰なまでに「国家主義」をあおりたてることは必要ないと、平時の国家主義を批判しているのである」と述べている。

小森陽一が、国家主義と個人主義の併存の可能性を語った「私の個人主義」の趣旨を、後者の側に引き付けて捉えようとしていることは明らかだが、確かに漱石が直接聴衆に向けて語ったこうした講演に、個人主義への傾斜を見ることは容易である。加藤典洋は、江藤淳が示した「「暗い」漱石の像」を、自身の引用するこうした講演の言葉によって相対化しようとしているが、むしろ作品と講演の間にあるズレにこそ漱石の個性が滲出しているといえよう。すなわち小説作品における人物の表象を基軸にすれば、そこに作者の「個人主義」への是認を見ることは困難であり、逆に江藤淳や柄谷行人が述べるようにそれに対する否認が浮上している。しかしその創作をおこなっている漱石自身には、個人主義に対する強い共感が存在し、それが講演の発言などに現れているのである。たとえば明治天皇の死とそれに対する乃木希典の殉死につづいて、みずからも命を絶つという、究極的な自己否認の行動を主人公に付与する『こゝろ』(一九一四)が書かれたのと同じ年に、国家主義への過度の同調を戒める「私の個人主義」の講演がなされているのである。

そこに社会の進み行きに対して積極的な変革を求めつつも、それが個々の人間の次元では体現されていない現実を見る漱石のリアリストとしての眼差しが作動していることはいうまでもない。しかし個人に対する国家の比重を相対化しようとする講演の言説などを機軸として、リベラルな個人主義者としての漱石の像が生み出されている傾向が存在することは事実である。その時に一つの鍵となる観念が〈佐幕〉である。必ずしも新しい視点ではないが、平岡敏夫が『坊つちやん』(一九〇六)の「佐幕派的性格」を指摘する論[2]を提起して以来、四国の中学校に赴任した坊っちゃんが権力者である教頭の「赤シャツ」らと対峙する構図を、戊辰戦争に敗れた佐幕派の、薩長を主体とする明治政府に対する抵抗精神の表象として捉える論が、繰り返し出されてきた。詳しくは『坊つちやん』を論じた次章に譲るが、小森陽一や小谷野敦もその基調を受容する把握を示している。

けれども漱石の立場を安易に佐幕派の側に置くことはできない。またその見立ては、漱石を「個人主義者」に擬することと矛盾を来すことにもなる。つまり「個人主義」はあくまでも西洋文化の基底として日本に取り込まれた生活の姿勢である以上、それはむしろ維新を成し遂げた人びと、つまり「倒幕派」のもたらした所産としての意味を帯びるからである。そして漱石は確かに生活者としては個人主義を尊重する開明派であり、イギリス留学の経験もあって、日本がいち早く西洋諸国と比肩しうる近代国家として成熟することを待望していた。それは明らかに反佐幕派的な心性である。実際漱石のノート、書簡には維新を成就した変革者に対する共感が多く語られている。たとえば『坊つちやん』が発表された明治三九年（一九〇六）の鈴木三重吉に宛てられた書簡（一〇月二六日付）には、創作にかける意気込みについて「維新の当士《ママ》勤王家が困苦をなめたやうな了見にならなくては駄目だらうと思ふ」と記され、その後のくだりでも「維新の志士の如き烈しい精神で文学をやつて見たい」という決意が表明されているのである。「勤王家」や「維新の志士」が佐幕派ではなく薩長の倒幕派を指していることはいうまでもなく、水村美苗は同じ書簡に言及して、彼らを「日本という国を強烈に意識したナショナリストたち」と見なしている。(3) また『文学論』（一九〇七）のためのノート（以下『文学論ノート』と略記）でも、西洋諸国に追随しうる位置にまで日本をもってくることになる「方向転換」を「率先シテ断行セル人々ニ謝セザル可ラズ」という感慨が記されているが、この「人々」とはやはり維新を成就させた倒幕派の志士たちを示唆している。

その一方で漱石は、人間を「神経衰弱」に導くような社会をもたらした日本の現況に強い批判意識を持ち、それを様々な作品に盛り込んでいったわけだが、いいかえればそれも漱石の国家、社会への顧慮の大きさの産物にほかならない。「私の個人主義」においても、「日本が今の今潰れるとか滅亡の憂目《うきめ》にあふとかいふ国柄でない以上は、さう国家々々と騒ぎ廻る必要はない筈です」と語られているものの、それは日本が貧しい小国であるために「吾々は国家の事を考へてゐなければならんのです」という前提の上になされた発言であり、その前に表明されている「事実私共は国家主義であり、世界主義でもあり、同時に又個人主義でもあるのであります」という均衡の感覚こそが、漱石がもっとも重んじようとしたものであろう。

もともと漱石が任じようとする「個人主義」の起点をなすものは、漢文学への親炙のなかに育ちながら、青年期にそれらとは距離のある英文学を研究分野に選ぶことで、文学の包括的な像を見失った際に、価値判断の基準として浮上してきた自己の内在的な感覚としての「自己本位」である。「私は此自己本位といふ言葉を自分の手に握つてから大変強くなりました。（中略）今迄茫然と自失してゐた私に、此所《こゝ》に立つて、この道から斯う行かなければならないと指図をして呉れたものは実に此自我本位の四字なのであります」（「私の個人主義」）と語られている立場から、漱石は英文学の研究においても「本場の批評家」に拮抗しうるという自信を持ちうるに至ったという。見逃せないのは、それが同時に日本文学の固有性を再評価する眼差しをもたらしていることである。講演「創作家の態度」（一九〇八）では、日本文学が西洋文学に比べて「幼稚」であると規定しながら、それは「今日の西洋文学が標準だと云ふ意味とは違ひます。幼稚なる今日の日本文学が発達すれば必ず現代の露西亜文学にならねばならぬものだとは断言出来ないと信じます」と述べ、文学が取りうる様態の多様性を認める立場を示している。それにつづくくだりで漱石は「従つて文学は汽車や電車と違つて、現今の西洋の真似をしたつて、左程痛快な事はないと思ひます。夫よりも自分の心的状態に相当して、自然と無理をしないで胸中に起つて来る現象を表現する方が却つて、自分のものらしくつて生命があるかも知れません」と語っているが、この「自分の心的状態に相当」するものへの肯定こそが、「自己本位」の姿勢であり、それがここでは自国の文学という総体的な次元に拡張して援用されているのである。

もっともここで漱石は西洋とは異質な領域としての日本文学を肯定しながら、『万葉集』や『源氏物語』といった既存の古典文学をその事例として挙げておらず、そのあるべき日本文学とは、自身の表現を含めた形で未来に仮構されるほかないものであった。その点で漱石は決して偏狭な国家主義者ではないが、少なくとも自己への肯定と自国への肯定が連続する地平のなかを生きていたことは否定しえない。またこうした自己と自国を地つづきに捉える意識は、漱石に限らず総じて明治時代を生きた知識人・文学者に共通する傾向である。「二つのJ」(Jesus と Japan)を標榜したキリスト教思想家の内村鑑三にしても、イエスを「愛国者」とした上で「人は一人としては実《まこと》に価値尠《すくな》き者である。彼が国家大に拡大してのみ彼は実《まこと》に自己の真個《ほんたう》の重量《おもみ》を感ずるのである」(『イエスの愛国心』一九一〇)[4]と述べるように、自己を支えるキリスト教思想と自国を肯定する心を両立させようとする問題意識のなかを生きていた。また夏目漱石よりも三十年以上前に生まれ、まさに江戸から明治への転換期を生きた福沢諭吉を貫くものも、「一身独立して、一国独立する」(『学問のすゝめ』一八七二〜七六)という、個人の自立と国家の自立を入れ子的に重ね合わせる着想である。[5]西洋列強がアジアへの帝国主義的侵攻を強める状況のなかを生きた福沢にとって、個々の国民が西洋の「実学」を吸収して自主独立の精神を養うことは、国家が独立を保持するための必須の条件にほかならなかった。「私の個人主義」にうかがわれるように、漱石のなかにはそれほどの危機意識はないが、個人と国家を緊密に連繫させる着想のなかに生きていた点では、漱石は福沢と同じ地平を共有している。

2 二種類の(F+f)

夏目漱石がロンドンで苦闘の末に見出した「自己本位」の立場から文学の包括的な原理を模索した成果で

ある『文学論』を底流するものも、この入れ子的な意識にほかならない。周知のように、『文学論』の基調は観念的焦点としての「F」と感情的要素としての「f」が結合した（F+f）という式によって、文学の普遍的な構造を洗い出そうとするところにある。「凡そ文学的内容の形式は（F+f）なることを要す」という規定に始まって、この二つの要件の結合によって織りなされる表現の諸相が網羅的に眺められている。冒頭に述べられているように、この形式によればFのみがあってfを欠く場合は、三角形の定義のような数学的な観念となり、Fを欠いてfのみがある場合は、漠然とした恐怖心のようなものになる。したがって（F+f）の形式を満たす表現は、観念的な普遍性と個人的な情感を結びつけた「花、星等の観念に於けるが如きもの」となる。何が花であり星であるかという観念は誰もが持っているが、それを言語表現に結実させる場合は、その了解の地平を踏まえつつ、表現者個人の情感を随伴させる。漱石自身の挙げる例を用いれば、たとえば「雪を欺くその肌の白さ、石より滑らかなその肌」（シェイクスピア『オセロー』福田恒存訳、論中では英語のまま）といった詩的な表現がもたらされることになる。

　けれどもこの例に見られるように、（F+f）の形式によって文学表現を総括しようとすれば、問題はおのずと修辞の次元に収斂されていかざるをえない。佐伯彰一は『文学論』に取り上げられているものが、結局テクストの断片にすぎない点で、総体としての文学作品が論じられていないという批判を与えているが、[6] それはこの（F+f）という形式によって文学表現を捉えようとすることによる必然的な結果である。漱石が問題化したのは、アリストテレスが摘出した悲劇を貫く「筋《ミュートス》」のような全体の構造ではなく、普遍的、一般的な次元の対象を、それが喚起する私的な情感によって具体化していく表現の機構であり、それが微分的な方法であるだけに、どうしても対象となるテクストは断片化し、時間芸術としての文学作品の通時的性格は捨象されざるをえない。

こうした非通時的な形で文学表現の原理を考えようとするのは、一面では周囲の自然や光景が見せる一瞬の表情の描出を生命とする俳句的表現に漱石がなじんでいたからである。[7] しかし『文学論』の構築においてより重要な問題となるのは、この（F＋f）が文学表現の形式としての一義性のなかにとどまらず、自己と世界との関係性を認識する形式としての意味をもはらむことだ。『文学論』は全体としては決して整合的な構成を持っているとはいい難いが、「投出語法」「調和法」「対置法」「写実法」といったいくつかのタイプを挙げ、fを表象する修辞的表現の機構を論じた第四編の「文学的内容の相互関係」のような後半部分は、比較的平明な論理と叙述によって成り立っている。反面Fに比重を置いた前半部分の論述は晦渋な様相を呈している。総じていえば、『文学論』における漱石は観念的焦点であるFを二つの次元で考えており、そのため（F＋f）の形式も二通りの含意において成立しているのである。

それはとくに第一編の「文学的内容の分類」において顕著である。すなわち冒頭で「凡そ文学的内容の形式は（F＋f）なることを要す」と明言されているにもかかわらず、この形式が本当に「文学的内容」のみに適用されているかどうかが、それ以降の叙述によって疑わしくなるのである。「文学的内容」としての（F＋f）は、第四編における技法の列挙にも明らかなように、テクストの断片を対象としても成り立つ非通時的な性格を色濃く持っている。fによって具体化される対象としてのFの分類としては、第一編第三章の「文学的内容の分類及び其価値的等級」で「㈠感覚F、㈡人事F、㈢超自然F、㈣知識F」の四つが挙げられているが、それが自然の景観であれ宗教的な観念であれ、対象の普遍性、一般性が表現者の感覚、情緒によって微分された結果が言葉として定着されていれば、（F＋f）の形式が満たされることになる。にもかかわらず、その一方で漱石はFに通時的な性格を付与し、時間的経過とともに変容するものとして想定しているのである。第一編第一章の「文学的内容の形式」では、次の三種のFが示されている。

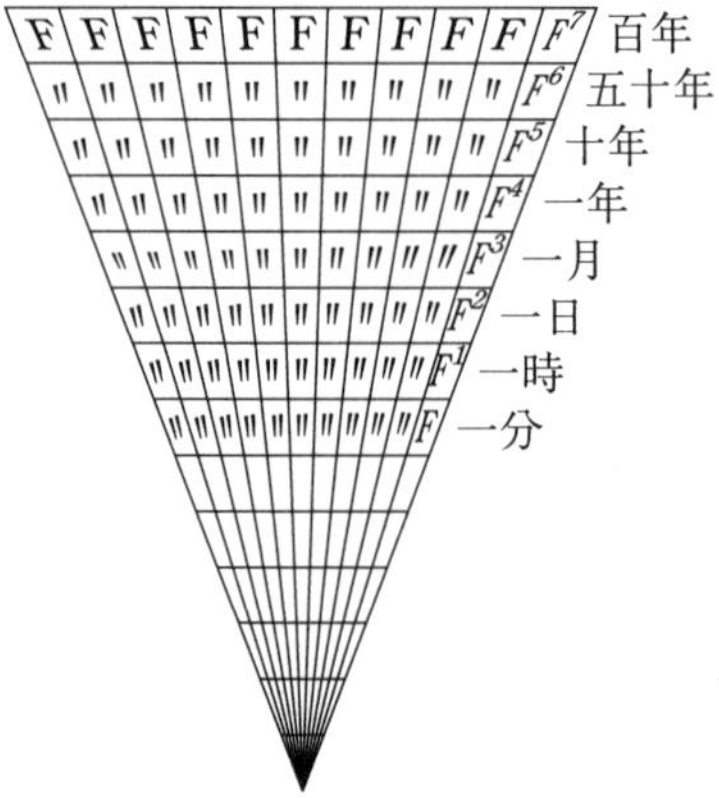

（一）　一刻の意識に於けるF、
（二）　個人的一世の一時期に於けるF、
（三）　社会的進化の一時期に於けるF、

このうち（二）と（三）のFはそれぞれ「時期的F」と「時代的F」といい換えられ、とりわけ後者に対して「攘夷、佐幕、勤王の三観念は四十余年前維新のFにして即ち当代意識の焦点なりしなり」という一例が挙げられているように、それらは文学表現の対象というよりも、時代の焦点的関心として位置づけられている。「更に説明の要なし」とされる（一）が個人の意識に生起する点的な変動を意味するのに対して、（三）が「一代を貫く集合意識」である点で、（一）から（三）への移行は、時間的、空間的規模を拡大していく人間の意識的営為を表現している。現に漱石は個体としてのFが集合して次第に増幅していく逆三角形の図（右図）によって、それを表現している。そこに見られるように、この分類における（一）のFは、（三）の「時代的F」を構成する入れ子的な単位をなす点で、個人の次元に生起するfに近い性格を持っているのである。

このそれ自体が個的なfとしての性格を帯びたFは、「集合意識」としてのFを「模擬的意識、能才的意識、天才的意識」の三種に類別して論じた第五編第一章の「一代に於る三種の集合的F」においても見て取られる。ここで挙げられている三つのFは、時代の潮流に対する個的な意識の関わり方にしたがって分類されている。すなわち「模擬的意識」とは「わが焦点の容易に他に支配せらる、を云ふ」と規定されているように、他者に同調、追随することをもっぱらとする保守的な人間の意識であり、「生存上危険の虞《おそれ》を冒す場合少なくして比較的安全の境」にとどまっている。一方「能才的意識」とは、「模擬的意識」の主体よりも一歩時代を先んじることができる人間の意識であり、たとえば「日露戦争のとき戦後工業の勃興を予知して多大の株を買収して千万円の富を致せるもの」などは「此種のFを有するもの」であるとされる。それに対して「天才的意識」としてのFは、あまりにも時代に先んじすぎているために、「時としては一代の好尚と相反馳して、互に容るゝ事能はざるの不幸に会す」ることもあるとされる。この三つの意識の類型は、明らかに順を追って個人性を増す形で挙げられており、とくに時代を先取りしすぎているために社会に容れられないこともあるという「天才的F」を「集合」の次元に想定することは、定義上矛盾を来しているともいえる。おそらく漱石は、人間の意識には社会的関心を共有する部分と、自己の個人性を突出させようとする部分が共存し、その濃淡のなかに人間のいくつかの類型が存在するというイメージを描いていた。またそれが漱石自身が内在させる精神の方向性と対応をなす類型の立て方でもあったであろうことはいうまでもない。

3　『文学論』と『文学論ノート』の差異

狭義の「文学的内容」を表現する形式としての（F＋f）において、Fとfがそれぞれ観念的対象とそれが喚起する個別的情緒としての質的な分化を示しているのに対して、「集合意識」としてのFを主題化する議論においては、F自体が集合体から個人に至る含みをはらむために、fはFに対する情感的色づけというよりも、むしろFを構成する一要素としての意味を帯び、Fとの質的な落差は希薄になる。実際「集合的F」を論じた第五編には、Fに対応する個別的情緒としてのfは姿を現さない。それを傍証するように、

『文学論ノート』の「開化と文明」の節には、「此 focal idea ヲ F にて示せば F＝n・f ナリ　f ハ一己〔個〕人ノ focal idea ヲ云フ」という記述が見出されるのである。

その結果『文学論』においては、いわば二通りの主題の形式が並存することになる。一つは一般的な対象を個人の情感によって微分しつつ表現する形式としての（F＋f）であり、もう一つは社会に流通する普遍的関心と自己の意識との相関を明確化する形式としての（F＋f）である。そして前者が空間的、共時的な次元で成就されるのに対して、後者は明確に通時的な展開のなかに消長していく性格を帯びている。この二つの形式が『文学論』のなかに並存しているのは、主としてこれがもともと帰国後におこなわれた大学での英文学の講義をまとめたものであり、「序」に「略《ほぼ》系統的に出来上りたる議論を可成《なるべく》純文学の方面に引き付けて講説」したとあるように、語り手である漱石あるいは夏目金之助が、『文学論ノート』として企図した当初の考察に、英文学を素材とした表現論としての側面を大きく付加したことによっている。講義録をまとめたのは当時の聴講学生であった中川芳太郎だが、結局後半部分は漱石自身が全面的に書き直すことになった。議論の錯雑さがとくに前半部分で目立ち、亀井俊介が指摘するように(8)「内容が後半に進むに従って読みやすくなる」変化を示しているのはそのためである。

この錯雑さは、漱石が取ろうとした研究の方向性の産物でもある。『文学論』「序」に述べられるように、英文学を専攻することによって、それまで漢文学を軸として与えられていた文学の輪郭が自身のうちで崩壊し、ロンドンの下宿で「文学とは如何なるものぞと云へる問題を解釈せん」と決意したことが、『文学論』に至る研究の動機であるとされる。その際漱石は「一切の文学書を行李の底に沈め」た上で、「心理的」ないし「社会的」に「文学は如何なる必要あつて、存在し、興隆し、衰滅するかを極めん」という方法を選ぶことになった。なかでも研究の前面に押し出されているのは心理学的な方法であり、『文学論』『文学論ノート』のいずれもにおいても、モーガン、ジェームズ、ヴント、リボーら、同時代の心理学者の名前とその言説への言及がちりばめられている。そして『文学論』における基本概念である（F＋f）が一義的に収斂されない揺れを示しているのは、漱石が取り入れた当時の心理学の性格とも照応しているのである。

漱石が人間の存在を意識の連続性の主体として想定したことは、講演などを通してもよく知られている。「文芸の哲学的基礎」（一九〇七）では、「吾々の生命は意識の連続であります。さうしてどう云ふものか此連続を切断する事を欲しないのであります」と述べられ、「現代日本の開化」（一九一一）では個人の意識と社会全体の意識がその変容をはらんだ連続性において重ね合わされ、「吾々も過去を顧みて見ると中学時代とか大学時代とか皆特別の名のつく時代で其時代々々の意識が纏《まとま》つて居ります、日本人総体の集合意識は過去四五年前には日露戦争丈《だけ》になり切つて居りました。其後日英同盟の意識で占領された時代もあります」といった発言がなされている。こうした言説が想起させるのは、狭義の「文学的内容の形式」としての（F＋f）よりも、それ自体が「集合意識」として位置づけられる「時代的F」であり、あるいは『文学論ノート』に見られる「F＝n・f」の等式である。それは漱石のなかで、社会の集合的関心と自己の個人的関心が地と図のゲシュタルトを構成しつつ、それぞれ通時的な連続性を持続させていくという構図が抱かれていることを示唆している。

こうした意識の連続性の観念を、漱石は同時代の心理学の言説を摂取することによって明確化していった。『文学論』の冒頭をなす「文学的内容の形式」の章では、「意識の波」を説明する理論としてモーガンの『比較心理学』が援用され、焦点を移動させつつ消長を繰り返す意識の連続性が概説されている。それにつづいて「意識の焦点」としてのFが、その時間的単位の大きさによって先の三種に類別されているが、その時点ではfは捨象され、冒頭に掲げられた観念と情緒の融合体としての（F＋f）の形式は後景に退いている。

その後次章の「文学的内容の基本成分」で再び（F＋f）の形式に言及され、多くの文学作品からの引用を交えつつ「感覚的要素」（圏点原文）としてのｆがＦの一般性、観念性を具体化していく様相が語られていくのである。

この章では視覚、聴覚、触覚といった人間の感覚的営為が、表現の具体性をもたらす契機として想定されているが、これは一見モーガンやジェームズらの、意識の通時的連続性を主眼とする言説と距離があるようにも映る。しかし意識の連続性と身体的な感覚の活動を一体化して考えるのが、ロック、ヒュームらの経験主義哲学を踏まえて展開していった一九世紀後半の心理学の潮流であった。ジェームズの『心理学原理』においても、この二つの主題は身体を介在させる形で連続して論じられている。[9]ただ両者を拮抗させるのはジェームズの個性であるといってよく、リボーやヴントにおいては外界からの刺激によってもたらされる感覚と、内的な感情の関係性に力点が置かれている。両者に共通するのは、人間の心理を「霊魂」のような内面の次元に限定するのではなく、人間が身体的存在として外界と交渉を持つなかで生じてくる様々な感覚的活動と内的な感情の間に有機的な連関を想定し、それらを総体として人間心理の内実として捉えたことである。たとえばリボーは「精神的痛苦」と「物理的痛苦」を同次元に置き、身体的営為を除去すれば人間の心理も失われると見なした。[10]ヴントもやはり「心理学ヲ直接経験ノ学ト定義スル思想ハ内覚的心理学トハ全ク異ルモノナリ」（『心理学概論』元良勇次郎・中島泰蔵訳、富山房、一八九八）という前提から、視覚、聴覚といった人間の感覚が喚起する感情の機構を分析しているが、その諸相は（F＋f）のｆを感覚的な次元で分化させる『文学論』の議論を想起させるのである。[11]

こうして眺めると、『文学論』におけるＦとｆ、あるいは（F＋f）の形式の意味するものが一義的に限定できないことと、漱石が取ろうとした方法の間に因果的な連関があることが理解できる。それとともにこの概念的な揺れは、やはり漱石自身が持っていた関心の幅に起因している。確かに『文学論』「序」では「文学と如何なるものぞ」という問題に対する答えを与えることが研究の目的であったと記されているが、見逃すことができないのは、それが「序」末尾に付された日付が示すように、「明治三十九年十一月」の時点で回顧的に明確化された動機であるということだ。『文学論ノート』が書き始められたのは滞英三年目の明治三五年（一九〇二）であり、「序」が執筆される四年前のことであった。そして五年後に『文学論』として刊行されることになる研究に着手した段階で、漱石が主眼に置いていたものが「文学とは如何なるものぞ」という問題であったとは必ずしもいえないのである。

『文学論ノート』の「大要」に列挙された項目を見ると、「（1）世界ヲ如何ニ観ルベキ」「（2）人生ト世界トノ関係如何。人生ハ世界ト関係ナキカ。関係アルカ。関係アラバ其関係如何」といった、人間の個的な人生と世界との関わりが挙げられ、ついで人間間の調和の可能性に言及されたのにつづいて、「（8）日本人民ハ人類ノ一国代表トシテ此調和ニ近ヅク為ニ其方向ニ進歩セザル可ラズ」といった、国際社会において日本が担うべき責務が問われ、十一番目の項目に至って「（11）文芸トハ如何ナル者ゾ／文芸ノ基源（起）／文芸ノ発達及其法則／文芸ト時代トノ関係 etc」（／は行換え）という、『文学論』「序」に掲げられた問題が姿を現しているのである。こうした項目の列挙の仕方は、漱石がこの研究に取りかかった時点では、文学の根本的要件を洗い出すという地点に問題意識が収斂されていなかったことを物語っている。項目の前半部分に挙げられているものが、非文学的な問題であることと響き合うように、『文学論ノート』においては人生や開化、文明の問題に考察の大きな比重が充てられているのである。岳父の中根重一に宛てられた明治三五年三月一五日付の書簡でも、漱石は「世界を如何に観るべきやと云ふ論より始め夫《それ》より人生を如何に解釈すべきやの問題に移り夫《それ》より人生の意義目的及び其活力の変化を論じ次に開化の如何なる者なるやを論じ開化を構造する諸原素を解剖し其聯合して発展する方向よりして文芸の開化に及す影響及其何物なるかを論ず」ることが研究の課題であると述べ、「大要」と同じ方向性を示している。

それを反映するように、「文学的内容」を表現する形式として『文学論』の冒頭に位置づけられている（F＋f）は、『ノート』では考察の進展のなかで浮上してくる。「文芸のPsychology」の節で社会全体の関心としてのFと個人の関心としてのfの関係が考察された後で、ようやく文学表現としての（F＋f）の形式が姿を現すのである。先に述べたように「開化・文明」の節では、fを「一己〈個〉人のfocal idea」とした上で、「F＝n・f」という等式が示されていたが、「文芸のPsychology」においても社会と個人の関心の相関について「（1）一代ノFガ一人ノfヲ圧シ（2）Fトfガharmoniseシ（3）fガFにpredominateスルナリ」という変転が描かれていた。（1）は数行前で「始メハuniversal, individualヲ圧ス」と記されていた文と等価であり、Fとfが「universal, individual」の対照のなかで捉えられていることは明瞭である。こうした考察を経て、文学表現の形式としての（F＋f）が提示されている。

重要なのは、こうした文学表現の根本的原理と、社会と個人の関心の相克が、ほとんど同次元で取り扱われていることで、「大要」の項目の順序や『文学論ノート』における叙述の大きさを考えれば、むしろ後者の考察が前者を導き出していったことが忖度される。『文学論』「序」で、この研究を始めるに当たって「一切の文学書を行李の底に収めたり」と記されていることと、刊行された『文学論』がおびただしい文学作品の引用で埋められていることの間のズレも、そこから生まれているといえよう。『文学論』と比較すると、『ノート』において引用される文学作品の断片はきわめて少なく、「序」で「心理的」ないし「社会的」な次元での考究を企図したと述べているのは偽りではない。そのため『文学論』本論とやや距離をはらんだ「序」の記述は、むしろ『文学論ノート』の内容と合致する形で、漱石がロンドンでつきつめようとしたもの在り処を示唆しているのである。漱石にとっては、国や社会の問題を考えることと、文学の問題を考えることは完全に地つづきであり、とくに『文学論』で前景化されていない、個人的意識としてのfを社会の集合的関心としてのFに連続させる着想は、漱石が作家となって以降の作品群を貫流する基底をなすことになる。ほとんどの場合、主人公たちは〈近代日本〉を寓意する側面をはらんで登場し、その行動や内面の揺れに託す形で、日本の現況に対する漱石の批判意識が形象化されていく。そしてそうした方法によって作品を造形しつづけることで、漱石は「国民作家」と見なされる表現者となっていったのである。

4 眼差しの主体

漱石の最初の小説作品である『吾輩は猫である』(以下基本的に『猫』と略記)には、こうした個人的意識と社会の集合的関心を重ね合わせて作品を構築する手法が、明瞭に姿を現している。もっとも表層的にはこの作品は、言葉を媒体として現実の対象を写し取る「写生文」の実践として書き始められている。「五」章の冒頭には、「二十四時間の出来事を洩れなく書いて、洩れなく読むには少なくとも二十四時間か、るだらう。いくら写生文を鼓吹する吾輩でも是は到底猫の企て及ぶべからざる芸当と自白せざるを得ない」という記述があり、この作品を満たすものが、「写生文」の方法によって写し取られた人間世界の様相であることが明示されている。もっとも漱石が認識する「写生」の観念は、決して現実の対象を等しなみに写し取るものではなく、「大人が子供を視《み》るの態度」(『写生文』一九〇七)に擬される、「同情」を持ちつつ距離を置いて眺める眼差しによって対象を描出する方法であった。この概念の提唱者である正岡子規も、対象の興趣を前景化する「山」をつくりつつその姿を描写することを重んじていたとされる。(12)『猫』においても、書生に拾われ、名前をつけられないまま珍野苦沙弥という中学校の英語教師の家で飼われることになった猫の「吾輩」は、〈外部〉からの距離をもった眼差しを投げかけることによって、苦沙弥をはじめとする「太平の逸民」たちの織りなす人間世界の様相を異化しつつ前景化している。「七」章で、銭湯の光景を裸体のまま「硝子窓の中にうぢや〳〵、があ〳〵騒いで居る人間」の奇異な集まりとして描き出すくだりはその典型だが、冒頭で「吾輩」を拾ってきた書生が煙草を吹かす様子にしても、「顔の真中が余りに突起して居る。そう《ママ》して其穴の中から時々ぷう〳〵と烟《けむ》を吹く」（一）という、〈物〉の次元に還元された形で「写生」されている。

この人間世界の様相を異化しつつ描出する「吾輩」の眼差しについて考える際に第一に問題化しなくてはならないものは、当然その猫の眼に仮託された作者の意識である。その含意について小森陽一は、父が五十歳、母が四十二歳という高齢時に「恥かきっ子」として生まれ、すぐに塩原昌之助とやす夫婦のもとに養子に出された漱石自身の「捨て子」意識がそこに反映されていると見なしている。[13] また伊豆利彦は、イギリスに留学したものの「言葉も心も通じない異文化の国で、孤独と屈辱の生活を送った」経験が、猫の眼差しに投げ込まれているという見方を示している。[14] これらはいずれも妥当な見解であり、とくに時間的な近接性を考えれば、強い疎外感のなかで送られたイギリス留学が影を落としていることは疑いない。『文学論』「序」にあるように、漱石はイギリスで「狼群に伍する一匹のむく犬」のような自己を感じていたのであり、このみすぼらしい「むく犬」としての意識が拾われた「猫」の眼差しに転化されていると考えることは容易である。

けれども猫という語り手の位置がはらむ寓意性は、これらのみにとどまらない。とりわけ学者・教師から創作家への移行を目論んでいた当時の漱石の意識を考慮すれば、冒頭の「吾輩は猫である。名前はまだ無い」（一）という規定の示唆するものに別個の把握を与えることができる。周知のように漱石は松山中、五高、一高、東京帝大などで教鞭を取りながら、教師という職を嫌い、創作家に転じようという意欲を養っていた。この意欲はかなり早い段階から生まれており、五高在職中の明治三〇年（一八九七）四月に正岡子規に宛てた書簡（四・二三付）では「希望を臚《ろ》列するならば教師をやめて単に文学的の生活を送りたきなり換言すれば文学三昧にて消光したきなり」と記している。さらに書簡を辿れば、滞英中の明治三四年（一九〇一）六月には「近頃は英文学者なんてものになるのは馬鹿らしい様な感じがする」（藤代禎輔宛、六・一九付）と記し、一高と東京帝大に職を持ちつつ『猫』を執筆していた明治三八年（一九〇五）九月には、高浜虚子に宛てて「とにかくやめたきは教師、やりたきは創作」（九・一七付）というよく知られた文句を書きつけている。そして『草枕』（一九〇六）を書き終えた明治三九年（一九〇六）一〇月には、先にも引用した「維新の志士の如き烈しい精神で文学をやつて見たい」（鈴木三重吉宛、一〇・二六付）という言葉が姿を現すのである。

もちろん『猫』発表時においても漱石は文筆家として新人であったわけではなく、『ホトトギス』に俳句や新体詩を載せ、また随想や英文学の論考を発表する活動をおこなっていた。しかしそれらによって漱石が名声を博していたとはいえず、明治三八年一月の『ホトトギス』に『吾輩は猫である』が掲載された時点では、漱石は未だほぼ無名の文筆家であった。したがって「吾輩は猫である。名前はまだ無い」という冒頭の二行は、「捨て子」としての出自や、留学経験における疎外感を示唆しながら、やはりこの時点で〈名のない〉表現者であった漱石の自己認識を語っていると見なすことができる。それは『吾輩は猫である』続篇として発表された「二」章の冒頭に、「吾輩は新年来多少有名になつたので、猫ながら一寸《ちよつと》鼻が高く感ぜらるゝのは難有《ありがた》い」と記されていることによっても察せられる。知られように『猫』の『ホトトギス』での掲載は一回限りの予定であったのが、好評によってその後も書きつがれることになった。当時の評価を挙げれば、『新潮』明治三八年二月号では「夏目漱石の文、平俗の裡、無量の趣味を蔵せり。赤門派の文の厚化粧して、いやな目遣ひする醜女のそれに比して、此は瀟洒、たゞ天真」と、『帝国文学』に掲載された『倫敦塔』（一九〇五）と併せる形で称賛されている。また仲間内の評価ではあるが、明治三八年二月の『ホトトギス』では高浜虚子が「文飾無きが如くにして而も句々洗練を経、平々の叙写に似て而も蘊藉《うんしゃ》する処深淵、這《しゃ》般《はん》の諷刺文は我文壇独り著者を俟て之あるものといふべし」という高い評価を与えている。

もっとも『猫』の「二」章はこれらの評が出る前にすでに書き上げられていたので、こうした評判に反応して「吾輩」が「有名」になったと自覚しているわけではない。しかし夫人の夏目鏡子の『漱石の思ひ出』（改造社、一九二八）に『猫』を「ホトトギス」に発表して見ると、みんなが面白いといつてほめそやす」と語られているように、周囲の好評は随時漱石の耳に入っていたであろうし、加えて『倫敦塔』『カーライル博物館』（一九〇五）も同時に世に現れ、創作家としての漱石に対する周囲の認知は急速に高まっていったと考えられる。それが「二」章における「吾輩」の口吻に漂っていたが、皆川正禧に宛てられた明治三八年二月一三日付の書簡には「君が大々的賛辞を得て猫も急に鼻息が荒くなつた様に見受候。続篇もかき度抔《など》と申居候」という記述が見出され、「猫」が漱石の創作家としての自己を寓意する存在であることを明らかにしている。「一」章の末尾に「生涯此教師の家で無名の猫で終る積りだ」と記されていることと比べると、教師の余技のつもりで書かれた小説に対する反響が思いの外大きかったことから、創作に込める「鼻息が荒くなつた」勢いで、「二」以降が書き進められていった事情がうかがわれる。

一方「吾輩」の飼い主である英語教師の苦沙弥は、おのずと漱石が嫌悪する教師としての自己を戯画化した存在であることになる。胃弱でありながら大飯食らいで、家族には「大変な勉強家」（一）であると思わせながら、食後に英語の書物を広げるものの、「二三ページ読むと眠くな」（一）って、「涎《よだれ》を本の上へ垂らす」（一）日々を繰り返している苦沙弥の姿は、現実に「大変な勉強家」であった漱石と大きく隔たっていると同時に、漱石が教師という自己の社会的居場所をどのように眺めていたかを浮び上がらせている。興味深いのは苦沙弥にも〈表現者〉としての側面が付与されていることで、「俳句をやつたりほとゝぎすへ投書したり、新体詩を明星へ出したり」(一)する活動をしていることが記されている。漱石も『猫』の発表前には『ホトトギス』における俳句作者であり、『明星』ではなく『帝国文学』に新体詩『従軍行』(一九〇四)を載せたりしており、苦沙弥が〈小説を書かない漱石〉の戯画であることを示している。にもかかわらず作中における苦沙弥は「吾輩」をモデルとして絵による写生を試みたりするものの、言語表現への関わりは語られていない。『猫』の叙述が「吾輩」の饒舌に満たされていることと、「主人」である苦沙弥の表現への意欲が語られず、彼が他の登場者との会話においても中盤までは雄弁ではないことは、明らかに補完的な関係をなしている。[16] 漱石は「猫」という卑小さのなかに表現者としての自己を置きながら、それを隠れ蓑としつつ言葉という媒体によって自在な自己拡張を試みる反面、その表現者としての営為を捨象すれば、取るに足りない教師としての自己が残存するしかないという感覚を抱いていたことが推察されるのである。

5 〈二人〉の分身

この「吾輩」と苦沙弥の相互の補完性は、彼らがともに作者漱石の分身として表裏の関係をなすことを物語っている。そして漱石は『猫』の叙述において、この〈二人〉の相同性あるいはそれを傍証する眼差しの重なりを様々な形で盛り込んでいる。端的に「よく昼寝をしてゐる」(一)苦沙弥の暮らしぶりは猫を想起させるが、「吾輩」も「彼が昼寝をするときは必ずその脊中に乗る」(一)という親しさを示している。また苦沙弥が「先生」であるように、「吾輩」も二弦琴の師匠の家に飼われている「三毛子」に「先生」と呼ばれ、さらに三毛子が死ぬと「吾輩」は「外出する勇気」(二)もなくし、「何だか世間が慵《もの》うく感ぜらる丶。主人に劣らぬ程の無性猫となつ」(二)てしまうのである。「七」章では家の庭にやって来る烏を「吾輩」が退散させようとして、逆に烏にあしらわれてしまうくだりがあるが、それは次の「八」章に語られる、庭に野球のボールを打ち込んではそれを取りに来る中学校の生徒たちの侵入に苦沙弥が悩まされる挿話と連続性をなしている。

眼差しや意識の共有においては、「吾輩」と苦沙弥はさらに明瞭な合一を示している。「一」章で「吾輩」が自分の寝ている姿を写生している苦沙弥の色遣いを批評する箇所では、「吾輩」は写生の対象でありながら、同時にその写生の主体の側に立つことができるのである。

我輩は既に十分寐た。欠伸《あくび》がしたくて堪らない。然し切角《せっかく》主人が熱心に筆を執つて居るのを動いては気の毒だと思ふてぢつと辛棒して居つた。彼は今我輩の輪廓をかき上げて顔のあたりを色彩つて居る。我輩は自白する。我輩は猫として決して上乗の出来ではない。脊といひ毛並といひ顔の造作といひ敢て他の猫に勝るとは決して思つて居らん。然しいくら不器量の我輩でも今我輩の主人に描き出されつゝある様な妙な姿とはどうしても思はれない。第一色が違ふ。我輩は波斯産《ペルシア》の猫の如く黄を含める淡灰色に漆の如き斑《ふ》入りの皮膚を有して居る。是丈《だけ》は誰が見ても疑ふべからざる事実と思ふ。然るに今主人の彩色を見ると黄でもなければ黒でもない灰色でもなければ褐色でもない去ればとて是等を交ぜた色でもない。只一種の色であるといふより外に評し方のない色である。(傍点引用者、一)

写生の対象として縁側で「じつと辛棒して」いる「我(吾)輩」が、自分を描いている苦沙弥の絵の様相を観察することはできないはずだが、ここでは両者は「今我輩の主人に描き出されつゝある様な妙な姿」という同時的な関係において提示されている。この同時性は「今主人の彩色を見ると」という行にも見られるが、明らかにこのくだりでは、叙述者である猫の「吾輩」の眼差しと意識は写生の客体の側にありながら、同時に主体の側にも寄り添うことができるのである。

仲間の猫たちが姿を消す「三」章以降の展開においては、「段々人間から同情を寄せらるゝに従つて、己《おのれ》が猫である事は漸く忘却してくる。（中略）折々は吾輩も亦人間世界の一人だと思ふ折さへある位に進化したのは頼母《たのも》しい」（三）と、『猫』への評判の高さをほのめかしつつ述べられているように、「吾輩」はもっぱら現実世界に皮肉な眼を投げかける観察者へと変容していく。本来苦沙弥のなかにあってもおかしくない知識人的な饒舌が比重を高め、苦沙弥の関心を「吾輩」が描出する場面も現れる。「九」章に見られる、社会における狂人の存在に関する苦沙弥の思索は、直説話法的に語られ、「吾輩」はそれについて「猫の癖にどうして主人の心中をかく精密に記述し得るかと疑ふものがあるかも知れんが、此位の事は猫にとつて何でもない。吾輩は是で読心術を心得て居る」（九）という説明を与えている。「吾輩」が距離のある位置にいる苦沙弥の眼差しを取り込み、さらに他者である苦沙弥の内心を読み取ることができるのは、結局彼らがもともと〈同一〉の主体から派生した二つの様態であるからにほかならない。

その際見逃すことができないのは、妻を相手に非実用的な英語の知識を試したりする苦沙弥が、単に空疎な知識人として戯画化されているだけでなく、やはり漱石的な精神を担って現れていることだ。それを端的に物語っているのが、彼がしばしば示す「実業家」に対する嫌悪である。実業の世界に身を置く鈴木を前にして「僕は実業家は学生時代から大嫌だ。金さへ取れゝば何でもする、昔で云へば素町人だからな」（四）と言い放ち、やはり同じ世界で生きる元書生の多々良にも「教師も無論嫌だが、実業家は猶嫌だ」（五）と自己相対化とともに「実業家」への距離をあからさまにしている。「吾輩」の叙述においても「元来こゝの主人は博士とか大学教授とかいふと非常に恐縮する男であるが、妙な事には実業家に対する尊敬の度は極めて低い。実業家よりも中学校の先生の方がえらいと信じて居る」（傍点原文、三）と紹介されているのである。こうした「実業家」に対する嫌悪は、紛れもなく漱石自身の嗜好を映し取っている。「断片」には「金持」や「華族」に対する否定的な評価がしばしば書きつけられているが、明治三九年の記述には「同時代ノ人カラ尊敬サレル」範疇の人びととして「皇族」「華族」「金持」「権勢家」が挙げられ、「是等ニナレバスグ尊敬サレルノデアル。然シ百年ノ後ニハ誰モ尊敬スル者ハナイ」と断定されている。また漱石の表現のなかに「実業家」ないし「金持」の代名詞的存在として現れる岩崎弥太郎に言及した同じ年の「断片」には、「岩崎は別荘を立て連ねる事に於いて天下の学者を圧しているかも知らんが社会、人生、の問題ニ関しては小児の様なものである」という評価が記されている。

漱石が明治の功利社会に対して批判的であり、それが『猫』をはじめとする多くの作品に盛り込まれているということは常識的な理解としても流通している。その把握自体はもちろん誤りではないが、皮肉なのはそうした側面が、1節で触れた漱石の「個人主義」に対する相対化としての意味を持つことだ。つまり漱石が「岩崎」に象徴される「実業家」を嫌悪するのは、彼らが「社会、人生、の問題」を閑却して私利の追求に邁進する、過剰な〈個人主義者〉として映っているからなのである。反面漱石が「維新の志士」に共感を覚えるのは、彼らが自己の身を挺して日本の未来を切り拓こうとした人びととして見なされるからである。そして『猫』において功利社会への批判をおこなっている主体が、作者にとっては二義的な同一性としての比重が与えられ、それゆえ作中でも強く戯画化されている英語教師の苦沙弥の方であるということは見逃せない。イギリス留学から『猫』執筆に至る明治三〇年代の漱石の関心事は、『文学論ノート』の「大要」の項目が示しているように、個人と国家の関係や日本の役割、あるいは社会における文学の意味といった原理的な次元で追求されており、「実業家」への嫌悪はそこから派生した問題として捉えられるのである。

一方語り手の「吾輩」は、自身は金力がないのに「実業家」や「金満家」を侮蔑する苦沙弥を「変人」として距離を置いて眺め、決して苦沙弥の評価に与していない。もちろん苦沙弥も漱石の分身である以上、その言説に加担すれば自己の戯画化が成り立たなくなってしまうからだが、「実業家」を下に見ようとする主人の眼差しを揶揄する「吾輩」の筆致は、作者の関心における相対的な比重を示唆している。つまり「吾輩」が強い関心を寄せるのは、猫の眼に映った人間世界の様相であるとともに、当時の日本が関わった国際的な事象、すなわち戦争であり、自己の卑小化とともにその本領を託そうとした猫の「吾輩」の志向は、作者漱石のより喫緊な問題意識を表していると見ることができるのである。

明治三八年（一九〇五）から三九年（一九〇六）にかけて『ホトトギス』に掲載された『猫』には、「一」章に、今年が「征露二年目」に当たることが記されていることをはじめとして、随所に日露戦争への言及が織り込まれている。「八」章に語られる、資産家の金田が中学校の生徒たちを使って苦沙弥の家の敷地内に次々と野球のボールを打ち込ませるくだりでも、苦沙弥と生徒たちのせめぎ合いを形容するのに、「普通の人は戦争とさへ云へば沙河《しゃか》とか奉天とか又旅順とか其外に戦争はないもの、如くに考へて居る」が、決してそうではなく、「臥龍窟主人苦沙弥先生と落雲館裏八百の健児との戦争は、まず東京市あつて以来の戦争の一として数へても然るべきものだ」と記されている。けれどもこの比喩の方向性は逆であり、明らかにここでは国と国との間で戦われていた戦争が、市民の日常性の次元に戯画として転換されている。これ以降の作品においても漱石は繰り返し、登場人物間の葛藤、対立に、同時代の国家間のせめぎ合いを表象する記号性を担わせることになるが、『猫』ではそれが「吾輩」と苦沙弥という〈二人〉の〈主要人物〉にともども付与されている。なかでもそれをもっとも明瞭に括り出しているのは、「五」章に描かれる、「吾輩」が鼠を捕ろうとして奮闘する場面である。ここでは鼠を捕る行動が、ロシアとの戦争の比喩であることが明示された上で、「吾輩」と鼠の〈戦い〉が語られている。

先達《せんだつ》て中から日本は露西亜と大戦争をして居るさうだ。吾輩は日本の猫だから無論日本贔屓《びいき》である。出来得べくんば混成猫旅団を組織して露西亜兵を引つ掻いてやりたいと思ふ位である。かく迄に元気旺盛な吾輩の事であるから鼠の一疋や二疋はとらうとする意志さへあれば、寝て居ても訳なく捕れる。（五）

そう豪語し、自身を「東郷大将」に見立てながら、結局「吾輩」は鼠を一匹も捕獲することができずに終わってしまう。このくだりについて清水孝純が、そこに「日本海海戦のパロディが仕掛けられるとしても、そのナンセンス性によって、パロディ性も消去されてしまったように思われる」と述べているように、日本とロシアの間の戦争を、猫と鼠の争いの次元に卑小化することによって、漱石の戦争を相対化する意識が表出されていると見ることは容易である。しかしここで下敷きにされている日本海海戦が開始されたのが明治三八年五月二六日であり、『猫』「五」章が掲載されたのが同年七月の『ホトトギス』臨時増刊号であった近接性は、この「パロディ」自体が第一に戦争への迅速な反応であったことを物語っている。

また「吾輩」が「露西亜兵を引つ掻いてやりたい」と思うことが、「猫」の次元にまで戦争への意識が浸透していることの表現であることも否定できない。「現代日本の開化」で語られている「日本人総体の集合意識は過去四、五年前には日露戦争の意識丈《だけ》になり切つて居りました」という状況の端的な表現として、

「吾輩」の〈戦闘意欲〉は意味づけられる。そしてこの「集合意識」の浸透を漱石自身も蒙っていたのであり、「百里を行けど、敢て帰らず、／千里二千里、勝つことを期す」とうたった新体詩『従軍行』はその産物にほかならなかった。『従軍行』とその翌年に発表された『猫』の間にはさほどの時間的な距離はなく、『猫』においても戦争を相対化する距離が取られながらも、自国に加担しようとする心性が消散しているわけではない。寓意による卑小化は戦争という国家規模の事業に対して施されると同時に、相対的には相手国であるロシアにより強く作用しているからだ。つまりこの「吾輩」の〈戦い〉の場面で、「鼠」はロシアに相当する〈敵〉として現れていたのであり、開戦の当初は取るに足りない相手として日本を軽んじていた大国を「猫」よりもさらに卑小な動物と同次元に置き、その動物を「小癪と云はうか、卑怯と云はうか、到底彼等は君子の敵ではない」（五）と「吾輩」に語らせるのは、やはり作者の「日本贔屓」の発露として見なされるのである。

6　〈無名〉の日本

『文学論ノート』に記された「F=n・f」の等式は、人間の個人意識が国家の「集合意識」の一単位をなす関係を示していたが、『猫』の「吾輩」の〈戦い〉はまさに「吾輩」のfがFの末端的な一単位を担っている図式を浮び上がらせている。そしてそこからあらためて「一」章の冒頭部分を眺めれば、「吾輩は猫である。名前はまだ無い」という二行に込められたもう一つの含意も明瞭になる。つまりここに提示された「吾輩」の〈無名性〉は、まだ表現者としての認知を得ていない作者漱石の自己認識を示唆すると同時に、「吾輩」が〈日本〉の表象でもあることを念頭に置けば、その〈無名性〉とは、西洋社会からの十分な認知を受けていない日本の現況に対する漱石の意識の表出にほかならないからだ。滞英中の明治三四年（一九〇一）一月二五日の日記には、「西洋人ハ日本ノ進歩ニ驚ク驚クハ今迄軽蔑シテ居ツタ者ガ生意気ナコトヲシタリ云タリスルノデ驚クナリ大部分ノ者ハ驚キモセネバ知リモセヌナリ」という記述があるが、日本のことを大半の西洋人が「驚キモセネバ知リモセヌナリ」という状況が、日露戦争時においても払拭されていないという認識が、〈日本〉の表象としての「吾輩」に託されていると考えられるのである。

　そしてこの「名前」のない「吾輩」に託された日本の〈無名性〉について考える際に、視野に入れねばならない地平が進化論である。すでに指摘されるように、『猫』の背後には進化論の言説が存在している。一九世紀末から二〇世紀初めにかけては、人間を太古からの生物の進化の到達点として位置づけるダーウィンの進化論から、白人種をこの〈進化〉の最終的な形態とし、アジア人やアフリカ人を未だ十分な〈進化〉を遂げていない未開の人種として眺めるハーバート・スペンサーの「社会進化論」や、〈進化〉が派生させた否定的な事例として神経衰弱や同性愛の症例を位置づけるマックス・ノルダウの「退化論」などが生まれ、流行した時代である。こうした思潮の支配的であった時代に漱石はイギリスに留学し、みずからも神経衰弱の退行的な状況に陥っていった。

　小森陽一が指摘するように(17)、漱石がノルダウ的な退化論の影響を受けていたことは否定できないが、明治三〇年代における漱石の思考はむしろ〈進化論的〉である。それは何よりも日本という国が、早急に近代国家として〈進化〉を遂げなくてはならないと考えられたからであり、漱石自身もまた学者・教師から創作家へと〈進化〉していこうとしていた。明治三四年三月二一日の日記には「未来ハ如何アルベキカ、自ラ得意ニナル勿レ、自ラ棄ル勿レ黙々トシテ牛ノ如クセヨ孜々《しし》トシテ鶏ノ如クセヨ（中略）汝ノ現今ニ播ク種ハヤガテ汝ノ収ムベキ未来トナツテ現ハルベシ」という〈日本〉への戒めと励ましが記され、明治三九年（一九〇六）の「断片」にも「明治ノ事業ハ是カラ緒ニ就クナリ。今迄ハ僥倖ノ世ナリ。準備ノ時ナリ」という書きつけがあるように、日本がまだ近代国家として西洋諸国と肩を並べる段階にはないという実感を漱石は強く抱くと同時に、この未来志向的な意識によって、日本がその〈無名性〉を脱する〈進化〉を遂げることへの展望を積極的に持とうとしていた。『文学論』第一編で三種に分類されたFも、もっとも規模が拡大された第三段階は「社会進化の一時期に於けるF」（傍点引用者）と名付けられているのである。

この進化論的な視点が、『猫』の基本的な着想に入り込んでいる。つまり「一」「二」章に明瞭な猫と人間の対立は、日本人と西洋人の対比の比喩をなしてもいるからだ。実際スペンサーの『社会学原理』などでは、アジア人やアフリカ人、あるいはオーストラリアの原住民は「野蛮人」あるいは「下等人種」として括られ、文明化した白人種とは別種の生物であるかのように扱われている[18]。日露戦争時にも、ロシア皇帝のニコライ二世は日本人を繰り返し「猿」と揶揄することになるが、こうした人間ならざる生物として自己を眺める視点を、漱石は「一匹のむく犬」として過ごしていたロンドンの生活で否応なく抱かされていた。「吾輩」が人間世界の風習や行動を奇妙なものとして描き出していくように、漱石自身がロンドンで、違和と驚きをもって周囲の人びとつまり「西洋人」の姿を観察していたのである。

　西洋人ハ万事大袈裟だ、水マキ、引越車、家、ローラー

　西洋人は感情を支配する事を知らぬ日本人は之を知る西洋人は自慢する事を憚らない日本人は謙遜する

西洋人ハ往来でkissシタリ男女妙な真似をする其代り衣服や言語動作のある点や食卓抔《など》ではいやに六づかしい日本人は之に反す

（いずれも明治三四年「断片」）

「日本人」である自己と周囲の「西洋人」たちの社会との異質さをこうした形で実感することが、人間世界を異化する「吾輩」の眼差しに転化されていると考えられる。冒頭で「吾輩」を拾った書生の鼻について される「顔の真中が余りに突起してゐる」（一）という描写にしても、漱石を取り囲む「西洋人」たちの客貌の印象を反復しているともいえるのである。こうした叙述の基底にある〈西洋人——日本人〉の構図を念頭に置いて「一」章を読めば、ここに語られている「我等が見付けた御馳走は必ず彼等の為に掠奪せらる、のである。彼等はその強力を頼んで正当に吾人が食ひ得べきものを奪つて済して居る」といった「人間」の横暴は、まさに西洋諸国が「日本人」ないし東洋人に対しておこなった侵略と掠奪と重なってこざるをえない。より具体的にいえば、おそらくこの記述は日清戦争終結時の下関条約によって日本に割譲されることになった遼東半島を、ロシア・ドイツ・フランスの圧力によって直ちに返還させられた三国干渉と、にもかかわらず三年後の明治三一年（一八九八）にはドイツが膠州湾と青島を、そしてロシア自身が遼東半島の旅順・大連を租借してしまった経緯を下敷きにしている。当時の日本人に屈辱を与えたこの出来事は、漱石の作品に繰り返し暗喩的に表象されることになるが、したがってそれにつづいて記される、「いくら人間だつて、さういつ迄も栄える事もあるまい。まあ気を永く猫の時節を待つがよからう」（一）という二行は、「猫」の、つまり漱石の「日本人」としての矜持と未来への志向をうかがわせるのである。

もちろん日清戦争自体が日本によるアジアへの帝国主義的な侵攻であった以上、〈人間——猫〉の対比は〈西洋人——日本人〉から〈日本人——中国人（あるいは朝鮮人）〉という構図へのずれゆきをはらむことになり、日清戦争、日露戦争という「時代的F」の浸透が漱石にも働いている様相を見ることができる。もっとも「三」章以降、「吾輩」の視点が急速に人間世界に同化していくことによって、猫対人間の対立に基本的に仮託されていた日本対西洋の構図は一旦無化され、「五」章や「八」章で描かれる、登場者同士の争いが示唆する〈戦争〉の文脈によって、より具体的な暗喩性を伴って再び姿を現すことになる。それは一面では「吾輩」の持つもう一つの含意であった、作者漱石の表現者としての〈無名性〉が『猫』発表以来の評判によって次第に低減していき、「猫よりはいつの間にか人間の方へ接近して来た様な心持」（三）が強まっていったために、「人間」の域に未だ至らない途上国としての日本を「猫」という話者の様態に託す趣向が難しくなったためである。

また〈小説〉としての叙述の要領を摑んでいった漱石は、次第に「太平の逸民」たちの姿と言動を描出すること自体に主眼を置くようになる。重要なのは『猫』のとくに前半部分に見られるこうした「吾輩」の二重の含意が、『文学論』で分類されていたFの個人性と集合性に照応することである。漱石は『猫』の執筆、発表によって、創作家たろうとする「個人的一世の一時期に於けるF」を満たそうとしていたと同時に、その語り手を〈日本〉の寓意とすることによって、日露戦争という「社会進化の一時期に於けるF」を表現していた。またもう一人の分身である苦沙弥が示す嫌悪によって反照的に括り出されていた功利主義も、やや時間的な範囲の大きい「時代的F」であった。そして過剰なf的な修辞のなかに「太平の逸民」たちの姿を微分しつつ写し取ろうとする「吾輩」の叙述は、人間世界を眺める「一瞬の意識に於けるF」の表現にほかならない。そう考えると、個人の意識と国家の関心をFの変容のなかで連携させようとする『文学論ノート』以来の漱石の思考が、確かに『猫』に結実していることが分かるのである。

註

（1）柄谷行人の論考の引用は『柄谷行人　漱石論集成』（第三文明社、一九九二）による。

（2）平岡敏夫「『坊つちやん』試論――小日向の養源寺」（『文学』一九七一・一↓『「坊つちやん」の世界』塙新書、一九九二）。

（3）水村美苗「「男と男」と「男と女」――藤尾の死」（『批評空間』6、一九九二・七）。水村はこの論考で『虞美人草』を論じているが、水村によればこの作品もやはり「ナショナリスティックな作品」であるとされる。

（4）引用は明治文学全集39『内村鑑三集』（筑摩書房、一九六七）による。

（5）福沢は『学問のすゝめ』第三編の「一身独立して一国独立すること」の章で、「外国に対して我国を守らんには自由独立の気風を全国に充満せしめ、国中の人々貴賤上下の別なく、其国を自分の身の上に引受け、賢者も愚者も目くらも目あきも、各其国人たるの分を尽くさゞる可らず」（引用は近代日本思想大系2『福沢諭吉集』筑摩書房、一九七五、による）と述べている。こうした個々の「自由独立」の志向と「国人たるの分」を矛盾なく連結させる着想が、福沢に限らず明治を生きた多くの知識人を通底している。

（6）佐伯彰一「『英文学形式論』――「先駆者」漱石への不満」（塚本利明編『比較文学論究　夏目漱石』朝日出版社、一九七八、所収）。

（7）それは『文学論』冒頭の定義で、Fが「焦点的印象又は観念」と規定されていることにも現れている。「印象」と「観念」の両義性のなかで外界の対象を捉えるのは、俳句的表現の特質でもあり、その点でそれ自体「印象」でもあるというFとは、すでに（F＋f）の式を入れ子的にはらんだ要件であるともいえよう。たとえば高浜虚子は俳句的「エキスプレッション」を論じた「俳話」（『ホトトギス』一九〇五・九）のなかで、蕪村の「あか汲で小舟あはれむ五月雨」という句を取り上げ、それが五月雨の光景によって喚起された「あはれみ」という「一種の感じ」を叙景に盛り込んでいると述べている。それは「五月雨」というFが、「あはれみ」という「印象」いいかえればfを伴わせているということである。小森陽一はこのFの二面性について、それが（F＋f）の式と響き合う形で、一義的な対象の把握をおこなう「自然科学に拮抗しようとする「文学」の立場の表明」であると述べている（『漱石を読みなおす』ちくま新書、一九九五）。この把握は妥当だが、その「「文学」の立場」にはここで述べたように、もう少し限定が与えられると思われる。

（8）亀井俊介「夏目漱石『文学論』講義」（『図書』二〇〇四・二）。

（9）ウィリアム・ジェームズ『心理学原理』については、岩波文庫版『心理学』（上下、今田寛次訳、一九九二、原著は一八九〇）を参照した。ジェームズが自我の通時的連続性を想定するのは、「経験的集合体」としての「客我」を支える身体的「活力」の持続性によってである。それを傍証するのにリボーの言説を用いているように、意識の問題と感覚の問題は、霊魂ではなく身体を器とすることによって「心理学」の範疇において連繋している。

（10）リボーの心理学については市川源三『リボー氏　感情の心理学及注意の心理』（育成会、一九〇〇）及び藤尾健剛・永野宏志「夏目漱石「リボー『感情』ノート」――翻刻と解題」（『文藝と批評』第8巻第6集、一九九七・一一）を参照した。

（11）藤井淑禎は「『文学論』再読」（『國文學』二〇〇一・三）で、漱石が『文学論』で援用しているモーガンをはじめとする心理学の緒言説について、それらが当時においても文科大学の学生にとって既知の知識であったと述べている。また藤井は（F＋f）の式の背後に「情」や「性格」が脚光を浴びだしていたという、時代の機運があることを指摘し、その独創性を相対化している。確かに狭義の文芸美学の書として見れば、『文学論』の視点や内容は驚くほどのものではないが、ここで述べているように、むしろその視点が安定せず多義的な晦渋さを示している点に、この著作の〈独自性〉が認められるといえよう。

（12）西村好子「子規と『吾輩は猫である』」（『日本文学』一九九三・一二）による。子規は文章の興趣を増す「山」をつくる手だてとして、日記のような現在の時制を用いることを提唱しており、現在形を多用した『猫』の文体は、「あの世にいる子規へのこの世からの通信めいた」ものであるとされる。

（13）小森陽一『漱石を読みなおす』（前出）。

（14）伊豆利彦「『猫』の誕生――漱石の語り手」（『日本文学』一九八八・一→漱石作品論集成第一巻『吾輩は猫である』桜楓社、一九九一）。

（15）苦沙弥も終盤の「十一」章では、「二六時中キヨトキヨト、コソコソして墓に入る迄一刻の安心も得ない」という、現代人の「探偵的」な「自覚心」を批判する弁舌を振るったりしている。おそらく漱石の〈表現者〉としての評価と自覚の高まりを映す形で、「吾輩」と苦沙弥の落差が次第に縮小していくと同時に、「吾輩」の視点も「猫」から第三者的な観察者を経て、登場人物の言動の報告者という点的な存在へと変じていき、終盤に至っては作者の直接的な感慨を苦沙弥に託すことに違和感がなくなっていったのであろう。そのため「吾輩」は最後に〈死な〉ねばならないのである。

(16) 清水孝純『笑いのユートピア――『吾輩は猫である』の世界』(翰林書房、二〇〇二)。「五」章における「吾輩」と鼠の〈戦い〉を日露戦争の揶揄的なパロディーと見る視点は、小森陽一の『漱石を読みなおす』(前出)、『ポストコロニアル』(岩波書店、二〇〇一)、「「運動」という名の殺戮」(『漱石研究』第14号、二〇〇一・一〇)にも提示されている。

(17) 小森陽一『漱石を読みなおす』(前出)。小森は、進化論的な視点から社会の発展と退廃を説こうとするベンジャミン・キッドやボルノウらの言説によって構成される「知の風土」が一九世紀末のイギリスに存在していたという富山太佳夫の論(「社会ダーウィン主義は死んだか」『ダーウィンの世紀末』青土社、一九九五、所収)を踏まえて、イギリス人よりもはるかに短身で、天然痘の痕跡である「あばた」を持つ漱石が、退化論の実例として自己を意識した蓋然性を指摘している。

(18) ハバーバート・スペンサーの言説については『社会学之原理』(乗竹孝太郎訳、経済雑誌社、一八八三~八五)及び『万物進化要論』(松本清寿・西村玄道訳、民徳館、一八八四)を参照した。

第二章

〈戦う者〉の系譜——「坊っちゃん」における〈戦争〉

1　「型」と現実

『坊つちやん』（一九〇六）は一見、単純明快な正義漢の青年を主人公とし、展開や文体においても平明な分かりやすさによって貫かれた作品である。四国の小都市に中学の数学教師として職を得た語り手の「おれ」が、その直情径行の気質ゆえに生徒たちのからかいに憤激し、誤解から同僚と対立し、最後にはもっとも強い敵意の対象である教頭と、その臣下的な存在である画学教師に制裁を加えて東京に戻ってくるという物語は、読み手に端的なカタルシスをもたらす力を持っている。この作品が現在に至るまで支持を失うことなく、読み継がれている所以も第一にそこに求められるだろう。大岡昇平は少年時代から「わかりやすく、共感された」作品として『坊つちやん』を読み始め、それ以降数十回読み返したにもかかわらず、「なんど繰返してもあきない快楽」を与えられる「傑作」であると評価している。[1]また丸谷才一は、この作品の登場人物が善玉や悪役といった「型」として描かれるという「近代小説以前の筆法」を取っているにもかかわらず、「くっきりと記憶に残る。魅力があり貫禄がある」という印象の強さを読み手に与えることに讃辞を呈している。[2]同時代の評においても「坊つちやんの挙動には多少の作為が見ゆるにしても、全体活躍して痛快いふばかりない」（『読売新聞』「文芸時評」、一九〇六・一二）、あるいは「誰が読んで見ても滑稽だと思ひながら坊つちやんの頗る哀れむべく、愛すべき人物たる事は判る」（『文章世界』の書評、一九〇六・一二）といった、主人公の輪郭の明快さに対する肯定的な感想が提示されている。

同時に丸谷才一の批評にも見られるような、『坊つちやん』の「痛快」さが〈近代小説〉ではない作物としてこの作品が成り立つことによっているという視点も、同時代においてすでに出されていた。いち早い

『新潮』の評（一九〇六・四）では『坊つちやん』の語りが「落語家小さんが常套の秘訣」を取り込んだものであると評され、『ホノホ』の評（一九〇七・二）でも「悪く言へばこは一編の高等落語である」と断定されていた。(3) 漱石の作品が落語と深い類縁を持つことは現在でも周知だが、水川隆夫の『漱石と落語』（増補版、平凡社ライブラリー、二〇〇〇）では、語り手の「おれ」すなわち坊っちゃんが教頭の「赤シャツ」をののしる時に取ってある文句として同僚の「山嵐」に披露する、「ハイカラ野郎の、ペテン師の、イカサマ師の、猫被りの、香具師《やし》の、モモンガーの」と延々とつづく言葉の羅列が、「大工調べ」などの落語に現れる喧嘩場面を踏まえていることなどが推察されている。

重要なのはこうした「型」的な人物たちの登場や、落語的な場面や文句の盛り込みによって、『坊つちやん』が決して現実離れしたお伽話で終わっていないことである。とりわけ発表時には多かった、主人公の坊っちゃんと作者の漱石を単純に重ね合わせる視点が後退していくにつれて、坊っちゃんの造形をはじめとするこの作品の表現の方向性が、それ自体現実世界に対する批評としての意味を持つという見方が主流をなすことになった。(4) その際に基調となったのは、江戸落語の世界から抜き取られたような坊っちゃんの存在の反現実性自体が、現実世界へのアンチテーゼとしての意味を持つという見方である。たとえば江藤淳は『夏目漱石』（東京ライフ社、一九五六）においてこの作品が「坊っちゃんという、現実には存在し得ぬ「妖精」の設定によって成功している」と述べ、制度と組織のなかを生きることに汲々としている赤シャツや画学教師の「野だいこ」のようにしか生きえない現実世界の人間に対する漱石の醒めた意識が、その反措定としての人物像を生み出しているという把握を示していた。あるいは瀬沼茂樹は『坊つちやん』を「拵えたもの」と見なした上で、「われわれの周囲にみるようなみみっちい日本的性格を、無邪気で単純な正義漢という他の日本的性格から批判した」ところに、この作品の普遍性があるとしていた。(5)

こうした把握に見られる、現実世界の卑小さに対置される反現実的ないし反近代的な存在としての坊っちゃんという視点は、それなりの妥当性を持っている。けれどもこうした見方を取った場合、明治三九年（一九〇六）の時点でこの作品の筆を執っている漱石の時代・社会的意識は後景に退かざるをえない。『坊っちゃん』の造形を現実――反現実、近代――反近代という図式に還元し、主人公をいずれもその後者の側に立たせることは、あたかも同時代の現実を否認し、そこから逃避していこうとする作者の希求の外在化としてこの作品を眺めることになるからだ。けれども竹盛天雄が指摘するように、この作品の執筆の現実的な背景の一つには、英語学試験委員の委嘱をめぐる文科大学との対立という、時間的に近接する出来事があると想定される。漱石は明治三九年二月に文科大学から試験委員の委嘱を受けるものの、多忙を理由に断り、それを了承しない大学からの再度の依頼にも辞退の態度を示しつづけた。漱石がこの出来事を通して感じ取った大学の権威主義への批判が、『坊っちゃん』の校長や教頭の赤シャツらの描写に転化されている可能性は十分考えうる。この点については『漱石とその時代』（第三部、新潮選書、一九九三）における江藤淳も着目し、二月一五日付の姉崎正治宛の書簡に打ち明けられた、「担任以外の事を押しつけられてへイ《ママ》々云ふ丈《だけ》の義理がないぢやないか」といった不満に見られるような、率直な内面の「コンフェッション」が『坊っちゃん』のスタイルをもたらしているという把握を示している。

その際問われねばならないのは、語り手である坊っちゃんの真率な「コンフェッション」を通して、漱石が何を語ろうとしているかであるはずだが、江藤の論は島崎藤村の『破戒』（一九〇六）との同時代的な連関に移っていき、漱石自身の託した「コンフェッション」に対する推察はなされていない[7]。竹盛天雄はむしろ、漱石が試験委員の委嘱をめぐる出来事によって触発された「学校社会や教育界の諷刺を十年むかしの松山行きにひっかけて、田舎中学校の事件に転移させた」と断定している[8]。しかし逆にいえば、学校という組織への風刺に漱石の主眼があるなら、主人公の坊っちゃんを疎外する組織としての中学校の様相がもっと十全に描かれてもよかっただろう。けれども坊っちゃんが対峙しているのは、直接的にはいたずらを仕掛ける生徒たちであり、組織内の権力者としての赤シャツという個人である。またそれ以前に、主人公の輪郭自体がより鮮明な印象をもたらしている以上、漱石がより大きな比重を与えていたのは、やはり個的な存在としての坊っちゃんの描出にあったと考えるほかない。

竹盛天雄や江藤淳が挙げるような、私生活上の出来事を通して漱石が抱かされた感慨は、おそらく執筆の動機と主題的内容の一側面をなしているが、同時にそれを越える比重を占めるわけではないと考えられる。この出来事を含む形で、漱石が明治三〇年代末を生きることによって喚起されていた、現実世界に対する批判的認識が、総体として『坊つちやん』という作品に盛り込まれているはずであり、その点でこのお伽話的な見かけを持つ作品が、より現実的な様相のもとに展開していく、それ以降の作品群と別個の地平に成り立っているわけではない。たとえば漱石が松山中学で教鞭を執っていたのが明治二八年（一八九五）から二九年（一八九六）であったにもかかわらず、日露戦争時の極東軍総司令官であったクロパトキンの名が後半の「十」章に出てくるように、この作品の時間はほぼ同時代である明治三八年（一九〇五）の日露戦争の終結時に置かれている。こうした設定も、やはり自身の生きる時代・社会に対する意識を表出するための前提として機能しているのである。

2 〈戦う者〉の輪郭

その執筆時における漱石の批判的意識が、『坊つちやん』にどのように表出されているかを捉えることが問題となるが、近年の把握においても、主人公の坊っちゃんの形象を近代日本に逆行する存在として寓意化する視点は後退していない。たとえば小谷野敦は「『坊つちやん』の系譜学」（『夏目漱石を江戸から読む――新しい女と古い男』中公新書、一九九五、所収）で、第一章でも触れたように、坊っちゃんを江戸幕府の瓦解と戊辰戦争の敗北によって社会の主流から追いやられていった佐幕派武士の寓意として眺め、官軍的な存在である赤シャツらと対抗するものの、勝利することはできずに去っていく物語としてこの作品を捉えている。この論の前提をなすのは、坊っちゃんが通念に反して「江戸っ子」ではないという視点だが、それは江戸っ子が尊重する「粋」と「いなせ」という美学を坊っちゃんが満たしていないからである。坊っちゃんは反対に「野暮な正義漢」であり、江戸っ子的な美学はむしろ赤シャツの側に認められるとされる。小谷野によれば、坊っちゃんは「是でも元は旗本だ」（四）と語り、多田満仲《ただのまんじゆう》を始祖に持つと自認するような武士の系譜を身に受けているとともに、時代性を限定すれば、幕末の闘争における佐幕派武士に擬せられる。彼と共闘して赤シャツらと対抗する同僚の「山嵐」が「会津」の出身であるというのは当然それと合致する設定となる。そして明治維新とともに崩壊していった「武士の夢」を描き出すことが、『坊つちやん』に込められた密かな動機として推察されている。

　ここで小谷野が提示した図式は明快であり、とりわけ坊っちゃんを江戸っ子ではなく「武士」の形象として眺める視点は、それまでの『坊つちやん』観を組み替える意味を持つといえよう。もっとも坊っちゃんと佐幕派武士の連関については、不遇に置かれがちであった佐幕派武士の鬱屈のはけ口を坊っちゃんの形象に託したという平岡敏夫の把握がすでに一九七〇年代に出されていた[9]。平岡においては断片的な次元にとどまっていたこの視点を、作品全体を貫く形で構造化したところに小谷野の独自さがあったといえよう。小森陽一はこの小谷野の論に呼応する形で、坊っちゃんをやはり「時代遅れの士族意識を過剰に持っていた」子供がそのまま成長していった姿として見なしている。坊っちゃんの内には「旧佐幕派の恨み」が残存しており、そのはけ口として語られる挿話が、「山城屋」の勘太郎との喧嘩であったとされる。「山城」は京都を示す地名であり、この地名を屋号に持つ質屋である「山城屋」を「経済的基盤を失った元旗本をはじめとする近隣の士族に金を貸すことで成り上っていった店」として小森は推定している。そのため勘太郎を打ちのめすことがその「恨み」に対するカタルシスとなるとされる(10)。

けれども第一章でも問題としたように、こうした論に共通して差し出されている、坊っちゃんを佐幕派武士の寓意として見なす前提には疑念を呈する必要がある。これらに共通するのは、薩長の倒幕勢力を中心として成った明治政府に対する強いルサンチマンが坊っちゃんに託されているという把握だが、『坊っちゃん』執筆時においてなぜ漱石が、江戸の佐幕派武士への郷愁を語らねばならないのかは不明であるといわざるをえない。なぜなら『文学論ノート』の考察にうかがえるように、青年期以降の漱石の関心の中心にはつねに、維新以降の日本のあり方、とりわけ対西洋における政治的・文化的な主体性の問題があったからだ。滞英中に遭遇した一九〇一年一月のヴィクトリア女王の葬儀の後で、日記に「夜下宿ノ三階ニテツク〴〵日本ノ前途ヲ考フ」(一九〇一・一・二七)と書き付け、その約二カ月後には「日本ハ三十年前ニ覚メタリト云フ然レドモ半鐘ノ声デ急ニ飛ビ起キタルナリ其覚メタルハ本当ノ覚メタルニアラズ狼狽シツ、アルナリ只西洋カラ吸収スルニ急ニシテ消化スルニ暇ナキナリ、文学モ政治モ商業モ皆然ラン日本ハ真ニ目ガ醒メネバダメダ」(一九〇一・三・一六)と記しているように、漱石の眼はつねに日本の「前途」に向けられていた。『坊つちやん』が発表された明治三九年の「断片」にも「明治ノ三十九年ニハ過去ナシ。単ニ過去ナキノミナラズ又現在ナシ、只未来アルノミ」という記述が見られるが、こうした日本の未来を憂慮する意識を抱えつづけていた作家が、〈覚醒〉によって真に脱却しなくてはならないと考えていた旧時代への郷愁を、主人公の造形に託したとは考え難いのである。

また坊っちゃんを佐幕派武士の形象と見なし、それゆえに会津出身である山嵐と共闘しえたと想定した場合、おのずと彼らの敵役となる赤シャツや野だいこらは薩長の倒幕派の暗喩として位置づけられることになる。けれどもどのように見ても赤シャツや野だいこを倒幕派武士の暗喩として捉えることはできず、また小谷野敦が「西郷隆盛こそが、「最後のサムライ」であった」と述べるように、江戸幕府を打ち倒した薩長の下級武士たちのなかにも、「武士的なもの」は明瞭に息づいていた。もっとも小谷野も赤シャツたちが倒幕派勢力を象っているとは述べておらず、むしろ明治維新とともに「武士的なもの」を無化していった「近代化政策」の暗喩として捉えようとしている。けれども今述べたように、漱石のなかに〈近代〉を否定して〈江戸〉に還ろうとする永井荷風的な心性は不在である。明治四二年（一九〇九）五月一二日の日記では、漱石は明治座で見た歌舞伎狂言を「愚にもつかぬもの」と決めつけ、「徳川の天下はあれだから泰平に、幼稚に、馬鹿に、いたづらに、なぐさみ半分に、御一新迄つゞいたのである」と罵倒している。漱石にとっては〈江戸〉や〈徳川〉は超克の対象以外ではなく、むしろ達成されるべき近代化が四十年近くを経てもなされていないことに漱石は焦慮していたのである。

小森陽一の論考においても、坊っちゃんを佐幕派武士として見立てる前提と、作品に描かれる対立の構図との間にズレが見られる。つまり質屋の「山城屋」の屋号への考察で、「佐幕派と官軍派、江戸と京都、徳川将軍と天皇という対立が、「おれ」の家と「山城屋」の対立の中に透けて見えてくるのである」と述べているように、小森が見出そうとする坊っちゃんに込められた寓意的な位置づけは、もっぱら物語の前史的な挿話に示されている。けれども小森においても、幕末から維新にかけての対立の構図は、内容の主要部分をなす、坊っちゃんと赤シャツらとの関係においては位置づけられていない。小森の論考では赤シャツはむしろ近代の学歴社会における勝利者としての位相を与えられており、別個の構図のなかで両者の関係が捉えられている。結局いずれの論においても、佐幕派武士として坊っちゃんを見立てる寓意は、彼と赤シャツの対立という、作品の中心的な構図と十分に照応しているとはいい難いのである。

問題はやはり、『坊つちやん』の主人公が担う歴史的な暗喩性を、〈江戸〉の側に想定していることにあるだろう。繰り返すように、夏目漱石は明らかに未来に至る〈近代〉への志向を持つ作家であり、日本が乗り超えられるべき〈前近代〉の残滓のなかにとどまりつづけていることが、漱石に創作の動機を提供していた。それは漱石の晩年に至るまで持続する構図であり、『道草』（一九一五）の末尾で、金をせびりつづける養父との縁が切れた際に主人公の健三が口に出す「世の中に片付くなんてものは殆どありやしない」（百二）という科白は、養父に仮託された〈前近代〉が捨象しえないものとして残存しつづけるという感慨の表白以外ではなかった。そしてこの〈前近代〉から〈近代〉への進展の成就の度合いは、あくまでも対西洋の比較のなかで測られるのであり、『坊つちやん』もそうした漱石の近代日本に対する批判意識の産物として捉えることができるのである。

3　坊っちゃんと明治日本

こうした作者の批判意識の外化として『坊つちやん』の主人公の造型を眺めれば、彼は何よりも外部からもたらされる働きかけや情報を十分消化することなく、それらに短絡的に反応してしまいがちな人物として浮び上がってくる。そうした性向を彼が少年時から現在に至るまで保持しつづけていることが、叙述の冒頭に明示されている。

親譲りの無鉄砲で子供の時から損ばかりして居る。小学校に居る時分学校の二階から飛び降りて一週間程腰を抜かした事がある。なぜそんな無闇《むやみ》をしたと聞く人があるかも知れぬ。別段深い理由でもない。新築の二階から首を出して居たら、同級生の一人が冗談に、いくら威張つても、そこから飛び降りることは出来まい。弱虫やーい。と囃《はや》したからである。小使に負ぶさつて帰つて来た時、おやぢが大きな眼をして二階位から飛び降りて腰を抜かす奴があるかと云つたから、此次は抜かさずに飛んで見せますと答へた。

親類のものから西洋製のナイフを貰つて奇麗な刃を日に翳《かざ》して、友達に見せて居たら、一人が光る事は光るが切れさうもないと云つた。何でも切つて見せると受け合つた。そんなら君の指を切つてみろと注文したから、何だ指位此通りだと右の手の親指の甲をはすに切り込んだ。幸《さいはひ》ナイフが小さいのと、親指の骨が堅かつたので、今だに親指は手に付いて居る。然し創痕は死ぬ迄消えぬ。（一）

ここに語られる、外部からの指嗾に対して、自身の身体を傷つける可能性を顧慮せずに即座に反応してしまう「無鉄砲」な性格が、青年期に至るまでこの人物を貫流し、その輪郭を形づくっている。その連続性のなかで彼は四国の中学校に赴き、そこで同僚や生徒たちと軋轢を来しつづけるのである。もしこうした輪郭が意識的に付与されている人物、つまり坊っちゃんが佐幕派武士の暗喩であるならば、比喩の論理からいって、こうした性格が佐幕派武士にも多少とも分け持たれている必要がある。けれども幕末の抗争において幕府側についた武士たちが、坊っちゃんのような「無鉄砲」な短絡性によって特徴づけられるとはいい難い。たとえば坊っちゃんの家と同じ旗本で佐幕派の武士であった小栗上野介《こうずけのすけ》は、やはり直情的な気質であったが、使節団の一員として赴いたアメリカでその分析的な知性を賞賛され、また貿易と国防の重要性を早くから認識して横須賀ドックを造らせる先見性を備えていた。また同じく旗本の幕臣であった榎本武揚は、知られるように幕府海軍を率い、北海道に逃れた後は独自の共和国を打ち立てようとしたものの、降伏の後は変節とも映る政治的姿勢の転換を示し、明治政府の要職を歴任する人物として新しい時代を生き延びていった。もちろん彼らは佐幕派武士として抜きんでた存在であり、その足跡を佐幕派武士の輪郭として一般化することはできないだろう。しかし少なくとも幕府側の武士たちの行動が、倒幕側のそれよりも直情的な短絡性を帯びていたということはできないはずである。

確かに『坊っちゃん』の語り口はすでに指摘されるように[11]、旗本であった勝海舟の父親である勝小吉の『夢酔独語』(一八四三)に似ており、この人物が漱石の念頭にあった可能性はある。けれども小吉自身は旗本とはいってもほとんど無頼の人物であり、微禄のあまり生活も自身で立てることを強いられ、少なくとも幕府に忠誠を尽くすという型の武士ではなかった。また勝海舟も幕臣として幕府側で行動するものの、幕府に対してはむしろ批判的な視点を持ち、また西郷隆盛らとの交渉を通して江戸城を無血開城に導く政治的手腕を発揮している。さらに勝は維新後は様々な要職に就いて明治政府の中枢を担う存在となり、伯爵の爵位まで授かっている。一人称の「おれ」で語られる勝海舟の『氷川清話』(一八九七)も、『夢酔独語』の語り口とある程度近似しているが、早くから養われていた海舟の幕府の現況に対する批判的な意識の底には、少年期に受けた小吉の感化があるといわれる。その意味では勝海舟こそが『坊っちゃん』の主人公を想起させる「親譲り」の気質のなかを生き抜いて、国家を率いるまでになった人物であった。

もし漱石の念頭に勝小吉、海舟父子の存在があったとすれば、それはむしろ「佐幕派」的な心性と逆行する志向が坊っちゃんに託されていることを物語っている。そしてさらにいうならば、坊っちゃんを逆に倒幕派、すなわち〈薩長〉の側に見立てることも可能なのだ。つまり幕臣でありながら明治維新後は明治政府の要人となっていった勝海舟を坊っちゃんの造形の背後に想定しうるように、坊っちゃんを倒幕派によって打ち立てられた明治政府——明治日本に対立する位置に置かねばならない理由はない。また前章で引用した鈴木三重吉宛の書簡に見られるように、そもそも漱石のなかには「勤皇派」あるいは「維新の志士」に対する強い共感が存在する。明治三九年（一九〇六）の「断片」には、今の「元勲」について「大久保利通ガ死ンデ以来如何ニ小サクナリタルカヲ思ハズ。木戸孝允が今日ニ至ツテ忘レラレタルヲ思ハズ」という記述があるが、漱石は大久保利通や木戸孝允といった、すでに世を去った薩長の志士の器量を認める一方、現在の政治家たちがそれを備えていないという感慨を覚えている。そしてこうした「小サク」なってしまった政治家に率いられつつ、西洋諸国と対峙しなくてはならない現況を憂慮する漱石にとって、〈日本〉は同一化と批判のアンビヴァレンスを喚起する対象にほかならない。

『坊つちやん』も漱石のこのような意識から生み出された作品である。そしてこの作品にこうした視点を投げかけようとする際に、尊重すべきなのは、坊っちゃんがおこなう東京から〈松山〉（以降坊っちゃんが赴任する四国の都市をこのように記すことにする）への移動が、実は漱石の「松山体験」ではなく、むしろその五年後に訪れる「ロンドン体験」を映し取っているとする、平岡敏夫の視点である。平岡は漱石自身の松山での体験と、『坊つちやん』で語られる主人公の経験との差異を踏まえた上で、この作品に語られるものが、むしろ明治三三年（一九〇〇）から明治三五年（一九〇二）にかけての、漱石のロンドンでの体験に照応する性格が強いことを指摘している。つまり坊っちゃんは〈松山〉で中学校に勤務し始めてから、つねに自己の行動を生徒たちに監視されているように感じつづけ、後半では自分のことを生徒たちが「神経衰弱」（十）と評するのではないかと忖度するような状態にまでなるが、それはとりもなおさず漱石自身がロンドンで陥っていた状態と合致するものにほかならない。こうした視点から平岡は『坊つちやん』の内容が、漱石のロンドン体験を素材化したものであると見なし、帰結的な感想として、東京――ロンドンの距離を東京――四国の距離に矮小化することによって、「漱石の英国嫌悪、批判」が表出されることになったという考察をおこなっている[12]。この指摘は妥当だが、重要なのはやはり、この漱石の「英国嫌悪、批判」がここでどのように表象されているかという具体性であり、坊っちゃんの造形に託された寓意性も、そこから浮び上がってくる。いいかえれば、坊っちゃんを江戸末期の抗争とは別個の文脈を担う存在として捉えることによって、漱石がこの作品に込めた「英国」に代表される西洋諸国に対する意識が明確化されるはずなのである。

その際あらためて着目すべきなのは、この作品に付された「坊つちやん」という表題である。看過しえないのは、この表題が語り手の坊っちゃんが積極的に選んだものではなく、むしろその外側からメタレベル的に与えられた性格を持つことだ。「坊つちやん」という呼称は決して一人称の語り手の肯定的な自己認識を表現していない。展開の終盤で画学教師の野だいこの言葉を耳にして彼は「野だの畜生、おれの事を勇み肌の坊つちやんと抜かしやがつた」（十一）と歯ぎしりするのであり、彼にとって「坊つちやん」は否定的な響きをもって聞こえる呼称でしかない。もちろん女中の清が彼のことを「坊つちやん」と呼ぶことについては坊っちゃんも受け入れているが、それは現実に子供として過ごした家のなかにおける位置づけだからである。この非社会的な呼称が、職場という社会的な場でも適用されているという事実は、坊っちゃんが今なおその域にとどまっていることを告げ、彼を苛立たせている。そして作中で坊っちゃん自身がこの呼称を否定するにもかかわらず、それになお作品の表題の位置が与えられていることは、そのメタレベル性を二重にしている。つまり自分が「坊つちやん」ではないという坊っちゃんの反駁を、この表題自体が封じ込めているのであり、そこに主人公の主体的な自己規定を二重に相対化する眼差しが作動していることが見て取れるのである。

そしてこの、主体的な自己認識を自身に与えることができず、対他者的な関係において未熟さを示しつづける主人公の輪郭こそが、漱石の捉える〈明治日本〉のイメージであることはいうまでもない。先にも引用したように、ロンドン留学中の日記に「日本ハ真ニ目ガ醒メネバダメダ」（一九〇一・三・一六）と書き付け、明治三九年の「断片」に「遠クヨリ此四十年ヲ見レバ一弾指ノ間ノミ。（中略）明治ノ事業ハ是カラ緒ニ就クナリ。今迄ハ僥倖ノ世ナリ。準備ノ時ナリ」と述べるような意識が坊っちゃんの造形に底流している。漱石の認識においては、四十年を閲しようとしている明治の日本は、未だに本当には「目ガ醒メ」てはいない初発の段階にあり、近代国家として成熟していくためには、やっと「準備ノ時」を終えたにすぎないのである。[13]

こうした日本の近代国家としての未熟さに対する漱石の批判的視点は、五年後の明治四四年（一九一一）の講演「現代日本の開化」においても持続している。周知のようにここで漱石は近代化の形を「内発的開化」と「外発的開化」の二つに分け、日本における近代化、つまり「開化」を後者であるとしている。漱石がここで問題にしているのは、日本が西洋という外的世界との接触、交渉を契機として国を近代化していった経緯自体ではなく、それによってもたらされた変化が、日本人の生活に十分内在化されていないということである。漱石の言葉によれば、開国以降日本にはつねに西洋から文化・産業面における「新しい波」が押し寄せ、日本人はそれに洗われつづけたが、それは日本人の固有性とは別のものであるために、「自分がその中で食客をして気兼ねをしてゐる様な気持」を抱かざるをえない。それは国民に「どこか空虚の感」をもたらすことになるが、そうした内在化されない開化を内発的なものであるかのように装う身振りを、漱石は大人の真似をする子供に譬えている。「自分はまだ煙草を喫つても碌《ろく》に味さへ分らない子供のくせに、煙草を喫《す》つてさも旨さうな風をしたら生意気でせう」と語られ、やや後のくだりでは、西洋と歩調を合わせて近代化の道を歩もうとする日本の姿を「子供が脊《せな》に負はれて大人と一所に歩くやうな真似」になぞらえられている。

近代日本の様相を「子供」の比喩によって表現するのは、国家と人間を時間的連続性の主体として重ね合わせる漱石的着想の現れだが、この講演で示されている日本に対する漱石の把握が、『坊つちやん』の主人公に重ねられるものであることは明らかだろう。坊っちゃんこそが、少年期から中学教師となった時点に至るまで、一貫した自己同一性の上に立つことなく、外部からの働きかけに対して反射的に反応するという、徹底して「外発的」な行動を取りつづける人物であり、大人になりきらない青臭さを漂わせた青年にほかならなかった。もちろん坊っちゃんに趣味や振舞いにおける西洋志向はないが、遺産を使って「物理学校」に通い、数学教師になったという彼の経歴自体が、西洋科学の移入に急であった明治期における日本の〈西洋化〉の流れと合致している。また〈大人——西洋〉の真似をする〈子供——日本〉が「生意気」であるとされるように、坊っちゃんも自身が巻き込まれた中学校と師範学校の喧嘩を報じる新聞の記事に「東京から赴任した生意気なる某」（十一）として紹介されているのである。

4 「無鉄砲」な戦い

このように坊っちゃんに担わされた〈近代日本〉の文脈に着目すれば、彼が佐幕派武士に逆行する存在として眺められることも明らかになるはずである。つまり坊っちゃんの輪郭が明治日本の進み行きを示唆しているとすれば、それは当然明治日本を形づくっていった人びとと連繫し、おのずと佐幕派よりもむしろ薩長の倒幕派の系譜を浮び上がらせることになるからだ。また坊っちゃんには小谷野敦がいうように確かに〈さむらい〉としての性格が付与されているが、それは坊っちゃんを〈明治日本〉に見立てることによって、より拡張した次元で意味づけられる。つまり日本は明治に入って清、ロシアという二つの大国と〈いくさ〉をしたのであり、その意味ではまさに〈さむらい〉としての行動に身を投じていた。日清戦争も日露戦争も、ともに戦前は日本の力が侮られており、その低い評価を覆すべく日本は戦いを開始し、結果的にはどちらの戦争においても日本は勝利を得ることになった。『坊つちやん』は日露戦争終結の翌年である明治三九年（一九〇六）に書かれており、先に触れたように作品の時間的な舞台も、漱石が松山に滞在していた時点から約十年後の日露戦争の終結時にずらされている。そうした意識的な設定を施している作者が、遂行されたばかりの戦争と無関係に〈さむらい〉を想起させる主人公を登場させていることは考え難い。

一方歴史的な〈さむらい〉の世界からこの作品が断ち切られているわけでもない。漱石のなかにある、〈近代〉が〈前近代〉の残滓を振り切れない形で進んでいっているという連続性の認識は、『坊つちやん』ではある意味では積極的な表出に転化されている。『道草』とは反対に、彼の存在を支えるべき基底としての近代以前の時間の堆積は、坊っちゃんに付与された〈戦う者〉としての〈さむらい〉の系譜をもたらしているからである。冒頭に現れる「親譲りの無鉄砲」という表現も、その地点から捉え直すことができる。一読して明らかなように、坊っちゃんと、彼の「顔さへ見れば貴様は駄目だ駄目だと口癖の様に云つて居た」「父」（二）父親の間には、連続ではなく不連続が仮構されており、坊っちゃんの「無鉄砲」な性格が現実の「父」から〈譲られた〉ものであるということはない。したがってこの「親」とはより観念的な次元における〈祖《おや》〉的な存在として仮構されることになる。(14) 小谷野敦はその〈祖〉を坊っちゃん自身の言葉を受ける形で、清和源氏の始祖である多田満仲に見立てているが、坊っちゃんを明治日本の寓意としてして捉えた場合、その〈祖〉はもう少し近接する時代に求められる。その時坊っちゃんの〈祖〉も、あらためて「親」的な親近性のなかに置き直されるのである。

すなわち平岡、小谷野、小森らの見方に反して、坊っちゃんの「親」とは、明治政府を打ち立てた倒幕勢力、つまり〈薩長〉そのものにほかならないからだ。それは歴史的な経緯によって想定されるだけでなく、現実に薩摩、長州両藩が幕末においてかなり「無鉄砲」な行動を起こしているという、イメージ的な照応によっても補強される連関である。嘉永六年（一八五三）の「黒船」の来航以来、次々と外国船が日本に来航し、通商を求めたが、この西洋諸国の接近に対して、久坂玄瑞を中心とする長州藩の攘夷派は、文久三年（一八六三）五月一〇日単独でアメリカの商船を砲撃するという挙に出た。それにつづいてオランダ・フランスの軍艦を砲撃したが、いずれも撃沈させるには至らなかった。それに対し同年六月からアメリカ・フランスは反撃を開始し、翌元治元年（一八六四）八月五日には英・米・仏・蘭四国の連合艦隊が下関を砲撃し、またたく間に砲台を破壊し尽くした。また薩摩藩でも同時期の文久三年に、生麦事件の収拾についてイギリスと対立し、交戦したものの、市街地の一割を焼失する打撃を蒙る「薩英戦争」を起こしている。この二つの局地的な戦いは、薩長の攘夷派にその不可能を教え、以後彼らが開国派へと転じていく契機となったが、清、ロシアと戦いを交える以前に、江戸時代の末期に日本が外国とこうした戦争を起こし、それによって傷を負った前歴を持つことは見逃すことができない。つまり明治日本がいずれも戦前には無謀とも思われた大国との戦争を遂行する前に、その「親」ともいうべき〈薩長〉はともに西洋の列強に対して戦いを仕掛けるという「無鉄砲」な行動に出ているのである。

実際冒頭で語られる、他人の挑発に乗る形で二階から飛び降りたり、ナイフで自分の指を切ったりして傷を負ってしまう挿話は、無謀にも単独で西洋の強国に戦いを挑んで手ひどい反撃を受けてしまう、薩長両藩が経験した戦争を想起させる。こうした〈戦い〉への志向を引き継ぐ形で、明治時代の戦争も遂行されることになったという認識が漱石の内にあったとも考えられるが、そうした志向の連続性が託された存在である点で、『坊っちゃん』のはらむ寓意性は〈倒幕派〉の側に傾斜していかざるをえないのである。坊っちゃんが赤シャツらに加えようとする際に用いられる「天誅」（十一）という言葉が喚起する「天誅組」にしても、過激な尊王攘夷を奉じる倒幕派であった。人物的な照応においても、アメリカ船への砲撃を仕掛けた中心人物であった久坂玄瑞について、吉田松陰は書簡で「足下軽鋭、未二嘗深思一、僕所レ謂遽為二憤激不屈之言一」[15]（貴方は俊敏ではあるが軽率なところがあり、未だ深く思慮するということがなく、僕の言うところのたちまち憤激し不屈の言をなす人です）と評しているが、これが『坊っちゃん』の主人公を想起させる性格であることはいうまでもない。また古川薫の『幕末長州藩の攘夷戦争』（中公新書、一九九六）によれば、フランス艦との交戦に出陣しようとする藩兵たちの出で立ちは「和銃が少々、持っているのは弓矢、槍、刀剣がほとんど」という「戦国時代の装備とまったくかわらないもの」であり、まさに「無鉄砲」な状態だったのである。

そう考えると『坊っちゃん』の冒頭で、事実的な関係性に逆行する形で「親譲りの無鉄砲」という性格を坊っちゃんがみずから語っていることの意味を理解することができる。さらに『坊っちゃん』の叙述には、端的に〈薩長〉とくに〈長州〉とつながる痕跡が残されている。それは中盤で坊っちゃんが引っ越していく先の下宿屋の名前である。ここで坊っちゃんは主人の老夫婦に「双方共上品だ」という良い印象を抱き、とりわけ婆さんには清に抱くような懐かしさまで感じている。そしてその婆さんに対して彼は、それまでとは違った落ち着きを見せて世間話にも興じたりするのだが、この下宿屋の名前は「萩野」なのである。「萩」が長州の中心地として、幕末に吉田松陰、高杉晋作、桂小五郎（木戸孝允）らの人材を輩出した地であることは述べるまでもない。下関での砲撃事件を起こした武士も萩の藩兵たちであり、久坂玄瑞自身も萩の出身なのである。しかも長州藩では攘夷熱の昂揚のなかで、奇兵隊をはじめとする、身分に関わらない有志による軍隊が次々と組織されていったが、そのなかには「遊撃隊」「御楯隊」などと並んで「萩野隊」も存在したのである。

坊っちゃんと明治政府の「親」としての〈長州〉との連関をこのように眺めていくと、彼に敵対する赤シャツの位置づけもおのずと明瞭になる。赤シャツが横文字の好きな西洋かぶれであるという輪郭は、端的に彼をイギリスをはじめとする西洋列強の暗喩として括り出すことになるからだ。これ以降の作品においても、漱石はある国を想起させる文脈を登場者に担わせることで、その国を端的に表象する換喩的表現を繰り返しおこなっているが、赤シャツはその先駆的な例である。そう眺めることによって、「英国嫌悪、批判」(平岡敏夫)に集約される、漱石の西洋に対する屈折した心性を捉えることができる。おそらく赤シャツは、漱石自身の〈イギリス嫌い〉を核として、明治期の日本人が抱いていた西洋列強に対するルサンチマンが集約された形象であると考えられる。漱石もこうした「時代的F」(『文学論』一九〇七)としての集合的感情を分け持っていたのであり、だからこそそれを底流させたこの作品が、現在に至るまで代表的な「国民文学」の一つとしての位置を持ちつづけているのである。

赤シャツが〈西洋列強〉の暗喩として前景化されるのは、もっぱら後半の展開においてである。ここで赤シャツは英語教師の「うらなり」の婚約者であった「マドンナ」を奪い取り、うらなりを九州の延岡に追いやってしまう。そしてこの事件で赤シャツに対する感情を一層悪化させた坊っちゃんは、山嵐と共闘して、芸者の出入りする宿屋の前に張り込み、赤シャツらがそこから出てきたところを取り押さえるのである。こうした終盤の坊っちゃんの行動は、当然〈西洋列強〉へのルサンチマンに対するカタルシスとしての意味を持つ。すなわちうらなりからマドンナを奪い取る赤シャツの行動は、明らかに日清戦争後のロシア・ドイツ・フランスによる三国干渉と、それ以降の西洋諸国の行動を映し取ったものであり、最後の赤シャツの〈成敗〉は、前年に終結した日露戦争を寓意化していると見ることができるからだ。この作品の時間的な設定が、作品の執筆時に近接する日露戦争の終結時に置かれているのも、この図式を浮び上がらせるためにほかならない。

陸奥宗光が『蹇蹇録』（一八九六）で、「今回干渉の張本たる露国[16]」といういい方をしているように、三国干渉において中心的な役割を担ったのはロシアであったが、実際この作品の表現において、赤シャツは〈ロシア〉につながる文脈を様々にまとっている。たとえば彼が坊っちゃんを釣りに誘った際にも、坊っちゃんが最初にゴルキという雑魚を釣り上げると、赤シャツは「ゴルキと云ふと露西亜の文学者みた様な名だね」（五）という感想を述べ、彼らに伴った野だいこを含めて皆がゴルキばかりを釣りつづけると、また赤シャツは「今日は露西亜文学の大当りだ」（五）と野だいこに言う。「ゴルキ」が示唆しているのはもちろんロシアの作家であるゴーリキーである。ゴーリキーはこの時代にまだ三十代であり、『坊つちやん』発表の前年にあたる一九〇五年には、ロシア革命の端緒となった、市民・学生のデモ隊に向けて官憲が発砲し、多くの参加者が捉えられる「血の日曜日」事件に関与して逮捕、捕縛されている。この事件は日本にも報道され、『太陽』明治三八年四月号には「拘留せられしゴルキー」の写真が掲載されている。またこの事件を報じた『東京朝日新聞』明治三八年一月二五日には、「革命の文字を記せる二流の赤旗を推し立て」て集まった学生たちに対して、警官が直ちに解散を命じたにもかかわらず抵抗したために、多くの捕縛者が出たことが記されている。この事件の報道では、「赤旗」の文字が少なからず見出されるが、この「赤」は教頭の赤シャツを特徴づける色でもある。もちろん赤シャツはいかなる意味においても革命的な存在ではないが、「ゴルキ」「露西亜文学」などとともに〈ロシア〉につながる要素を彼が身にまとっていることは看過しえない。

しかも赤シャツたちが住む町のモデルである松山は、この時代にロシアに縁の深い都市であった。日露戦争時に松山の捕虜収容所にはロシア人捕虜が多く収容され、明治三八年（一九〇五）四月の時点で、約四千人の捕虜が収容されていた。これは決して全国に存在した捕虜収容所のなかでは抜きん出た数字ではないが、収容された陸海軍の将校の数については全国一であり、そのため「松山」は捕虜収容所の代名詞としてロシア兵の間で知れ渡っていた。ロシア人捕虜たちの状況はもちろん多く報道されており、たとえば『時事新報』明治三七年二月二五日には「松山捕虜だより」として、巡査に物品を送ろうとして迷惑がられた少尉や、ストレスから精神に異常をきたした大尉など、将校たちを中心とした松山の捕虜たちの様子が語られている。また明治三八年二月五日の『東京朝日新聞』には、松山の捕虜収容所における待遇への不満をある将校が本国に訴えたものの、それは事実に反するという「当局者」の弁明を伝える記事が掲載されている。漱石が松山を去って十年後に、決して愛着を持っていたとはいえないこの土地を小説の舞台としたのは、こうしたロシア人捕虜たちに関する報道によって、この土地があらためて意識の表層に昇ってきていたからだとも考えられるのである。(17)

一方、「赤シャツ」に臣下のように付き従う野だいこは、日本の戦った相手としての〈中国〉に重ねられる存在である。気力を欠いた兵士と、旧式の武器しか擁していない清を相手に、日本は比較的容易に勝利を収めたが、野だいこと彼が表象する〈中国〉との連関ははっきりと作中に刻まれている。赤シャツの画策によって婚約者を奪われ、遠く延岡の地に追いやられることになったうらなりの送別会で、坊っちゃんは「日清談判」の演歌を歌い始めた野だいこに対して「日清談判なら貴様はちゃん〳〵だらうと、いきなり拳骨で、野だの頭をぽかりと喰はしてやつた」（傍点引用者、九）という振舞いを取るのである。そこからの類推によっても、より強力な〈敵〉である赤シャツが〈ロシア〉を象る形象であることが見えてくる。そう考えると、この作品が日清・日露という〈二つの戦争〉への意識を底流させていることと、坊っちゃんが〈戦う〉相手が赤シャツ・野だいこという〈二人組〉の形を取っていることが、明確な照応をなしていることが分かるのである。

5　帝国主義と近代批判

もっともこうした寓意的な構図を想定した場合、赤シャツはうらなりからではなく坊っちゃん自身から何ものかを奪い取らねばならないということになるかもしれない。けれども漱石はその比喩的イメージの論理においても、周到な布置を敷いている。つまり赤シャツから婚約者を奪い取られるうらなりは、坊っちゃんの分身にほかならないからだ。もちろん坊っちゃんとうらなりは対照的な気質の持ち主であり、他人のいいなりになりがちな大人しいうらなりが、周囲と衝突しつづける坊っちゃんの分身であるというのは奇妙な見立てかもしれない。けれどもむしろそこにこそ漱石の配慮があり、周囲の人間に反感を覚えることの多い坊っちゃんが、うらなりに対してはなぜか好意的な眼を注ぎつづけるという描き方もそこから生まれている。顔色が悪く「青くふくれて居る」（二）という容貌で、自己主張もほとんどしないこの人物が、坊っちゃんの辛辣な批評の餌食にならず、逆に「おれは君子と云ふ言葉を書物の上で知つてるが、是は字引にある許《ばか》りで、生きてるものではないと思つてたが、うらなり君に遭つてから始めて、矢つ張り正体のある文字だと感心した位だ」（六）という評価を受けるのは不自然にも見える。けれどもこの強い親近感は、彼を坊っちゃんを裏返した分身として見ることによって理解される。「うらなり」という呼称自体が示唆するように、文字通り彼は坊っちゃんの〈裏・なり〉の人物である。[18] それを傍証するように、坊っちゃんはうらなりを最初に見た時にすでに、「おれとうらなり君はどう云ふ宿世の因縁かしらないが、この人の顔を見て以来どうしても忘れられない」（六）という、根拠のない強い愛着を覚えている。

具体的な行動においても、うらなりが他者に自己主張することができないだけでなく、坊っちゃんも自分の意思を言葉に表すことが不得手なのであり、宿直の当夜、生徒たちに寝床にイナゴを入れられた「宿直事件」を話題とする会議の場でも、生徒への処分を寛大にしようという野だいこの意見に対して、「私は徹頭徹尾反対です……」と云つたがあとが急に出て来ない。「……そんな頓珍漢な、処分は大嫌です」とつけたら、職員が一同笑ひ出した」（六）という不体裁を晒してしまう。その点で二人とも他者に向けた自己表出の不得手な人間同士としての重なりを付与されているのである。さらにうらなりが英語教師であるというのは、坊っちゃんの起点にいる漱石自身とつながる輪郭であり、その点でも二人の登場人物は間接的な呼応を示している。

結局この弱々しい人物は、帝国主義的な拡張によって〈強国〉へと成り上がっていきながらも、西洋列強に対しては明確な自己主張をすることができず、そのいいなりになる無力さをさらけ出してしまう、明治日本の否定的な側面の寓意化にほかならない。三国干渉の屈辱は、何よりもそうした対西洋における自国の無力さを日本人が思い知らされる契機であった。そしてこの構図のなかではうらなりの婚約者であったマドンナは、帝国主義的な欲望の対象としての〈中国〉に相当する存在となるが、漱石の作品世界において、女性は多くの場合そうした記号性をまとって現れる。後の章で見るように、『それから』（一九〇九）においても『こゝろ』（一九一四）においても、女性は決して主体的な意志によって動く存在ではなく、二人の男性の欲望の対象として、その間で獲得が争われる〈領土〉にほかならなかった。

その際想起されるのは、漱石が明治三八、九年頃の「断片」に書き付けた、空間の占有をめぐる、よく知られた一節である。

二個の者が same space ヲ occupy スル訳には行かぬ。甲が乙を追ひ払ふか、乙が甲をはき除けるか二法あるのみぢや。甲でも乙でも構はぬ強い方が勝つのぢや。理も非も入らぬ。えらい方が勝つのぢや。上品も下品も入らぬ図々敷《ずうずうしい》方が勝つのぢや。賢も不肖も入らぬ。人を馬鹿にする方が勝つのぢや。礼も無礼も入らぬ。鉄面皮なのが勝つのぢや。人情もない冷酷もない動かぬのが勝つのぢや。（中略）礼儀作法、人倫五常を重んずるものは必ず負ける。勝つと勝たぬとは善悪、邪正、当否の問題ではない——power デある——will である。

ここに示されている〈強・弱〉を対立させる発想が、『坊つちやん』におけるマドンナをめぐる抗争に投げかけられている。有光隆司もこの「断片」の一節と『坊つちやん』の連関に着目して、「遠山令嬢〔マドンナ〕という「same space」の「occupy」をめぐる教頭と古賀〔うらなり〕とのさらにはそれを火種として発展した教頭と堀田〔山嵐〕との、相和することなき確執劇」（〔 〕内は引用者）がこの作品の「メインテーマ」であると述べている[19]。これは疑えない側面だが、重要なのは有光も「遠山令嬢という「same space」の「occupy」」といういい方をしているように、作品の構図において〈女性〉が〈領土〉の比喩として表象されているということだ。この着想が、〈西洋——日本〉の力関係のなかで描かれたものであることは疑いない。レーニンが、強国同士がそのヘゲモニーを維持するべく「土地を占領しようとして、たがいに競争すること」（宇高基輔訳[20]）を帝国主義の本質の一つとして規定するように、「space」を「occupy」することによって実現される強さという観念自体が、明らかに帝国主義的な着想である。そして三国干渉では日本はまさに遼東半島という「space」を「occupy」することができず、西洋列強という「強い方」に「追ひ払」われてしまったのだった。

この一節で想定されている「強い方」が〈西洋〉を含意していることは、「現代日本の開化」に近似した表現があることからも推測される。ここで漱石は、日本人が開化の過程で西洋とつき合っていくために、日本的な流儀を捨てざるをえなくなる事情について、「而《そ》して強いものと交際すれば、どうしても己を棄て、先方の習慣に従はなければならなくなる。我々があの人は肉刺《フォーク》の持ちやうも知らないとか、小刀《ナイフ》の持ちやうも心得ないとか何とかいつて、他を批評して得意なのは、つまりは何でもない、たゞ西洋人が我々より強いからである」（傍点引用者）と語っている。こうした強弱の力関係によって現実世界の流れが冷酷に律されており、しかもそのなかでつねに「強い方」が勝って終わるという認識が、〈弱者〉であるうらなりがマドンナという「space」を「occupy」することができず、学士で教頭という〈強者〉である赤シャツに「追ひ払」われてしまう展開に形象化されている。またそこに二〇世紀初頭の帝国主義的な時代を生きる人間としての漱石の感覚が露呈していることを否定しえないのである。

漱石は講演「私の個人主義」（一九一四）でも国と国との関係において「徳義心はそんなにありやしません」と断言し、つづけて「詐欺をやる、誤魔化しをやる、ペテンに掛ける、滅茶苦茶なものであります」という感慨を表明している。『坊っちゃん』においてうらなりが赤シャツから受けたものも、こういう「滅茶苦茶」な処遇であったが、その原型的な経験となったものが、極東の平安を保全するという「徳義」を押し立てて遼東半島から日本を追いやり、現実には中国におけるみずからの進出を図ろうとした西洋列強による三国干渉であった。徳富蘇峰もこの出来事に強い衝撃を受け、思想的な方向を転換する契機となったことはよく知られている。『蘇峰自伝』（中央公論社、一九三五）に蘇峰は「此事を聞いて以来、予は精神的に殆ど別人となつた。而してこれと云ふも畢竟すれば、力が足らぬ故である。力が足らなければ、如何なる正義公道も、半文の価値も無いと確信するに至つた」と記しているが、「力」が「正義公道」を蹂躙するというのが国際社会の現実であるという認識は、漱石が「断片」に書きつけた「power」の論理とほとんど同一の響きを帯びている。『坊つちやん』においても赤シャツの振舞いに怒りを覚えた坊っちゃんは、赤シャツを凌ぐためには「どうしても腕力でなくつちや駄目だ。成程世界に戦争は絶えない訳だ。個人でも、とゞの詰りは腕力だ」（十一）と、道理の通用しない国同士の関係を個人の次元に引き下ろし、「戦争」を仕掛ける決意をするのである。

この「戦争」の示唆するものが戊辰戦争ではなく日露戦争であることは、『坊つちやん』が『吾輩は猫である』（一九〇五〜〇六）が掲載中であった明治三九年（一九〇六）四月に『ホトトギス』に発表されている時期的な重なりによっても傍証される。『ホトトギス』のこの号には『猫』「十」章も併せて掲載され、さながら漱石特集号の様相を呈しているが、前章で見たようにこの作品では日露戦争の文脈が明示され、とりわけ「五」章で語られる「吾輩」と鼠との〈戦い〉は、自身を「東郷大将」に見立てることで日本海海戦の戯画的な表象となっていた。また主人の苦沙弥が庭にボールを打ち込んではそれを取りに来る中学校の生徒たちに悩まされる「八」章の攻防にも「旅順の戦争」の比喩が用いられている。それと近接する時期に書かれた『坊つちやん』でも、「十」章では中学校と師範学校の争いに巻き込まれた坊っちゃんが生徒たちを相手に、「張り飛ばしたり、張り飛ばされたり」しているうちに、相手が引き上げてしまう様が、「田舎者でも退却は巧妙だ。クロパトキンより旨い位である」と表現され、日露戦争の文脈が盛り込まれている。この比喩はロシアの極東軍を率いたクロパトキンが、消極的な作戦を取りがちであったところから「退却将軍」とあだ名されたことによるが、こうした連関を考慮しても、坊っちゃんと赤シャツとの〈対決〉が『猫』におけるせめぎ合いと同様に日露戦争の表象であることは疑えないだろう。

そして坊っちゃんはこの「戦争」を完遂するべく山嵐と共闘することになる。「会津つぽ」として語られている山嵐が、〈薩長〉とくに〈長州〉を「親」とする坊っちゃんと手を結ぶというのは、一見矛盾しているようにも映るが、ここにこそ、漱石の未来志向的な眼差しが込められている。忘れてはならないのは、この作品の展開において、坊っちゃんと山嵐がつねに親しい関係にあるのではないことだ。赤シャツと野だいこの噂話を真に受けて、「宿直事件」が山嵐の煽動によるものと思い込んだ坊っちゃんは、それ以降しばらく山嵐と口もきかない対立的な関係に陥っている。赤シャツへのルサンチマンが再び彼らを結びつける契機となるが、そこに現在から未来へと日本が向かうことに対する漱石の積極的なヴィジョンが託されているといえよう。中盤に語られる坊っちゃんと山嵐の対立は、やはり〈長州〉と〈会津〉のそれに照応するものであり、赤シャツを標的とすることによってそれが止揚されていく終盤の展開は、そうした国内の党派的な相克を乗り越えて協調することで、〈西洋〉と拮抗するというヴィジョンを示唆しているからである。もちろんそうしたヴィジョンがそのまま実現されると漱石が素朴に考えていたのではない。『坊つちやん』の結末において、坊っちゃんは結局赤シャツに対する私憤を晴らしたにとどまり、彼に対する終局的な勝利を収めたわけではない。坊っちゃんは東京に帰還して「街鉄の技手」となり、中学校における赤シャツのヘゲモニーは一向に震撼されることなく終わるのである。

そこに日露戦争に勝利したところで、国際社会における日本の西洋に対する位置づけが本質的に変わるわけではないという、漱石の醒めた眼差しが込められている。さらにこの赤シャツの結果的な安泰は、この作品に込められたもう一つの批判性を浮上させることにもなる。つまり1節で挙げた竹盛天雄の論にも見られるように、赤シャツが力を振るいつづける〈松山〉の中学校とは、そのムラ的な排他性、閉鎖性によって、前近代的な要素を残したまま営まれつづける〈日本社会〉の比喩ともなるからである。こうした、個人の意向を尊重しないムラ社会的な性格が近代化を阻害する要素として日本社会に遍在し、それが容易に捨象しえないものであることを漱石は十分に認識していた。『坊つちやん』における赤シャツの安泰は、〈近代〉を浸食しつづける〈前近代〉の力の持続としても意味づけられるのである。

その点で『坊つちやん』の結末は決して明るいものとしては映らないが、東京に戻った坊っちゃんが「街鉄の技手」になるという成り行きは、必ずしも否定的に眺められるべきではないだろう。平岡敏夫はこの帰結に対して、坊っちゃんが本来の直情径行の気質の担い手ではなくなった点で、「坊っちゃんは死んだのである」という見方を示している。[21] しかしこの坊っちゃんの「死」はある意味では漱石によって積極的に希求されたものである。なぜならこの作品で〈戦う者〉であった坊っちゃんとは、すなわち帝国主義的な戦争の主体にほかならず、その坊っちゃんが〈死ぬ〉ことは、日本が戦争への関与から脱却していくことを意味するからだ。さらに彼が転身する「街鉄の技手」とは、産業技術による立国を示唆しているとも受け取られる。現に約四十年後に訪れる太平洋戦争の敗戦によって、日本はその道を辿ることになるが、この作品の結末はそれを密かに予示しているともいえよう。そこにも漱石の未来志向的な眼差しが作動していることが見て取られるのである。

註

（1）大岡昇平『小説家夏目漱石』（筑摩書房、一九八八）所収の「坊っちゃん」。

（2）丸谷才一「忘れられない小説のために」（『現代』一九八八・七→『闊歩する漱石』講談社、二〇〇〇）。

（3）『坊っちゃん』の同時代評については、『雑誌集成　夏目漱石像』2（明治大正昭和新聞研究会、一九八一）及び『夏目漱石研究資料集成』第一巻（日本図書センター、一九九一）を参照した。

（4）『ホノホ』の評でも「『坊ちやん』《ママ》の読者に愛せらる、所以は坊ちやん其者《ママ》の人物にあり、即ち漱石其人の人物に由る」（傍点原文）という視点が当然のように差し出されていたが、その後漱石自身が「私の個人主義」（一九一四）で、主人公の敵役として登場する赤シャツのモデルが自分自身である語ったこともあって、坊っちゃんの直情径行的な性格と行動があくまでも虚構の産物であると見なすことが一般的になっていった。

(5) 瀬沼茂樹『夏目漱石』(東京大学出版会、一九七〇)。

(6) 夏目漱石は第五高等学校教授のまま明治三三年(一九〇〇)九月イギリスに発ち、二年余のロンドン滞在の後明治三六年(一九〇三)一月に帰国し、四月に第一高等学校に転じている。しかし身分は講師となり、また小泉八雲(ラフカディオ・ハーン)の後任として東京帝国大学講師を兼任していた。

(7) 江藤淳は『坊つちやん』を「漱石がはじめて試みた「コンフェッション」の文学だった」という一方で、「江戸の文化的伝統」を示唆する「親譲りの無鉄砲」という言葉によって、漱石が「「坊つちやん」の内面にピタリと蓋をしてしまった」と述べている。これでは『坊つちやん』に何が〈告白〉されているのか探りようがないが、後続の章で扱われる島崎藤村の『破戒』との連続性をつくるために、共通項として「コンフェッション」という主題を持ち出してきているようにも見える。ただ小論で述べたように、『坊っちやん』において、寓意の枠組みのなかに漱石の関心がかなり露わに提示されていることは事実である。

(8) 竹盛天雄「坊っちゃんの受難」(『文学』一九七一・一二→漱石作品論集成第二巻『坊っちゃん・草枕』桜楓社、一九九〇)。

(9) 平岡敏夫「小日向の養源寺――「坊つちやん」試論」(『文学』一九七一・一→『「坊つちやん」の世界』塙書房、一九九二)。

(10) 小森陽一「矛盾としての『坊つちやん』」(『漱石研究』第12号、一九九九・一〇)。

(11) 平岡敏夫「漱石のもたらしたもの」(『国文学解釈と鑑賞』一九七八・一一→『「坊つちやん」の世界』前出)や小谷野敦「『坊つちやん』の系譜学」(前出)に両者の連関に対する言及がある。

(12) 平岡敏夫「ロンドン体験としての「坊つちやん」」(『文学』一九八九・九→『「坊つちやん」の世界』前出)。

(13) 明治期の日本を〈少年〉の比喩によって捉えるのは漱石に限られた着想ではなく、福沢諭吉も明治一一年(一八七八)の『通俗国権論』で「西洋流の事を行ひ西洋流の物を作るの錬磨に於ては、我日本人の齢は僅に十歳以上未だ二十歳に足らざる少年の如し」(引用は明治文学全集8『福澤諭吉集』筑摩書房、一九六六、による)と記していた。これは書かれた時期を考慮すれば妥当な見立てといえるが、それから三十年近くを経た漱石の意識においては、同じ着想が引き継がれながら、年数の経過に及ばない成熟の度合いが明治日本に対して付与されている。

（14）この坊っちゃんの性格の起源としての〈祖《おや》〉という言い方は、竹盛天雄の「坊っちゃんの受難」（前出）から借りている。竹盛は坊っちゃんの「本源的な「祖《おや》」」として「江戸的なもの」を想定しており、「明治的現実の中で日に実体を喪失してゆく江戸的なものの運命」という主題を読み取っている。

（15）吉田松陰の書簡の引用は『吉田松陰全集』第三巻（岩波書店、一九三五）による。

（16）引用は岩波文庫版『新訂 蹇蹇録』（一九八三）による。

（17）松山におけるロシア人捕虜については、才神時雄『松山収容所——捕虜と日本人』（中公新書、一九六九）、ソフィア・フォン・タイル『日露戦争下の日本——ロシア人捕虜の妻の日記』（小木曽龍、小木曽美代子訳、新人物往来社、一九九一、原著は一九〇七）を参照した。

（18）うらなりが坊っちゃんの〈裏〉であるとする視点は、平岡敏夫の「うらなりの運命——「坊つちやん」再論・リポートより」（群馬県立女子大学『国文研究』第13号、一九九三・三→『漱石 ある佐幕派子女の物語』おうふう、二〇〇〇）にも見出される。ただしこの論考は平岡が教鞭を取る大学の授業で出されたレポートをまとめたものであり、うらなりを坊っちゃんの「裏也」とする見方も、学生によって提示されたものを、平岡が肯定的に紹介するという形を取っている。

（19）有光隆司「『坊つちやん』の構造——悲劇の方法について」（『国語と国文学』一九八二・八→漱石作品論集成第二巻『坊っちゃん・草枕』前出）。

（20）引用は岩波文庫『帝国主義』（宇高基輔訳、一九五六、原著は一九一七）による。

（21）平岡敏夫「小日向の養源寺——「坊つちやん」試論」（前出）。

第三章

〈光〉と〈闇〉の狭間で——「三四郎」と近親相姦《インセスト》

1　〈黒い〉世界から〈白い〉世界へ

『三四郎』（一九〇八）は「白」と「黒」のコントラストによって織りなされた世界として成り立っている。東京帝国大学に入学するべく、熊本から乗り継いでいく汽車の中の場面から始まるこの作品は、最初に主人公の青年すなわち小川三四郎の眼が捉えた、乗客の肌の色を描出している。三四郎は京都から乗り合わせた女の「色が黒い」（一）ことに注意を払うが、それはこの女の肌の色が、彼が育った九州地方の人間のそれと同じだったからである。それは汽車が東へ進んで行くにつれて乗客の肌の色が示してきた変化に逆行する特徴であったために、彼の眼を引いたのだった。

　女とは京都からの相乗《あひのり》である。乗つた時から三四郎の眼に着いた。第一色が黒い。三四郎は九州から山陽線に移つて、段〻京大阪へ近付いてくるうちに女の色が次第に白くなるので何時の間にか故郷を遠退《の》く様な憐れを感じてゐた。それで此女が車室に這入つて来た時は、何となく異性の味方を得た心持がした。此女の色は実際九州色《いろ》であつた。（一）

こうした、「女の色が次第に白くなる」という変化は、当然主人公がおこなっている〈地方〉から〈中央〉への空間的移動と照応し、その度合いを示す指標として機能している。そして「白」の支配が優勢である都市世界への接近が、〈前近代〉から〈近代〉への移行を含意し、さらにこの「白」と「黒」の対照性に〈西洋〉と〈東洋〉ないし〈非西洋〉の対比が折り重ねられることになる。[1]「四」章で「黒ん坊の王族」である

「オルノーコ」が「英国の船長に瞞されて、奴隷に売られて、非常に難儀をする」という筋を持つ、一七世紀の女流作家アフラ・ベーンの作品に言及され、さらにその主人公に九州出身の三四郎がなぞらえられるのも、彼の出自である〈黒い〉世界が、〈非西洋〉的空間であることを物語っている。千種キムラ・スティーブンはその連関について、三四郎を「西洋的な教養を欠く」という点で「野蛮」な人間として輪郭づけるものであると捉えているが[2]、それは三四郎個人の属性を示すというよりも、彼の出自の地の記号的な位置づけを浮上させている。つまり三四郎が離れようとしている熊本という地が、近代化とほど遠い「野蛮」な所にとどまっているということであり、逆にいえば「熊本」に暗喩される〈前近代〉の日本が、主人公の出自としての現実性を未だに保っているということでもある。

主人公の青年を〈近代日本〉の暗喩として登場させ、その空間的な移動に日本が経験した変容や転換を託すのは『坊つちやん』(一九〇六)と同じ着想だが、一見して分かるように『三四郎』では主人公の移動の方向が『坊つちやん』とは逆になっている。前章で見たように、坊っちゃんの〈松山〉への移動が持つ含意は両義的であり、彼は〈前近代〉の暗喩としての〈地方〉に下っていくと同時に、より寓意的な次元では、作者のロンドン体験を映す形で〈西洋〉と対峙するべく遠方の地へ赴くのだった。一方三四郎の上京にはそうした両義性はなく、前近代的、非都市的世界としての〈地方〉から、近代的、都市的世界としての〈東京〉に移動していくことになる。その点で『三四郎』において主たる比重を占めているのは、国内における通時的な変容であり、『吾輩は猫である』(一九〇五~〇六)や『坊つちやん』に盛り込まれていた、日露戦争を中心とする日本対西洋の緊張関係は、ここではやや後景に退いている。

その事情については後で言及するが、『三四郎』はむしろ焦点を主人公の身体に仮託された、前近代から近代への移行に置くことによって、これらの作品よりも明瞭な形で、近代化の道を歩み始めた段階からなかなか脱することのできない日本の姿を巧みに表象している。その寓意は、冒頭のくだりにすでに現れている。『三四郎』は「うと〳〵として眼が覚めると女は何時の間にか、隣りの爺さんと話を始めてゐる」（一）という一文で始まっているが、この「うと〳〵として眼が覚め」た主体が、永い鎖国の時代から開国へと踏み切った移行期の〈日本〉でもあることはいうまでもない。「泰平の眠りを覚ますじゃうきせん」の戯れ歌が示すように、二百三十年間の鎖国体制は、西洋列強の恫喝的な接近を契機とする開国によって崩れ、国際的な緊張関係に晒される東アジアの一国として日本は新たな出発を切ることになった。しかし維新後三十年以上を経ても日本が十分に〈眼覚めた〉国として成熟しているという認識を、漱石は持ちえなかった。滞英中の明治三四年（一九〇一）の日記に「日本ハ三十年前ニ覚タリト云フ然レドモ半鐘ノ声デ急ニ飛ビ起キタルナリ覚メタルハ本当ノ覚メタルニアラズ狼狽シシツ丶アルナリ」と記し、「日本人ハ真ニ目ガ醒メネバダメダ」（いずれも一九〇一・三・一六）と戒めた意識は、『三四郎』を書く明治四一年（一九〇八）にまで持続している。

三四郎が、こうした〈眼覚めたばかり〉でしかない日本の暗喩としての側面を持つことは、やはり引用した日記と同じ明治三四年の「断片」に記された次のような一節からもうかがわれる。

我々はポットデの田舎者のアンポンタンの山家猿のチンチクリンの土気色の不可思議ナ人間デアルカラ西洋人から馬鹿にされるは尤だ

これを書き付ける夏目漱石は、日本という〈田舎〉からイギリスという〈先進国〉に移動していたが、三四郎は文字通り「ポットデの田舎者」であり、「九州の男で色が黒い」（四）と、東京で知己となる与次郎に評される「土気色」の範疇の肌の色を持つ人間として現れている。身体的な劣位性を刻まれた民族としての日本人への意識は、三四郎が汽車で乗り合わせる「髭のある人」(一)すなわち広田先生が、浜松の駅で見かけた西洋人を「あゝ美しい」と嘆賞し、一方自分たちを「こんな顔をして、こんなに弱つてゐては」(一)と慨嘆するくだりに明瞭だが、日露戦争の勝利によっても基本的に日本人が「チンチクリンの土気色の不可思議ナ人間」の域を脱していないという認識が、この作品を底流していることを物語っている。それはこうした自国とその民族への批判を書きつけた、二〇世紀の最初の年でもある明治三四年という年の数字が、そのまま主人公の名前と作品の表題に流入していることに示されている。三四郎が「うと〳〵として眼が覚め」る段階から展開が始められているのは、三四郎に託された〈近代日本〉が、覚醒の初発の段階を脱却しないままに二〇世紀という新しい時代を迎えていることを物語るものであり、事実彼は近代的世界の暗喩としての〈東京〉に出て以降も、周囲の動きに翻弄されて「狼狽」しつづけねばならないのである。

2 引き裂かれた人びと

冒頭に描かれる、三四郎が東京へ向かう車中の場面で、後に一高の英語教師であることが分かる広田先生と出会っているという空間的な設定は重要な意味を持っている。決して旅行好きでも出張に追われているわけでもない広田と、三四郎が汽車の車中で出会うというのは、きわめて蓋然性の低い設定である。けれども三四郎の熊本から東京への移動が、もともと〈前近代〉から〈近代〉への移行の暗喩であることを考慮すれば、この不自然ともいえる邂逅の意味を理解することができる。つまり熊本と東京の〈中間〉に登場する人物たちとは、いずれも何らかの形で近代社会との距離をはらんだ人びとであり、それが彼らを〈東京〉よりも手前の地点で三四郎の前に現れさせているのである。その点で広田先生と「汽車の女」は同質の記号性を帯びた存在だが、それを証すように彼らはともに〈黒——闇〉のイメージを付与されている。「汽車の女」は「九州色」として三四郎の眼に映る「色が黒い」女であり、広田は後に与次郎たちに「偉大な暗闇」（四）と評されていることが分かる無名の知識人である。「暗闇」とは大学教授に推されてもおかしくない学識を持ちながら、表現者として活動していないために、社会の一般的な認知の及ばない場所に埋もれている状態を意味している。自己表現をおこなわないのは広田自身の問題に帰せられるともいえるが、いずれにしても〈近代〉の暗喩としての東京の都市社会のなかで、彼は自己を輝かせることから強く隔てられている。

一方「汽車の女」は、名古屋の宿で三四郎と同衾することも厭わず、自分への接近を試みなかった三四郎に対して「あなたは余つ程度胸のない方ですね」（一）と言い放つ人物であり、前近代的な慎ましさとはむしろ対極的な存在として映るかもしれない。けれどもそれ以降姿を消してしまう女は、その存在の感触をもう一人の別の女に引き継がせ、作品中にその影を投げかける役割を担って、展開の最初に登場している。つまり平岡敏夫も指摘するように[3]、この「汽車の女」は、上京した三四郎が大学の池の端で出会う女、つまり里見美禰子の先触れをなす存在だからだ。現実に三四郎は美禰子に出会った際に、「汽車の女に「あなたは度胸のない方ですね」と云はれた時の感じと何所《どこ》か似通つてゐる」（二）ものを感じ取っている。また「八」章で美禰子と一緒に展覧会に出かけた際にも、そこに居合わせた物理学者の野々宮を「愚弄」するような素振りを示した美禰子に、三四郎は「急に汽車で乗り合はした女を思ひ出」すのである。彼の意識のなかで二人が相互の似姿として重ね合わされていることは疑いない。

見逃せないのは、この二人の女を重ね合わせる表徴が、彼女たちの肌の色として外在化されていることだ。つまり美禰子は「薄く餅を焦がした様な狐色」（二）の肌をしており、彼女に最初に会って以降、三四郎はその「顔の色ばかり考へて」（二）いる。三四郎の脳裏のなかで、「汽車の女」の肌の色との共通性が浮上していたことは明らかだが、結局『三四郎』においてこの二人の女は〈色の黒い女〉同士として結びつけられている。そしてこの連繫のなかで、一見「新しい女」とも映る美禰子に付与されている真の居場所が浮上してくるのである。(4)

美禰子は英語に堪能であり、ヴァイオリンをこなし、聖書を読むといった〈西洋文化〉への親炙のなかに生きる女であり、その点では前近代の女性と区別される〈新しさ〉を備えているように見える。けれどもこの側面は、むしろ彼女がそうではない部分を内に抱えることを際だたせるための前提であり、あるいは〈新しさ〉と〈古さ〉の間で彼女が引き裂かれた存在であることを前景化するための条件である。飯田祐子は、平塚明子《はる》（らいてう）をモデルとする森田草平の『煤煙』（一九〇九）の朋子が、その情熱を示唆する「若い血潮」によって特徴づけられるのに対して、美禰子の内面はつねに謎めいた対象としてしか語られず、彼女を見る三四郎の眼差しが「顔へ向かっていく」ことを、彼女が「新しい女」ではないことの傍証として挙げている。(5)「謎」をはらむことは〈女〉を描く際の普遍的な型であるともいえるが、この作品の世界で、美禰子の言葉や表情による表現が謎めいていて、それが彼女を「新しい女」とは異質な存在にしていることは事実である。〈謎めいている〉とはつまり、自己の意思や志向を明瞭に言語化しないということであり、「迷《ストレイ、シープ》へる子」（五）をはじめとする真意の明確ではない言葉を口にし、男性の選択においてもその志向の在り処がよく分からない曖昧さを示す美禰子の性格は、それ自体が自己表出の時代としての〈近代〉に逆行している。

『三四郎』を特徴づけているのは、男性の登場者を含めて、本来〈白――光〉の側にあってもおかしくない人物が、むしろ〈黒――闇〉の領域を抱え、両者の間でたゆたい、分裂している様相が様々に描出されることである。美禰子が〈引き裂かれた者〉であることは、「三」章に語られる、汽車に「右の肩から乳の下を腰の上迄見事に引き千切」られて轢死した女との連繫によっても浮上してくる側面である。この女の死体を見た三四郎はその夜「轢死を企てた女は、野々宮に関係のある女」（三）であり、その同じ時刻に野々宮の妹も死ぬが、それが美禰子であったという夢を見るのであり、汽車の女よりもさらに暗示的な次元で美禰子が轢死した女に結びつく文脈を持つことが示唆されている。そして〈汽車〉にまつわる二人の女のイメージが輻輳する形で、みずからを強く語らない美禰子の存在が代理的に表象されることになる。

　意識的な表象として語られる次元において、〈光〉と〈闇〉の対照的な分裂を端的な形で担う人物として現れているのが、美禰子が思いを寄せる相手の野々宮である。すなわちここで野々宮は「光線の圧力」（三）というテーマを追求している点で、〈光〉に親しい人物だが、その研究室は地下の「穴倉」（三）にあり、その意味では〈闇〉のなかの住人としての側面を持つ。そしてこの〈闇〉という光を欠如させた空間と親しい点で、野々宮は「偉大な暗闇」と評される広田と近似した居場所を占めることになる。もちろん語学教師でしかない広田と比べれば、野々宮は物理学の先端的な課題に関わっている帝大の講師であるという点では、自己実現を果たした成功者であるといえるが、世俗的な境遇においてはさして恵まれておらず、給料の不十分さから私立学校にも出講している。また日本の学会での認知も十全ではないようであり、与次郎に「野々宮さんは外国ぢや光つてるが、日本ぢや真暗」（傍点引用者、四）であると評されている。つまり野々宮も西洋の文化・学問を消化し、それを自己表現の基盤とする能力を持ちながら、日本の社会現実においては〈闇〉に埋もれがちな存在として語られているのである。

　そこに『三四郎』に変奏される「白」と「黒」の論理に込められたアイロニーが浮上している。〈黒い〉世界としての熊本から〈白い〉世界としての東京に移行した三四郎は、当然そこで〈白い〉人びとに出会うはずだっただろう。けれども〈近代〉の暗喩でもある東京という新しい生活空間で彼が交わりを持つことになる広田先生、美禰子、野々宮といった人物たちは、いずれも何らかの形で〈暗さ〉や〈黒さ〉をはらみ、いいかえれば〈白さ〉と〈黒さ〉を混在させている。そして彼らの表象が、前近代的なものを払拭しえず、むしろそれに支配されつつ進行していっている日本の近代化という、出発時から晩年に至る作品群を通底する漱石の問題意識と照らし合うものであることは明らかだろう。

そのためこの作品の世界では、〈白と黒〉、〈光と闇〉の対照性も、一義的な明瞭性を与えられていない。つまりこの作品の世界においては、近代化、都市化の進展が「黒」から「白」への移行として表象されていながら、むしろ「白」によって彩られるべき世界が「黒」によって浸食されているという構図が押し出されている。さらに〈白と黒〉、〈光と闇〉の対照さえ相対化され、それぞれ反対の項目と結びつく反転性を示しているのである。すなわち主人公は「白」の世界であるはずの空間で〈闇〉と結びつく人物に出会う一方、〈黒い〉世界は必ずしも〈暗い〉世界ではない。「九州色」として語られる肌の黒さは、とりもなおさず太陽の強い光に人が照らされた結果であり、三四郎が「九州色」の基準として想定する肌の黒さを持つ女性は、「三輪田の御光さん」という名前を持つている。「黒ん坊の王族」である「オルノーコ」に、「九州の男で色が黒い」(四)三四郎がなぞらえられるのも、こうした〈黒さ〉の源に、太陽の〈光〉があることを物語っている。〈東京〉が新旧の様々な価値観を交錯させることによって、そこに生きる人間をその狭間の〈闇〉のなかに投げ込みがちな空間であるのに対して、端的に熊本に代表される〈地方〉は、未だ旧来の価値観のなかにとどまっているために、逆にそうした狭間の〈闇〉を持たない世界である。「うるさい女」(一)であった「御光さん」は、美禰子のような西洋文化の素養はないかもしれないが、彼女の抱えているような分裂には無縁であるに違いない。そのため「御光さん」は美禰子と違って「うるさい」つまり多弁であり、また〈光〉の側の住人であることを示唆する名前を付与されているのである。(6)

3　「圧力」としての〈光〉

こうした構図のなかに野々宮の形象を置くと、野々宮がもっとも明瞭な対照性のなかで〈光〉と〈闇〉に関与する人物であることが分かる。見逃せないのは、野々宮が光を対象化する姿勢が、その「圧力」を測定するという形を取っていることである。「光線の圧力」の検出は作中でも示されるように、二〇世紀初めにおける物理学の重要な問題であった。一八七一年にマクスウェルによって理論的に証明されていた光の圧力は、一九〇〇年のレベデフにつづいて一九〇一年にはニコルス&ハルの共同研究によって実験的に検出された。漱石はこの問題に関する情報を、物理学者で随筆家であった弟子の寺田寅彦から得ている。漱石は寺田からニコルス&ハルの実験の話を聞き、その論文「The Pressure due to Radiation」（*"Physical Review"* XVII, 1902）なども参照したようである。(7) しかしそれを作中に盛り込んでいるのは、単に第一線の物理学者としての野々宮の像にリアリティーを与えるためではなく、この問題自体が作品の内容と連繫する暗喩性を帯びていると思われたからだと考えられる。

つまりこの作品では〈白い世界〉と〈黒い世界〉の間で反転する性格を帯びていたとはいえ、ゲーテが『色彩論』のなかで、「白は光の代表として視覚器官を活動の状態におく」（木村直司訳）と述べるように、(8) 基本的に〈光〉は理性的な洞察の比喩として、対象を〈白く〉、つまり明るくする力である。そしてこのゲーテの論考も含めて、プラトンからヘーゲル、ニーチェに至るまで、〈光〉が西洋において認識的営為の象徴として扱われてきたことは述べるまでもない。プラトンが『国家』で、無知蒙昧の段階に置かれている人間を洞窟の囚人に譬え、彼らを白日の光、つまり理性的認識のもとに連れていくことを、教育者の任務としたことは誰もが知るとおりだが、一八世紀のフランスにおいてディドロやルソーといった啓蒙主義の哲学者たちが活動した時代が、「光の世紀」(le siècle des lumières) と呼ばれたことも周知であろう。またヘーゲルは三四郎が見る大学図書館の蔵書の書き込みに、真性の哲学者として称賛されて登場するが、その『精神現象学』における「精神」の章では「光」と題された節があり、そこでは「光」は「自己を知る絶対的精神」(樫山欽四郎訳、以下同じ) が「自分を外化する運動」として捉えられている。そしてそれに対照される「他在はやはり単一に否定的なもの、すなわち闇」(傍点原訳文) であると規定されていた(9)。西洋の歴史を貫くキリスト教的精神を断罪しようとしたニーチェですら、『ツァラトゥストラ』において光の源泉としての太陽を生と認識の根元的な力の在り処として位置づけ、それを分有する存在として、ツァラトゥストラに「わたしは光だ」(吉沢伝三郎訳) と語らせていた(10)。

野々宮をはじめとする『三四郎』の登場者たちの〈光〉との関わり方に、こうした〈光の世界〉としての〈西洋〉に対する漱石の姿勢が強く滲出している。それは「九」章で語られる、彗星の尾の方向に関わる議論からも汲み取られる。この議論は野々宮のテーマである「光線の圧力」をいかに測定するかという問題から派生してくるが、会合で批評家にその測定法を尋ねられたのに応じて、野々宮は「近頃あの彗星の尾が、太陽の方へ引き付けられべき筈であるのに、出る度に何時でも反対の方角に靡《なび》くのは光の圧力で吹き飛ばされるんぢやなからうかと思ひ付いた人もある位です」(九) と説明している。けれども彗星の尾に関する洞察が、「近頃」の成果であるかのように語られているのは正確な情報ではない。ニコルス&ハルの「The Pressure due to Radiation」においても、この問題に関する洞察が、すでにケプラーによって一六一九年になされていたことが記されている。また一六三〇年代に書かれたデカルトの『世界論』においても、太陽光線との関係において彗星の尾の方向が変わる機構が考察されている。つまり一七世紀前半においては、すでに両者の相関性に対する提言がなされていたことになるが、それを漱石があえて「近頃」の話題として言及しようとしているのは、そこに近代における西洋と日本の関係性がイメージ化されていると思われたからであろう。遠方にいる時には「引力」によって引き付けられながら、近づくと今度は「吹き飛ばされ」るような「圧力」を加えてくる「太陽」とは、とりもなおさず近代日本にとっての〈西洋〉の謂であり、漱石自身がイギリスとその文化に対して、そうした両義的な関係を経験していた。

こうした「光線の圧力」によって示唆される〈西洋の圧力〉については、「六」章で学生集会に赴いた三四郎が聞かされる演説のなかではっきりと語られている。

吾々は旧《ふる》き日本の圧迫に堪え得ぬ青年である。同時に新らしき西洋の圧迫にも堪へ得ぬ青年であるといふ事を、世間に発表せねば居られぬ状況の下《もと》に生きてゐる。新らしき西洋の圧迫は社会の上に於ても文芸の上に於ても、我等新時代の青年に取つては旧《ふる》き日本の圧迫と同じく、苦痛である。（六）

「光線の圧力」の研究をしている野々宮自身は「西洋の圧迫」を口にするわけではないが、彼が結婚の可能性もあった美禰子との関係を積極的に深めようとせず、中盤では妹のよし子と住んでいた家を出て再び下宿生活に戻ってしまうのは、やはり西洋の研究者と拮抗する水準での研究を維持するために払わねばならない、努力の大きさを物語っている。美禰子も野々宮の選択に対して「宗八さんの様な方は、我々の考へぢや分りませんよ。ずつと高いところに居て、大きな事を考へて居らつしやるんだから」（六）という理解を示すが、その「ずつと高いところ」にいなくてはならないという意識が、物理学という学問の第一線にいようとする野々宮が受け取っている「西洋の圧迫」にほかならなかった。

興味深いのは、野々宮における様相に見られるように、『三四郎』において必ずしも「西洋の圧迫」が政治的な圧力として日本を脅かし、登場者がそれに対峙しようとする姿勢を示していないことである。そこに日露戦争との色濃い連関のなかに生まれている『吾輩は猫である』『坊つちやん』と、戦争が終結して三年後に書かれた『三四郎』との差異が現れている。ここでは「西洋の圧迫」を口にする学生はいても、〈西洋〉に直接抗する意味を持つ行動に身を挺する者はおらず、汽車における広田先生の言説が示していたように、その批判意識はもっぱら日露戦争後の疲弊した日本の状況に向けられていた。三四郎、美禰子、野々宮らにおいても、決して〈西洋〉は反撥の対象ではなく、自己実現の契機であり、またその度合いを測る尺度である。いいかえれば、この作品ではそこに同化することが「圧力」として意識される文化的ヘゲモニーとして〈西洋〉は想定されており、にもかかわらずその同化から強く隔てられていることが、登場者たちに〈闇〉や〈黒さ〉をもたらす要因となっていた。そしてそれを阻害する要因として「旧《ふる》き日本の圧迫」というもう一つの「圧力」の存在が示唆されていたのである。

なかでも美禰子はここで、内面の傾斜としては〈西洋〉に牽引されながら、現実的な行動の地平では、むしろ「旧き日本の圧迫」を受容し、それによって〈西洋〉に対して距離を取ろうとする存在として位置づけられている。美禰子のこの両義的な性格は、端的に彼女の〈光〉への対し方に現出している。三四郎は最初大学の池の端に立った女として美禰子を見出すが、重要なのは彼女が立っている位置自体よりも、むしろそこにおける彼女と日差しの方向的な関係である。この時美禰子は「夕日に向いて立つてゐた」のであり、「まぼしいと見えて、団扇を額《ひたひ》の所に翳《かざ》して」(二)いた。このポーズは彼女を描いた「森の女」という絵のなかで取られているポーズと同じであることが後に分かるが、「夕日」に向かいながら、その光を「まぼしい」と感じて「団扇」をかざすことでそれを遮ろうとする美禰子の姿勢は、この作品に語られる人物と

〈光〉の関係と照応している。すなわち美禰子は「夕日」つまり〈西からの光〉に向かっているのであり、しかも「団扇」によってその強さを緩和しようとしている。同じ章で「夕日」はわざわざ「西の方へ傾いた日」(二)とも表現されているが、それは当然〈西洋〉を含意している。そして美禰子はその光に向かいながら、同時にその光を「圧力」としても受け取っていたのである。美禰子が「池の端」にいるのも、彼女と〈水〉の親近を物語る以上に、水面が西日を照り返すことによってより「まぼしい」状況をもたらすための条件にほかならなかった。

その点で、池の端に立った美禰子と夕日の関係が、野々宮の実験と同一の図式性を持っていることが分かる。現にこの三四郎と美禰子の最初の邂逅は、「光線の圧力」を測定する野々宮の実験につづいて叙述されている。そして美禰子が〈西からの光〉に向かいながら、それに「まぼしい」という「圧力」を感じて遮ろうとするところに、彼女が〈非・近代的〉な女である所以がこぼれ出ている。加えて美禰子と同じ〈色の黒い女〉である「汽車の女」との照応によって、美禰子のこの側面がより強く浮び上がってくることになる。つまりそれによって、美禰子もまた〈東京〉つまり〈近代〉に至らない地点に置かれる存在であることが示唆されているからである。

4　美禰子の〈前近代性〉

〈非・近代的〉な女としての美禰子の輪郭がこぼれ出てくるのは、主として彼女が持つ、周囲の男たちとの関係においてである。これまで『三四郎』を論じる際に多く焦点化されてきたのが、美禰子の愛が向かう先は誰か、という問題であり、それが三四郎であるのか、野々宮であるのかといった議論が重ねられてきた。

三好行雄は美禰子の愛していたのが三四郎であり、その愛を断念してよし子の相手となるはずであった男と見合いによって結婚していくという読解を示し、[11] それに対して酒井英行や千種キムラ・スティーブンは、美禰子の愛はあくまでも野々宮に向けられたものであり、自分との結婚に踏み出してくれない野々宮をあきらめて、別の男との結婚を選んだという視点を差し出している。[12] 近年の読解では、後者の観点の方が優位を占めているように見えるが、ここで追ってきた把握のなかに位置づければ、美禰子が結ばれる可能性は、三四郎と野々宮の両方の上にあったということができる。つまり酒井や千種キムラが述べるように、美禰子の愛はもっぱら野々宮に向けられていることは否定し難い。この方向性は作中の様々な箇所にちりばめられている。たとえば「六」章で叙述される学生たちの運動会の場面に、グラウンドと観客席を仕切る柵の向こうにいる野々宮のところに美禰子が行って話を始めた際に、「嬉しさうな笑《わらひ》に充ちた顔」をするのは、その端的な例である。逆にその前の「五」章に語られる、菊人形見物のくだりで、美禰子が野々宮と「空中飛行器」をめぐる議論で意見がすれ違い、その後三四郎が美禰子に話しかけた際に、彼女の眼の表情に「霊の疲れがある。肉の弛《ゆる》みがある。苦痛に近き訴へがある」という印象を受け取るのは、仲を深めるべきであった野々宮との間に、亀裂ができてしまったことへの美禰子の悔恨がそこに現れていたからにほかならない。

この挿話に見られるように、美禰子が野々宮と結ばれることを望みながら、野々宮にその志向が希薄であることを次第に認識していく過程が、中盤以降の展開の軸をなしている。けれどもその一方で、美禰子が三四郎への好意を折々にほのめかしていることは見逃せない。たとえば小川の向こう側に「悪魔《デギル》」がおり、こちら側に「迷へる子」としての二匹の羊を描いた絵葉書を三四郎に送り、それを受け取った三四郎が「迷へる子を二匹描《か》いて、其一匹を暗に自分に見立てゝ呉れたのを甚だ嬉しく思」（六）ったりする。後半に「丹青会」の展覧会に行く際にも美禰子は三四郎を誘うのであり、しかもそこで彼女は「向《むかふ》から三四郎の横顔を熟視してゐた」（八）という眼差しを向けている。さらにその場に野々宮が来合わせると、美禰子は野々宮の嫉妬を喚起するかのように「自分の口を三四郎の耳に近寄せた。さうして何か私語《さゝや》いた」（八）という仕草を取るのである。おそらく「八」章で語られるこの展覧会の場面では、すでに美禰子は野々宮と結婚する望みを失っており、これまで自分の接近に本気で応えようとしなかったことへの報復として、こうした振舞いを取っているとも考えられる。けれども美禰子が三四郎を、単に野々宮へのあてつけをおこなうための道具として扱っていると見ることもできない。彼女の三四郎への感情には一定の真実性が垣間見られるのであり、状況によってはそれが愛情として深まっていく可能性もあったはずである。また美禰子の〈前身〉である「汽車の女」が三四郎に接近しようとする姿勢を示していたのは、やはり彼と美禰子との間にありえた関係を残像として作中に漂わせることになる。

　美禰子の三四郎に対する感情が深まっていく方向を取らない理由としては、小森陽一が指摘するように、女性が単独で社会に生きていくことの困難な状況のなかに彼女が身を置いていることが挙げられる。小森は、親を早く亡くしている美禰子と兄の兄妹にとって、兄が結婚すれば、美禰子は〈独り〉で生きて行かねばならないことになるが、それを許す状況が明治四〇年代の社会にまだなかったために、美禰子は否応なく誰かと結婚しなくてはならなかったという論を提示している[13]。これは作品から喚起される社会的背景への考察としては妥当であろうが、そうした条件はこの作品においては美禰子の生きる生の枠組みを強化する装置として機能しており、それを描くこと自体に漱石の主眼があったとは見なし難い。

　これまで見てきたように、美禰子は他の主要な登場人物と同じく〈近代〉と〈前近代〉、〈西洋〉と〈日本〉の間で分裂した存在であり、とくに冒頭の「汽車の女」との重なりによって、それぞれの対比の組における後者の項目を色濃く備えた人物として捉えられる。それは結局美禰子が〈誰かと結ばれようとする〉傾斜をはらむ女だということである。「汽車の女」が三四郎と一緒に風呂を使おうとしたり、同衾することも辞さないことによって浮上してくる娼婦性は、美禰子との連繫によって、むしろ美禰子自身の内にあるものをほのめかすことになる。(14) つまり美禰子自身が娼婦的な女であるわけではないが、自分が〈結ばれる〉相手を一人に限定せず、複数の男の間で漂わせる傾向を持つことが、「汽車の女」の振舞いによって予示されているのである。逆にいえば美禰子は、自分と関わる男がそれに値するかどうかを測ろうとする眼差しをつねに作動させている。その眼差しのなかでは、おそらく三四郎は肯定的な評価を与えられていたはずである。にもかかわらず三四郎の側の「度胸」及び現実的な条件の欠如と、美禰子の側の〈時間〉の欠如によって、三四郎は美禰子の伴侶とはなりえなかったのである。

さらにいえば、美禰子の結婚の相手となる可能性は、広田先生の上にもあったと考えられる。美禰子は兄が広田の友人であったという事情に加えて、「英語がすきだから、時々英語を習ひに入らつしやるんでせう」(五)という形で広田の家に出入りしている。また「七」章で語られる、高等学校の学生同士の会話においても、広田の家に「若い美人が出入りするといふ噂」が取り沙汰されるが、この「若い美人」とはもちろん美禰子を指しており、またこうした言い方自体が、二人の間に〈異性〉同士の関わりがありうる可能性を示唆している。美禰子が広田の家に出入りするのは、あるいは野々宮と出会う機会を増やすためであったかもしれないが、独身者で一高の教師という安定した地位を持つ広田との結婚が、美禰子の念頭にまったく浮かばなかったとは考え難い。

こうした事情を考慮すれば、冒頭の車中の場面で広田が三四郎に話す「水蜜桃」の挿話は、彼の美禰子への警戒を物語るものとして受け取られる。桃はもともと中国においては仙女西王母にちなむ果物であり、『詩経』に含まれる「桃夭」の詩では、桃になぞらえる形で、結婚適齢期にある若く美しい女の姿が歌われていた。また桃はその色合いや形状から、それ自体が女性の生命力の象徴とも見なされる。[14] 三四郎が美禰子と出会うのは「池の端」であり、彼女が「水」との類縁を強く持つ存在であることは明らかである。広田は三四郎に対して、レオナルド・ダ・ヴィンチが桃の幹に砒素を注射し、その幹に生った桃を食べて死んだ人がいるという逸話を紹介しつつ、「危険《あぶな》い。気を付けないと危険《あぶな》い」（一）という漠然とした警告を与えるが、その美味でありながら毒をはらむ「気を付けないと危険い」対象として広田が念頭に置いているのは、美禰子にほかならないといえよう。しかもこの場面は、三四郎が名古屋で「汽車の女」と同衾することになった翌日の展開として現れるのであり、彼がこの女の大胆で謎めいた振舞いに対して抱く「思ひ切つてもう少し行つて見ると可《よ》かつた。けれども恐ろしい」（一）という感慨と、広田が発する「気を付けないと危険い」という警告は一つの連続性をなしている。またこの内に毒をはらんだ水蜜桃の逸話は、「六」章で広田が美禰子について口にする、「あの女は心《しん》が乱暴だ」（傍点引用者）という評価と呼応するものであるともいえよう。

　それにしても、学生の身分で収入のない三四郎はともかく、高給取りではないにしても、安定した職を持つ野々宮や広田先生が美禰子を娶ることに、現実的な支障はないはずであり、彼らが美禰子の接近を回避しようとするのは自然な選択ではないようにも見える。その機制をなしていたのは明らかに、主要な男性登場者の間に分け持たれている、女性を恐怖する心性であり、それが彼らから結婚し、家庭を持つことへの「度胸」を奪い取っている。もっとも美禰子との関わりのなかでその心性をもたらしているのは、必ずしも「十」章で画家の原口が語る、「みんな結婚をしてゐない。女が偉くなると、かう云ふ独身ものが沢山出来て来る」という科白に含意される、新しい時代の女性が主張し始めた個的な自我のゆえではない。美禰子は後に描かれる『明暗』のお延などと比べればはるかに言葉数の少ない女であり、それが三四郎たちに一層謎めいた印象を与えている。美禰子が「長い言葉を使つた事がない」（十）のは、自身の価値観や好尚を発話によって明確化することで、自分の相手となりうる男の範囲を狭めてしまうことを、美禰子がほとんど無意識のうちに避けているからである。それは彼女が身につけた〈近代的〉な素養の、みずからによる否認ないし隠蔽にほかならない。「三」章で語られる、轢死した女の挿話が暗示していた、〈自死〉への傾斜を美禰子ははらんでいるのであり、その彼女の〈自死〉を引き受けることが、周囲の男たちに重荷として受け取られているのである。(16)

5　近親相姦《インセスト》への傾斜

ここで想起すべきなのは、「四」章で述べられる、自分の関わる世界として三四郎が描く、「三つの世界」の区分である。ここで三四郎は「凡てが平穏である代りに凡てが寐坊気《ねぼけ》てゐる」、出自的、母胎的世界として「第一の世界」を、学問的研究の堆積した世界として「第二の世界」を、華やかな女性たちの織りなす世界として「第三の世界」を思い描いている。このうち、「戻らうとすれば、すぐに戻れる」（四）と記されているように、彼らがもっとも安楽に合一しうる世界が「第一の世界」であることはいうまでもない。それは日本社会に残存する前近代性よりもさらに原初的な、母胎的な世界として意味づけられる。つまり過酷な競争に晒される「第二の世界」に身を置きつづける辛さを癒すべき世界として、「第一の世界」やその暗喩的な表象が存在しているのである。

この構図をもっとも明瞭な形で示しているのが、物理学者の野々宮であり、彼が美禰子の愛から身をかわそうとするのも、この志向のゆえであった。野々宮は第一線の研究者として活動しているが、彼の現在の課題が「光線の圧力」であることに暗喩されているように、それは西洋の科学者たちとの競争という「西洋の圧迫」に身を晒しつづけるということでもある。それは野々宮のような才能のある研究者にとっても過酷な状況であり、しかもその努力にもかかわらず、野々宮の日本での評価は十全なものとはなっていない。それは一層野々宮に研究への没入を強いることになる。彼が妹のよし子と住んでいた家を出て、あらためて学生時代のような下宿生活に戻ろうとしたのも、基本的にはそのためであった。

けれども野々宮が非家庭的な下宿生活を始めたのは、研究に没入するための条件をつくるためであると同時に、明らかに美禰子との結婚を回避する意思表示でもある。そして見逃すことが出来ないのは、野々宮のこの選択の背後に、妹のよし子への愛が流れているということだ。これまで『三四郎』を論じる際に焦点化されてこなかったことだが、この作品の展開は、美禰子をめぐる野々宮と三四郎の三角関係を中心とするように見えて、実は野々宮をめぐる美禰子とよし子の拮抗を軸として動いていっている[17]。つまり野々宮に誰よりも強い愛情を向け、野々宮もそれに応じようとしているのは妹のよし子であり、このほとんどインセスト（近親相姦）的な感情が、野々宮の女性関係における帰趨を左右しているのである。

野々宮とよし子の間の相互の愛情は、作品の多くの箇所にちりばめられている。たとえば「五」章において間接話法で提示される、よし子の兄に対する評価は次のようなものである。

　自分の兄は理学者だものだから、自分を研究して不可《いけ》ない。自分を研究すればする程、自分を可愛がる度は減るのだから、妹に対して不親切になる。けれども、あの位研究好の兄が、この位自分を可愛がつて呉れるのだから、それを思ふと、兄は日本中で一番好《い》い人に違ないと云ふ結論であつた。

（傍点引用者、五）

また先にも引用したように、「六」章に描かれる学生たちの運動会で、美禰子は柵をはさんで野々宮と楽しげに話をするが、その場面にはよし子も加わっていた。そのくだりをあらためて引用すれば、次のような動きが二人の間に起こっていた。

> 美禰子は立つた。野々宮さんの所迄歩いて行く。柵の向ふと此方《こちら》で話しを始めた様に見える。美禰子は急に振り返つた。嬉しさうな笑《わらひ》に充ちた顔である。三四郎は遠くから一生懸命に二人を見守つてゐた。すると、よし子が立つた。又柵の傍《そば》へ寄つて行く。二人が三人になつた。芝生の中では砲丸抛《なげ》が始つた。（六）

ここで「よし子が立つた」のが、美禰子の「嬉しさうな笑に充ちた顔」に嫉妬を掻き立てられたからであることはいうまでもない。また美禰子のこの表情自体が、よし子に対するあてつけとしての意味を帯びている。付け加えれば、「二人が三人になつた」時に始まる競技が「砲丸抛」であるのも、二人の女の間に起こっている〈戦い〉を示唆しているといえよう。先に触れた、下宿生活に戻ることにした野々宮の選択を美禰子がほめる場面でも、よし子は「黙つて聞いてゐる」（六）という態度を取り、美禰子に加担しようとはしていない。確かに表面的にはよし子は美禰子と仲が良さそうに振舞っているが、それは兄と美禰子との関係を認めた上で、それを阻害する契機をつくるための姿勢としても見なされる。野々宮が下宿生活を始めるのに応じて、よし子が美禰子の家の住人となってしまうのも、野々宮との共生を思い描いていた美禰子の思惑を二重に壊す成り行きであり、またよし子にとっては美禰子と共に暮らすことは、自分が兄にいかに愛されているかということを宣伝する機会ともなるはずである。

一方野々宮のよし子への愛が直接的な言動として表現されることはないが、自分が下宿に移った後のよし子の住まいについて、「何しろ子供だから、僕が始終行けるか、向ふが始終来られる所でないと困るんです」（四）と語り、空間的な接近を保とうとしている。菊人形見物に行く際にも「団子坂の菊人形が見たいから、連れて行けなんて云ふんだから」（四）と困ったように言いながら、結局よし子を見物に伴わせている。また野々宮はよし子にヴァイオリンを買ってやるために国元から二十円の金を送らせてもいる。それらが通例の妹への思いやりを越えるものではないと見ることもできようが、少なくとも美禰子に対する冷淡さと比較すれば、きわめて濃密な愛情の表出であるといわざるをえない。菊人形見物の場面で野々宮が美禰子と意見をすれ違わせ、険悪な雰囲気になるのも、そこによし子が居合わせたからだと見ることもできるのである。

野々宮が下宿住まいに戻る理由が、研究への没入と同時に美禰子との共生を拒むことにあったことは、展開の最後の段階においても示唆されている。美禰子が見合いによって結婚することが決まると、よし子は「私近い内に又兄と一緒に家《うち》を持ちます」（十二）という意向を三四郎に伝えているが、この言葉が本当であるとすれば、野々宮が下宿をした本来の理由が疑わしくなってしまうからである。少なくともよし子の側に、兄とのインセスト的な共生をつづけることに対する執着があることは明瞭であり、結局その執着によって彼女は兄を美禰子から奪い取ることになる。そしてこの事情を念頭に置けば、美禰子がよし子と見合いをした男と結婚することになる、一見奇妙な帰結も容易に理解することができる。つまりよし子は美禰子から兄を奪い取る代償として、「私を貰ふと云つた方」（十二）を美禰子に斡旋したのである。それは美禰子にとっては屈辱的な成り行きであったかもしれないが、すでに〈自死〉を内にはらんでいる彼女にとって、兄の友人でもあるこの相手に嫁ぐことは受容しえないことではなかった。

野々宮とよし子の間で分け持たれているこのインセスト的な情愛は、決して『三四郎』において初めて姿を現したものではない。すでに先行する『坊つちやん』においても、この感情が作品の基調をなしていた。それは語り手の坊っちゃんと下女の清の間に流れているものである。松山と思しき地方都市に中学校教師として赴任した坊っちゃんは、しきりに清を懐かしがり、この「野蛮な所」(二) を去って、「早く東京へ帰つて清と一所になるに限る」(十) と考える。両親に可愛がられず、もっぱら清に大事にされて育った坊っちゃんにとって、清は擬似的な母親である。また清のモデルが、四十歳を越えて漱石 (金之助) をもうけた、漱石自身の母親とも見なされることを考慮すれば、坊っちゃんが清を懐かしがり、「一所になる」ことを切望する心性が、インセスト的な色合いを帯びていることは否定し難い。そして現実に坊っちゃんは東京に戻って街鉄の技手となり、清との共生を再開することになる。それを念頭に置けば、『三四郎』のよし子が口にする「私近い内に又兄と一緒に家《うち》を持ちます」という科白は、帰還した坊っちゃんが言う「東京で清とうちを持つんだ」(十一) という言葉を反復したものであったともいえよう。

この二つの科白に共通して含まれている「家 (うち)」という言葉が、独立した個人同士が営む共同生活の場ではなく、人間が社会的存在となる前に身を安らがせていた、母胎的な空間を示唆していることは明らかだろう。坊っちゃんはその呼称が示すとおりに、十分に社会化しきらない青臭さを備えた人間であり、それが近代国家として成熟の域に達しない日本の寓意となっていたが、帝大の講師という身分を持つ野々宮にもやはり、社会を構成する一員として自立することを回避しようとする側面が見出されるのである。そこに彼が「穴倉」を居場所とする〈暗さ〉をはらんだ存在である所以を見て取ることができる。野々宮が結婚して家庭を構えることに意欲を示さないのは、自分が学者としてその段階に達していないと判断されるからであったが、しかも彼の傍らには自分に濃密な愛情を向けつづける妹のよし子がおり、美禰子が結婚した後に再びよし子が自分の面倒を見てくれる境遇が訪れようとしているのである。よし子が野々宮に細々とした気遣いをする場面そのものは作中に姿を現さないが、彼女が『坊つちゃん』の清と同じく母親的な存在であることは、三四郎の印象を通じて暗示されている。入院しているよし子を見舞いに行った三四郎は、よし子の顔に「なつかしい暖味《あたゝかみ》」を感じ取り、彼の脳裏には「遠い故郷《ふるさと》にある母の影が閃《ひら》め」(三)く。また野々宮の家を訪れた際にも、茶器を持って現れたよし子の顔を正面から見て、三四郎は「女性中の尤も女性的な顔である」(五)という印象を抱いている。これはやはり聖母的なイメージであり、よし子の作中における存在の象徴性を物語っている。

けれどもその一方で、よし子が兄に「何しろ子供だから」と評されるような〈少女性〉をまとっていることも明瞭であり、この〈少女〉と〈母〉の反転しあうイメージのなかで、よし子は輪郭づけられている。そしてよし子の顔に「母の影」をひらめかせるのが、直接的には三四郎であったように、〈少女〉の面差しのなかに〈母〉を見て取ってしまうのは、『三四郎』の男たちに共通する傾向であるといってよい。それはインセスト的な関係における現実的な様相とも呼応している。ロバート・スタインによれば、フロイトが提起した母――息子の間の性愛関係は現実には少数であり、より高い頻度であらわれ、それゆえ多くの原始社会でそれを禁じる掟をつくらねばならなかったのは、兄(弟)と姉(妹)の間の性愛関係であったという。[18] にもかかわらず理念的な次元においては、フロイトの図式はやはり妥当性を持っている。つまりインセストへの傾斜を持つ人間は、母親の乳首を吸っていた母子一如的な時代へ執着する心性を持つのであり、きょうだい間インセストはそれを代理的に実現する性愛関係として見なされるからだ。逆にいえば、きょうだい間インセストのなかにとどまっていようとするのは、退行的な心性に強く支配された人間だということでもある。エーリッヒ・フロムはこの点を強調している。フロムは、人間は生まれた時から「明るい所へ出ようとする傾向」(鈴木重吉訳、以下同じ)と「子宮の暗闇へ退行しようとする傾向」の二つの対照的な傾向に挟みうちされる存在であり、後者に強く動かされる人間がインセストに導かれやすいという見方を示している。

ここでは奇しくも、これまで『三四郎』について追ってきたのと同じ〈光〉と〈闇〉の対照性が浮上しているが、フロムによればこの「子宮の暗闇」につながる「自分の出所と縁を切りたくないという願望」がインセスト的な心性に底流しているとされる。[19] この「自分の出所と縁を切りたくないという願望」は、まさに坊っちゃんや三四郎を動かしているものでもある。そこからも彼らがインセスト的な傾斜をはらむ人間であったことが確かめられるが、こうした退行的な心性が野々宮にも認められ、さらに広田先生にも存在するものであることは否定できない。広田もまた、夢の話として語るように、二十年前に会ったという少女の記憶を抱きつづける退行的な傾向の明瞭な人間であった。そのため彼は結婚への希求を強く持つ美禰子の「出入」を危険視せざるをえなかったのである。

6 「三四郎」という名前

こうした、社会の象徴界的な秩序に組み込まれる前の、母子一如的な平穏さに彩られた人間関係のなかにとどまっていようとするのが、『三四郎』の男性登場者たちを通底する心性であった。それは結局、近代の社会を覆っている「旧《ふる》き日本の圧迫」に抗して自己を実現させていくことの困難さが彼らに抱かせるものであったが、この世界に郷愁と執着を持つ点で、三四郎と『坊つちやん』の主人公は本質的に同じ位相に置かれた者同士である。両者の明らかな相違は、坊っちゃんを特徴づけているような激しい戦闘性が三四郎からは捨象されていることで、そこにこの二つの作品の書かれた明治三九年（一九〇六）と四一年（一九〇八）の間の、時代的な差異が滲出している。つまり『坊つちやん』の二年後に書かれた『三四郎』における三四郎は、やはり近代化の道を歩み始めた日本の表象としての性格を付与されていながら、坊っちゃんに見られたような戦闘的な性格はなく、むしろ他の登場者とともに、前近代と西洋の両方の「圧迫」のなかでたゆたいつづけている。また『坊つちやん』においては、ムラ的な閉鎖性の強い教員社会に仮託されていた前近代的世界は、『三四郎』においては個別的な具体性を持たず、「旧《ふる》き日本」という社会全般の傾向として希釈して描かれている。たとえば、ムラ的な教員社会は『三四郎』においては、学問の最先端を理解せず、訓古学的な知識の伝授ばかりを尊重する帝大の教授陣としてほのめかされている。けれども具体的な教授の誰かが三四郎たちの行動に絡むわけではなく、社会の保守性の端的な事例として言及されているにとどまっている。

けれども先に述べたように、近代的世界の暗喩としての東京に生きるこの作品の登場者たちに〈暗さ〉や〈黒さ〉を付与していたのは、この保守的で閉鎖的な社会が彼らを取り囲んでいたからである。逆に自由な選択の帰結としてのインセスト的な兄妹愛のなかに居直っているともいえるよし子は、見合いの相手を美禰子に譲って平然としているように、ある意味では伝統的な価値観の軛から免れた〈新しい女〉であり、それゆえに彼女は九州の出身であるにもかかわらず、「蒼白い」（三）と形容されるような、〈白さ〉をまとっていたのである。一方三四郎、野々宮、美禰子といった他の主要人物たちは、「西洋の圧迫」のなかで自己を保持しようとしつつも、そのための足場となるべき日本社会もやはり彼らを圧迫するものでしかなく、その狭間で「迷羊《ストレイシープ》」としてたゆたっているしかない。また『坊つちやん』に明快さをもたらす基底をなしていた、日露戦争に仮託される日本対西洋の政治的対立もこの作品には希薄であり、むしろここでは〈西洋〉は戦って勝つのではなく、接近して同化すべき対象にほかならなかった。

現実の国際情勢においても、日露戦争の終結以降、それまでとは異なる局面のなかに日本は入っていった。日露戦争時には日本を支持していたアメリカは、戦後は日本による独占的な満州経営に不満を覚え、日本への警戒心を強めていった。逆にロシアは国内の混乱に加えてドイツの進出への恐れもあって、日本との関係を安定させる方向を取ることになり、『三四郎』発表の前年である明治四〇年（一九〇七）七月に第一次日露協約が締結された。これに先だって同じ年の六月にはフランスとの間に日仏協約が締結され、日露戦争で得た日本の領土、権益をフランスが認め、一方フランスのインドネシア領有を日本が承認するという合意がなされた。これによって日本は満州・朝鮮における進出を安定して推し進める条件を得ることになった。明治三五年（一九〇二）に結ばれていた日英同盟に加えて、日清戦争直後の三国干渉時には強く怨恨を掻き立てられた相手であるロシア・ドイツ・フランスの内の二国と、日本は協調関係を公式に持つことになったのである。

『三四郎』が『坊っちゃん』を受け継いで、近代国家としての日本の未成熟さを主人公に仮託する着想の上に成り立ちながら、その主人公が坊っちゃんのような戦闘的な人間ではなく、周囲との関係に気を遣いながら協調していこうとする人間として現れているのは、こうした日露戦争後の日本と西洋との関係と呼応しているといえよう。けれども美禰子との面会を控えて、「明日逢ふ時に、どんな態度で、どんな事を云ふだらうと其光景が十通りにも廿通りにもなつて、色々に出て来る」（八）という思いをめぐらさずにいない三四郎の造形はその呼応以上に非主体的であり、その点ではむしろ日本が維新以降、すべからく西洋諸国との間で持ちつづけた、非主体的な姿勢を暗示しているとも受け取られる。

こうした寓意の位相において主要な登場者たちを眺めると、よし子以外の人物たちはその「圧迫」に起因する〈暗さ〉や〈黒さ〉を分け持っている点で、むしろ同じ範疇に位置づけられる近しさを示していたことが分かる。とりわけ三四郎と美禰子は、同じ「迷羊《ストレイシープ》」のイメージによって媒介される鏡像的な関係を示している。つまり美禰子は社会的に安定した位置にいる人間であれば、誰にでも嫁ぎうる女であり、その複数の可能性のなかでたゆたっている「迷羊《ストレイシープ》」であったが、丸谷才一が「帝国主義の時代に身を挺してゆかなければならない幼い日本」の姿をその上に見ているように、(20)三四郎も西洋諸国とのせめぎ合いにおける〈近代日本〉の寓意として、作中においてやはり主体的な姿勢を明確にしない「迷羊《ストレイシープ》」的な存在であった。また自分を社会的に安定させうる相手であれば、誰とでも永続的な関係に入る覚悟のある美禰子の姿勢自体が、日本の外交における姿勢の暗喩としての側面を持っているといえよう。

両者に付与されたこうした記号性を端的に映し出しているのが、美禰子が三四郎に送った絵葉書である。先にも触れたように、この絵葉書の構図では、小川を挟んだ向こう側に「洋杖《ステツキ》」をもった「大きな男」によって象られる「悪魔《デギル》」がおり、こちら側に「迷へる子」である二匹の羊がいるのだった。三四郎は美禰子が自分たちを「二匹の羊」として一所に描いてくれたことに彼女の好意を感じ取るわけだが、この構図における「悪魔《デギル》」である「大きな男」が〈西洋〉を象徴し、「迷へる子」である二匹の羊が〈日本〉を暗示していることは述べるまでもない。『三四郎』と美禰子の間の鏡像的な関係は、すでに指摘されているように、(21)「八」章で美禰子の家を訪れた三四郎が、応接間で鏡を介して美禰子と向き合う場面に集約的に示されている。「美禰子は鏡の中に三四郎を見た。三四郎は鏡の中の美禰子を見た」（八）というくだりは、現実的な事情とは別に、結局彼らがこの作品のなかであまりに近似した記号性を担わされているために、一組の男女としては結ばれない関係にあることを示唆しているともいえるのである。

ところで、三四郎が美禰子の鏡像的な人間であり、野々宮や広田先生とも同じ範疇の人間であるとすれば、彼のうちにも「白」と「黒」、あるいは〈光〉と〈闇〉が混在しているはずである。けれども三四郎における両極の共在は、彼が熊本という保守的な土地柄で育ったことと、東京帝国大学でおそらく西洋文学を学ぼうとしているという取り合わせくらいにしか見出されない。にもかかわらず三四郎は今見てきたような、周囲の人間との鏡像性や同質性を分け持っていることが見て取られた。それは彼が野々宮や広田のような知識人としての道を歩んでいくことによって、そうした両極性をいずれ露わにしていくであろうという可能性によってそのように見られるだけでなく、作品の表題ともなっているその名前に、両義性が込められていることが推察されるのである。

1節に述べたように、おそらく作品と主人公の名に取られた「三四郎」には、二〇世紀の最初の年である一九〇一年つまり「明治三四年」が含意されている。そしてこの作品に繰り返される「白」と「黒」の論理がこの名前においても機能している。すなわち「四郎」の内には「しろ＝白」が含まれているからである。けれどもそれは彼が「白」をまとった人間であることを意味するのではなく、逆にそれは〈黒さ〉あるいは〈暗さ〉の側に反転していく要素として見なされる。つまり「三」をフランス語の「sans《サン》（＝without）」として受け取れば、「三四郎」という名前は「without white」という「白」の欠如を示す名前として浮び上がってくるのである。『三四郎』には漱石の作品としては珍しく「Il a le diable au corps（悪魔が乗り移つてゐる）」（六）や「vérité vraie」（本当の真実、九）といったフランス語の文や語句が盛り込まれ、〈フランス語〉の文脈が伏在していることを示唆している。〈新世紀〉の〈明るさ〉と〈白の欠如〉という〈暗さ〉をはらんだ両義性において、「三四郎」という名前は機能している。〈主人公〉というにはあまりにも存在の希薄なこの人物の名前が作品の表題として選ばれたのは、おそらくそれがこの作品を貫く、光と色彩の論理を集約して表しているからなのである。

註

（1）当初考えられた『三四郎』の表題の候補として、「三四郎」の他に「東西」があり、三四郎の九州から東京への移動を示唆するこの表題が、同時に〈東洋〉と〈西洋〉の対比をも含意することは、藤尾健剛「「東西」と「平々地」――『三四郎』の位置」（香川大学『国文研究』第13号、一九八八）や村田好哉「「三四郎」成立に関する覚書」（『大阪産業大学論集　人文科学編』66、一九八九）でも指摘されている。これは見逃せない点だが、ここで述べたように、それがさらに〈前近代〉と〈近代〉の対比にも敷衍しうることはいうまでもない。

（2）千種キムラ・スティーブン『『三四郎』の世界（漱石を読む）』（翰林書房、一九九五）。

（3）平岡敏夫『漱石研究』（有精堂、一九八七）。平岡は「汽車の女は、三四郎にとっておそれと魅惑に満ちた不思議な存在であったが、これは大学の池で出会う女性（里見美禰子）に受けつがれる」と述べている。

（4）肌の色だけでなく、この二人の女が近似した輪郭を付与されていることは明らかである。司馬遼太郎は『漱石全集』第五巻月報（岩波書店、一九九四・四）で、「汽車の女」について「顔立ちが上等にできているが、無口でつかみどころがなく、要するにえたいが知れない」と述べているが、この叙述はそのまま美禰子にも当てはめることができる。また司馬は『三四郎』が「東京だけが輝いていて、田舎はなお江戸時代をひきずっている」という図式の上に成り立っているという見方を示しているが、妥当な視点であろう。

（5）飯田祐子「女の顔と美禰子の服」（『漱石研究』第2号、一九九四・二）。

（6）小森陽一は集英社文庫版『三四郎』解説「光のゆくえ」（一九九一）で、光が「波」と「粒子」の二面性を持ち、三四郎が光を前者の面によってしか捉えないのに対して、野々宮は後者の面によって光を捉えられる視点を持ち、この二人の「間《あわい》」に美禰子が立ち現れてくる構図が存在すると述べている。また小森はやはり九州から京大阪へと列車が進むにしたがって、女の乗客の肌が次第に白くなるという「黒から白へのグラデーション」が現れることを指摘しているが、それに対する暗喩的な意味づけはとくになされていない。

（7）寺田寅彦「夏目漱石先生の追憶」（「俳句講座」一九三二・一二→『寺田寅彦全集』第六巻、岩波書店、一九六一）、及びそれに言及した池野順一「光放射圧による微粒子捜査――三四郎の見た光の圧力とは？」（第15回「センシングフォーラム　資料」一九九八）による。光の圧力に関する実験については、後者の論文の著者である埼玉大学工学部の池野順一氏に御教示をいただき、資料を見せていただいた。深く感謝したい。

（8）引用はちくま学芸文庫『色彩論』（木村直司訳、二〇〇一、原著は一八一〇）による。

（9）引用は平凡社ライブラリー『精神現象学』（下、樫山欽四郎訳、一九九七、原著は一八〇七）による。
（10）引用はちくま学芸文庫 ニーチェ全集9『ツァラトゥストラ』（上、吉沢伝三郎訳、一九九三、原著は一八八三）による。
（11）三好行雄「三四郎」（角川書店『鑑賞日本文学5 夏目漱石』一九八四、所収）。ここで三好が述べている、美禰子は三四郎への愛を断念し、「青春を見切った」という把握は、それ自体としては誤りではないと思われる。つまり展開の後半においては、美禰子は野々宮との結婚をあきらめており、その時点で三四郎が彼女の新たな志向の対象として浮上していたと考えられる。けれどもここで述べたような双方の事情によってそれは叶わず、美禰子は確かに三四郎への愛を〈断念〉しているからである。
（12）酒井英行『漱石 その陰翳』（有精堂、一九九〇）、千種キムラ・スティーブン『『三四郎』の世界（漱石を読む）』（前出）。
（13）小森陽一「漱石の女たち――妹たちの系譜」（『文学』一九九一冬）。
（14）千種キムラ・スティーブンは『『三四郎』の世界（漱石を読む）』（前出）で、「性に目覚めた三四郎が、性的な欲望のまなざしで「女」をみている」ために、「汽車の女」の言動をすべて、自身に対する性的な欲求の表出として意味づけてしまうと述べ、「汽車の女」を〈誘惑者〉と見る見方を否定し、この把握に同調する声も珍しくないようである。けれども逆にいえば、女の側に性的な欲求を想定できない理由もないと思われる。確かに「汽車の女」は夫と子供を持っているが、夫は日露戦争に従軍し、終戦後無事戻ってきたものの、その後大連に出稼ぎに行き、この半年ほども音信不通になっている。つまり「汽車の女」の夫はほとんど不在の状態なのであり、まだ若い彼女の側に性的な欲求を想定するのは別段不自然ではない。むしろこの設定はそれを示唆するためになされているともいえ、その点で彼女に〈誘惑者〉としての側面を見ることに無理はないはずである。
（15）桃の象徴性については主に王秀文「桃の民俗誌――そのシンボリズム（その二）」（国際日本文化研究センター『日本研究』第19集、一九九九）を参照した。
（16）小谷野敦は『夏目漱石を江戸から読む――新しい女と古い男』（中公新書、一九九五）で、漱石の描く男たちが、女に愛され、奉仕を受けることを当然視する江戸時代的な感性のなかに生きており、それが新しい時代の意識に目覚めつつある女たちの志向とすれ違ってしまうという図式を提示し、それが『三四郎』にもあてはまるという見方を示している。小谷野は『三四郎』の男たちが「これまで男として彼らが占めていた特権的な地位を脅かされている」ために「ある種の女性恐怖に陥っている」と述べている。けれども美禰子の周囲の男たちは、彼女に対して「特権」を行使することを望んでいるわけではなく、むしろ彼女と関わりを持つこと自体に重荷を感じている。

(17) これまで野々宮をめぐる拮抗関係を指摘した論としては、広田先生が野々宮を美禰子から奪い取ることが作品の主筋であるという見方を石井和夫が示している。石井によれば、この作品には「髭の男」として表象される独身の男性知識人たちによって形成される空間があり、その一人である広田は野々宮を美禰子から奪い取って、この空間に取り込むことになるとされる（「「髭の男」とは誰か――『三四郎』の神話空間」（有精堂『日本の文学』第8集、一九九〇・一二）。確かに野々宮は美禰子との結婚を回避して独身の知識人のままでいつづけるが、そこに広田からの力はまったく働いておらず、また広田が野々宮に同性愛的な感情を表出している形跡も見出されない。

(18) ロバート・スタイン『近親性愛《インセスト》と人間愛《ヒューマン・ラブ》――心理療法における〝たましい〟の意義』（小川捷之訳、金剛出版、一九九六、原著は一九七三）。

(19) エーリッヒ・フロム『悪について』（鈴木重吉訳、紀伊國屋書店、一九六五、原著は一九六四）。

(20) 丸谷才一『闊歩する漱石』（講談社、二〇〇〇）所収の「三四郎と東京と富士山」。丸谷は『三四郎』を「「日本の状態」小説」とし、「若い日本」に対する漱石の〈いとおしさ〉が表現されていると述べている。

(21) 芳川泰久『漱石論――鏡あるいは夢の書法』（河出書房新社、一九九四）所収の「「父の名」と翻訳――『三四郎』を読む」、石原千秋『反転する漱石』（青土社、一九九七）所収の「鏡の中の『三四郎』」など。

第四章

自己を救うために――「それから」の論理と日韓関係

1 意識と生命の連続性

第一章で扱った『文学論』（一九〇七）の議論にも見られたように、夏目漱石のなかには、人間を意識の連続性の主体として捉える傾向が強く存在する。『文学論』第一編では、焦点を漸次移動させていく瞬間的な意識の変動から、個々の関心を束ねた国民総体の時代的関心に至る三つの様態が想定されていたが、文学表現の諸相を総括的に眺めていく内容を持つこの著作においては、現実世界を生きる主体としての人間の意識的連続性は前景化されていなかった。一方小説作品や講演においては、人間存在と意識の連続性との連関が繰り返し主題化されることになるが、漱石がウィリアム・ジェームズやベルグソンの言説に触発されつつこの問題を追求していったことはよく知られている。漱石が精読したジェームズの『心理学原理』では、人間の意識が途切れることなく「川」のように流れるものであることが強調され、その不断の「流れ」が人間自我の基底をなす「同一の過去を一様に意識する多くの考える主体の連続」（今田寛訳）を形づくるとされる(1)。一方ベルグソンの言説では、人間の意識が描く形象は「お互いに浸透し合い、補足し合い、いわばお互いに連続してしまう」（平井啓之訳、以下同じ）のであり、この相互の浸透作用による連続性のもたらす充実感によって、自我の「純粋持続の感じ」が生み出されることになる（『時間と自由』(2)）。

こうした言説と重なりながら、漱石の意識観が異質であるのは、第一に『文学論』や『文学論ノート』で考察されるように、漱石がこの〈流れる〉ものを個的な人間の自我の次元だけでなく、国家、共同体の次元にも敷衍し、両者を類比的に捉えようとする傾向を持つことであった。多くの作品で主人公が〈近代日本〉を寓意する文脈をまとって登場し、近代化の過程にもたらされた様々な問題が、彼らの行動や感情に託される着想はそこから生まれている。さらに意識の連続性に対する漱石の把握の独特さはそれだけでなく、この連続性を人間の生命の持続性の根拠として眺めることに見出される。ジェームズにおいては意識の連続性は、外界を認識する営為の基底であり、生命の持続性と結びつく側面は希薄である。それに対して、ベルグソンが人間の生命の保持を通時的な連続性に求めたことは周知だが、生物の歴史における進化の過程を含めて、ベルグソンが想起する生命の連続性は、種と個の両方の次元で時間を貫いて具現化されていく性格を持っている。ベルグソンも一九世紀末から二〇世紀初めにかけての進化論の時代を生きた思想家であり、包括的な生命の連続性を考える際に、人間を頂点とする進化の過程と重ね合わせる趨勢と無縁ではない。人間の意識の連続性はそこから特化される形で括り出される問題にほかならなかった。

一方漱石の思考は、意識と生命を重ね合わせる着想において、ベルグソンとの近似性を持つが、人間の生命を他の動物の生命と連関させて捉えようとする志向は認められない。漱石にとっては、意識の連続性こそが人間の生命の連続性を保証する条件にほかならず、前者の途切れることが、あたかも人間に比喩的な〈死〉をもたらす契機として見なされる。第一章でも引用した明治四〇年（一九〇七）の講演「文芸の哲学的基礎」で漱石は、「意識の連続性を称して俗に命と云ふのであります」と断言し、さらにそのやや後で「吾々の生命は意識の連続であります。さうしてどう云ふものか此連続を切断することを欲しないのであります。他の言葉で云ふと死ぬ事を希望しないのであります」と語っている。裏を返せば、意識の連続性を実感し難い人間は、必然的に自己の生命の充実に危惧を覚えざるをえないということでもある。そして明治四二年（一九〇九）に発表された『それから』は、この問題がきわめて先鋭な形で追求された作品として捉えられる。

主人公の青年代助が、かつて交わりがあったものの現在は友人の妻となっている三千代と三年ぶりに再会し、友人から彼女を奪い取ることになる「姦通小説」としての体裁を持つこの作品については、その行為によって代助が「自然の昔」（十四）に立ち帰ろうとする情動が焦点化されてきたが、それはとりもなおさず三千代との関係が深まる前の代助の生が、「自然」に逆行する地点で営まれていたことを物語っている。そこに至るまでの代助は、三十歳になりながら社会で働くことを拒み、趣味的ないし審美的な生活者として日々を送っている。にもかかわらず彼はそれによって内的な安定を確保するのではなく、逆に外界の微細な刺激にも反応してしまう神経症的な揺れのなかで生きているのである。代助は自身の妻となる可能性もあった三千代を譲った相手である平岡に「何故働かない」（六）と問われ、「西洋の圧迫」（六）のなかであくせく働かされるような「暗黒」（六）の社会の流れに巻き込まれたくないからであると答える。代助によれば、現在の日本の社会は「悉く切り詰めた教育で、さうして目の廻る程こき使はれるから、揃つて神経衰弱になつちまふ」（六）ような環境だが、このやり取りをしている代助と平岡のうち、「神経衰弱」をより強く自覚しているのはむしろ代助の方なのである。

　代助は自分が「臆病」であることを自覚しており、たとえば「瞬間の動揺でも胸に波が打つ」（三）ほどに「地震が嫌」（三）である。そうした、外界からの脅威を過剰に受け取ってしまう「自分に特有なる細緻な思索力と、鋭敏な感応性」（一）が、同時に「困憊《こんぱい》」（二）した神経の所産でもあることを代助は了解している。彼は自身の生命の連続性そのものにも神経を振り向けざるをえないのであり、冒頭部分の前夜にも「右の手を心臓の上に載せて、肋《あばら》のはづれに正しく中《あた》る血の音を確かめながら眠に就い」（一）ている。また書生の門野とのやり取りでも、自己の身体を過剰に気遣わなくては落ち着かない自分の状態について、「もう病気ですよ」（一）と自嘲的に語っている。けれどももともと代助が社会で働くことを拒んでいる理由が、余裕のない社会で「神経衰弱」になるまで、こき使われたくないというところにあるとすれば、神経の過剰な揺れ動きのなかで送られている現在の生活の形に彼が固執する理由は相対化されざるをえない。

もちろん日露戦争後の不況に陥った社会で、生活を維持するために労働することが、精神的な疲弊をもたらすことは事実であり、代助がそれを拒んでいることにはそれなりの合理性がある。また代助が保持しようとしている、外界の事象に対して距離を置こうとする態度は、確かに本来現実世界の波立ちに対して自己を確保する効用を持っている。したがって代助のこうした態度と、神経の「困憊《こんぱい》」によってもたらされる内的な不安定さは、矛盾をはらんだ共在として映らざるをえない。その矛盾は、たとえば現在の彼の神経症的なあり方が、本来保持されていた審美的な姿勢が崩壊したところにもたらされたと見ることによって説明されるかもしれない。山崎正和は『不機嫌の時代』（新潮社、一九七六）で、そうした観点からこの作品に「人間が時間のなかに崩壊する姿」が描かれているという把握を示している。山崎はもともと自身の「肉体に誇《ほこり》を置」（一）き、「いつさいの混沌たるものを視野から排除する」傾向を持っていた代助のなかに、「時間への内省」が生まれることによって、「劇的な自壊現象」が生まれると述べている。けれども作中の展開を見る限り、代助は冒頭部分から心臓の鼓動の反復として表現される、時間的な連続性を鮮明に意識しており、彼の審美的な生活の姿勢が、それによって揺るがされるに至ったという因果性は語られていない。逆に代助の抱える内面の不安定さが、自己の存在を侵害されまいとする生活の姿勢と、彼の時間意識の強度を同時に引き出していると見ることもできる。むしろそこに漱石の独特の自我観が浮上しているのである。

2 「働かない」論理

意識の連続性を人間の生命の証と考える漱石的な意識観においては、自己の内的な生命感の欠如を覚える人間は、過去から現在・未来へと進んでいく自己の意識の連続性に何らかの途切れを感じがちになる。そしてそうした人間が生命の充溢を希求する場合、彼はおのずとその連続性を蘇生させ、その流れのなかに自己を位置づけようとすることになるだろう。そして『それから』が描出しているものは、まさにそうした傾斜のなかに生きようとする主人公の姿にほかならない。それは心臓の鼓動に神経を振り向けて、自己の生命の在り処を感じ取ろうとする、冒頭に近いくだりにすでに明瞭に現れている。

　ぼんやりして、少時《しばらく》、赤ん坊の頭程もある大きな花の色を見詰めてゐた彼は、急に思ひ出した様に、寐《ね》ながら胸の上に手を当て丶、又心臓の鼓動を検し始めた。寐《ね》ながら胸の脈を聴いて見るのは彼の近来の癖になつてゐる。動悸は相変らず落ち付いて確《たしか》に打つてゐた。彼は胸に手を当てた儘、此鼓動の下に、温かい紅《くれなゐ》の血潮の緩く流れる様を想像して見た。是が命であると考へた。自分は今流れる命を掌《てのひら》で抑へてゐるんだと考へた。（一）

　ここで代助が「心臓の鼓動」を点検しようとするのは、現在の彼にとって、自己を貫く連続性として実感する契機となるものが、とりあえず肉体的な生命を証している器官の活動の持続性にしか求められないからである。それは裏返せば当然、自己を社会に表現していくべき意識活動の流れのなかに彼が生きていないということでもある。「文芸の哲学的基礎」で語られた漱石の意識観によれば、人間の意識はその連続性のなかで「選択」をおこなうことによって「理想」を生じさせ、それを実現していくべき活動の領域に入っていくのであったが、代助は少なくとも冒頭の部分では、どのような「理想」も志向しえない状態にある。そのためそれを目指して自己を未来に向けて駆り立てていく、意識の動的な流れを実感することができないのである。
それは代助が、山崎正和の規定するような審美的な人物ではないことを示唆している。もし代助が美的世界への関与を拠り所とする人間であれば、その世界における「理想」を生じさせ、それを目指すことによって彼の意識——生命の連続性は保持されているはずだからだ。けれども代助は芸術のディレッタントであるとすらいい難く、文学作品を読むことはあっても、みずから表現活動に手を染めることはない。代助と比べれば、たとえば川端康成の『雪国』（一九三七）の主人公島村は、やはり現実世界に密着しえない高等遊民的な人物でありながら、西洋舞踏の批評家という、審美的活動の主体として設定されていた。代助の周囲の人間は、彼にそうした能力があると見なしているが、代助自身にその意欲はきわめて希薄なのである。

「六」章で代助が友人の平岡と、その妻となっている三千代の間に交わす会話は、そうした彼の側面を浮び上がらせている。ここで代助は平岡に、三十歳にもなって父親の金を貰って暮らしていることについて、「生活に困らないから、働らく気にならないんだ」と難じられたのに対して、「働らくのも可《い》いが、働らくなら、生活以上の働でなくつちや名誉にならない。あらゆる神聖な労力は、みんな麺麭《パン》を離れてゐる」と応え、その後のやり取りを収束せる形で「だからさ。衣食に不自由のない人が、云はゞ、物数寄にやる働らきでなくつちや、真面目な仕事は出来るものぢやないんだよ」と結論づける。しかし平岡はそれに直ちに「さうすると、君の様な身分のものでなくつちや、神聖の労力は出来ない訳だ。ぢや、益《ます〳〵》遣る義務がある。なあ三千代」と反論し、三千代も「本当ですわ」とそれに同意している。結局この議論で代助は平岡に論破されてしまうのであり、「何だか話が、元へ戻つちまつた。これだから議論は不可《いけ》ないよ」と「頭を掻」かねばならないのである。

平岡との議論で代助が敗れるのは、彼が志向するものが彼自身にとっても十分に意識化されておらず、そのためそれを明確な言葉に写し取ることが困難だからである。議論の表層における代助の主張は、むしろ彼の志向していないものをあぶり出している。つまり「麵麭《パン》を離れてゐる」という「神聖な労力」は、現実には様々な形で存在しうるからだ。たとえばそれは宗教的な奉仕活動であり、あるいは今挙げた審美的な芸術表現の活動である。とりわけ後者は「衣食に不自由のない人が、云はば、物数寄にやる働らき」として容易に想起される。にもかかわらず代助に表現活動に向かう意欲は不在なのである。むしろ彼が三千代と不倫の関係を持ったことを知って激怒した父親の庇護から切り離された瞬間に、「職業を捜して来る」（十七）という決断が生まれるように、代助のなかには労働に対する志向が潜在している。するとそうした志向を持った代助が、なぜ父親との関係が断ち切られるまで、みずから働こうとしないのかという疑問があらためて浮上してくるが[3]、おそらくそこに、前近代から近代にかけての日本の進展に対する漱石独特の把握が映し出されている。

　代助は自分が労働しない理由として、西洋との関係をはじめとする日本社会の現況が、個人の人間性を抑圧するものでしかないからという理由を挙げるが、彼の捉える社会の状況は次のようなものであった。

「（略）精神の困憊《こんぱい》と、身体の衰弱とは不幸にして伴なつてゐる。のみならず、道徳の敗退も一所に来てゐる。日本国中何所《どこ》を見渡したつて、輝いてる断面は一寸四方も無いぢやないか。悉く暗黒だ。其間に立つて僕一人が、何と云つたつて、何を為《し》たつて、仕様がないさ。（以下略）」（六）

　ここで語られる、『それから』の時間的背景である、明治四二年（一九〇九）の同時代の現実が、「輝いてる断面は一寸四方も無い」という疲弊した状況にあったことは否定しえない。日露戦争の終結後、一時的な企業熱の勃興があったものの、明治四〇年（一九〇七）一月下旬に株式市場が暴落して以降は、翌四一年（一九〇八）秋にアメリカからヨーロッパに波及していった恐慌の打撃も加わって、景気は不況の一途を辿ることになった。明治四一年七月に二度目の首相を務めることになった桂太郎は、政綱のなかで商工業界が「恐慌」の状態にあることを宣言し、四一年八月の『太陽』に載った「商工業家の覚悟」と題された論評で、子爵（当時）の清浦奎吾は「戦後潮の如き勢を以て勃興せし事業界は期年ならずして忽ち枯木寒鴉の観あるは何ぞや」と慨嘆していた。『それから』に話題として登場する明治四二年の日糖事件も、日露戦争後の糖価の下落によって経営が悪化していた大日本製糖が、自社に有利な法案を成立させるために代議士を買収しようとして起こったものであった(4)。

もっともこうした状況に陥る前においても代助は働いていなかった以上、この弁明自体が労働を拒むことに対する正当化とはなりえない。代助自身、引用した部分につづけて「僕は元来怠けものだ。いや、君と一所に往来してゐる時分から怠けものだ」（六）と語っている。この科白が示唆しているように、代助が労働への意欲を低減させる前提となっている、日本社会を覆う「暗黒」は決して今に始まったものではない。つまり代助の意識のなかでは、明治期の日本社会全体が、現在の「暗黒」に至る〈暗さ〉を深める形で進んでいったのであり、この「暗黒」に浸食され、自己を喪失することを恐れることが、代助の「働かない」真の理由として想定されるのである。

日本が近代国家としての道を歩みながら、前近代的な〈暗さ〉を払拭しえず、逆にそれに浸食される形で進んでいっているという構図は、多くの作品に姿を現す漱石的な把握である。前年の『三四郎』（一九〇八）においても、〈白――黒〉、〈光――闇〉のコントラストを交錯させることによって、それが巧みにイメージ化されていた。三四郎は前近代を示唆する熊本という〈黒い〉世界から、近代の比喩としての東京という

〈白い〉世界に出てきたはずであったが、そこで彼が出会うのは、決して〈明るさ〉に彩られた人びとではなく、「偉大な暗闇」（四）と称される英語教師であったり、「穴倉」（三）を住み処とする物理学者であったりと、むしろ〈闇〉への類縁を持つ人物たちだったのである。

そこには維新以降の日本が、前近代の残滓をとどめた形でしか近代化を実現しておらず、また〈光の世界〉あるいは〈白い世界〉としての西洋諸国と拮抗しうるだけの段階に未だに至っていないという漱石の認識が込められていた。もっとも『三四郎』においては、〈暗い世界〉としての「旧《ふる》き日本」（六）の様相は、具体的な次元では語られていなかったが、それは熊本から東京へ移動していく三四郎自身の身体に〈近代〉と〈前近代〉の分裂が託され、またそのアナロジーのなかに美禰子をはじめとする周囲の人物たちが配されていたからである。一方『それから』の代助は純粋に近代の都会における生活者であり、また彼自身がそうした輪郭によって自己を捉えている。それに呼応する形で、ここでは父親である長井得が、はっきりと〈前近代〉を担う存在として現れている。代助が彼と対峙する構図によって、『三四郎』よりも明瞭な形で、〈近代〉と〈前近代〉のせめぎ合いが具現化されているのである。

佐藤泉は「物語の交替」という副題を持つ『それから』論で、この代助と父の対立を、別個の「物語」を生きる二つの世代の相克として眺めている。佐藤によれば、長井得は「前個人的な物語」である「過去の物語の語り手」であり、一方代助は対照的に、個人の「贅沢で繊細な感受性という価値」にしたがって、「現在」を取り戻そうとする人物であるとされる(5)。この区別は明瞭で分かりやすいが、見逃せないのは父の得が決して「過去」の遺物として作中に存在しているのではなく、彼自身明治四二年の「現在」を生きているということだ。得は一代で財を築き上げた企業家だが、不況のために彼の会社の経営は悪化しており、代助をいう知己の財産家の娘と妻《めあ》わせようとするのはそれを立て直すためであった。またそれ以前に、漱石の認識においては、つねに個人や社会の〈過去——前近代〉は容易に死ぬことなく、〈現在——近代〉のなかに食い込んでしぶとく生きつづける。この作品では、それが第一に「誠者天之道也」(三)といった儒教的な徳目を奉じつつ、近代の実業界を生き抜き、現在も支配力を失っていない長井得という人物自体として形象化されているのである。企業で労働するというのは、こうした〈前近代〉に属する世代の支配と抑圧のなかで生きるということにほかならない。代助が働くことを拒むのは、何よりもそれを厭うからであり、いいかえれば、それが〈前近代〉との対峙を表現する姿勢としての意味を持っている。しかしその対峙の感覚が漠然としているために、それを「働かない」論理として明確化することが、代助にとっては困難なのである。むしろ月々の生活費を父から受け取って恬淡としている代助の姿勢そのものが、〈前近代〉の支配に対する微温的な対抗手段としての意味を帯びているといえよう。

3　気分の変容

このように考えると、代助が一見審美的な人間に見える理由も理解することができる。つまり代助は第一に個人としての自己の尊厳を重んじる人間であり、その自己志向的な意識が自身の身体に振り向けられがちなために、審美的な自己愛者としての相貌を呈することになるのである。けれども作中の表出においては、代助における身体と意識の調和的な関係はすでに失われている。心臓の鼓動に対する過度の注意もその現れであったが、「七」章で語られる、風呂の湯に浸かった自分の足が「自分の胴から生《は》えてゐるんでなくて、自分とは全く無関係なものが、其処《そこ》に無作法に横《よこた》はつてゐる様に思はれて来」るくだりも、その端的な事例として眺められる。この〈実存的〉な経験が、代助が自己の身体を、労働をはじめとする社会活動の網の目のなかで道具化していないところからもたらされていることはいうまでもない。しかしもともと非道具的な対象として眺められていたはずの代助の身体の一部が、「無作法」な〈物〉としての醜さをもって浮び上がってくるのは、その意識的主体としての彼の〈現在〉が揺るがされていることを物語っている。この場面は前の章における平岡との労働をめぐる議論の後に位置づけられており、議論に敗れたことが彼の自己相対化の眼差しを強めていたことが考えられる。けれども1節で眺めた神経の「困憊《こんぱい》」に示されるように、それ以前から代助における身体と意識の乖離は進行している。風呂場での挿話は、それを明確化する意味を持つが、この均衡を失うことで希薄化してしまった自己の〈現在〉を充溢するべく、代助の意識は作動していくのである。

三千代との関係が深まっていく中盤以降の展開で、代助の意識が過去に遡行していこうとしているのは、そのための方策にほかならない。意識の連続性と生命の連続性を重ね合わせる漱石的認識を託された形象として、代助は自己の生命を賦活するべく、〈現在〉と〈過去〉との連続性を強めねばならない。[6]それは逆にいえば、代助の意識のなかで、過去から現在に至る連続性に何らかの罅が入っているということである。けれども人間が過去に〈忘れた〉対象や行動をなかなか思い出すことができないように、代助も明治四二年（一九〇九）の現在に至る意識の連続性に、どのような欠落や空白部分が生じているのかを明確に捉えることができない。三千代との再会を契機として、代助が自分と彼女との現在の関係が「自然」に逆らったものであると認識し、その失われた「自然」さを取り戻すべく、彼女との関係を再燃させていこうとするのも、三年前に彼女と別れた過去と現在における意識の落差を埋めようとする行為にほかならなかった。代助は三千代と再会することによって、自己の意識の連続性における欠落部分を浮上させ、それを取り戻すための具体的な展望を与えられるのである。

見逃せないのは、三千代と再会する前の段階ですでに、彼の意識における空白部分として、彼女の存在ないし不在が暗示されていることだ。たとえば「一」章の末尾に、代助が「重い写真帖を取り上げ」て、一葉の写真に眼をとめる場面が見られる。「其所《そこ》には二十歳位の女の半身がある。代助は眼を俯せて凝《じつ》と女の顔を見詰めてゐた」と記される、この「二十歳位の女」とはもちろん三千代を指している。それは平岡から上京を知らせる葉書を代助が受け取っていたために、彼の妻となっている三千代を想起したためであろうが、「凝《じつ》と女の顔を見詰めてゐた」という表現は、やはり代助が現在でも彼女から受け取りうる感情的な負荷の大きさを物語っている。また「三」章の末尾にも、代助は嫂の梅子に対して、父の知己の娘との縁談を勧められている状況を話した後で、「先祖の拵らえた因念よりも、まだ自分の拵えた因念で貰ふ方が貰ひ好《い》い様だな」という言葉を口にしている。それに対して「おや、左様《そん》なのがあるの」と尋ねられると、代助は「苦笑して答へなかつた」という反応を示している。この「自分の拵えた因念」とはやはり三千代との関係を意味しているが、三千代自身と未だ再会していない段階で、代助はそれが自分にとって「因念」としての根深さを持ったものであることを予感しているのである。

さらに挙げれば、「二」章で朝眼覚めた代助が、枕元に落ちている一輪の椿の花を見て「昨夕《ゆふべ》床の中で慥《たし》かに此花の落ちる音を聞いた」ことを思い起こす一節がすでに、三千代が代助の世界に再び入り込んで来ることを予兆しているといえよう。この作品では百合、鈴蘭など様々な花とともに三千代は現れるが、この〈落ちた花〉という〈死〉を伴う美のイメージによって、物語の冒頭からすでに三千代は代助の近傍にいたのである。しかもこの椿の花は後の段落で「赤ん坊の頭程もある大きな花」といい換えられるが、現実に三千代は二年前に流産し、「赤ん坊」に〈死〉をもたらしていた。その含意を踏まえれば、代助がこの花を見て「急に思ひ出した様に」自分の心臓の鼓動を確認し始めるのも、自然な成り行きであるといえるだろう。

そして代助がその動きを気遣う心臓を三千代は病んでいて、今後もその状態が好転する見込みが乏しいことが、後に明らかになるのである。

『三四郎』の三四郎と美禰子は、「迷羊《ストレイシープ》」のイメージによって結ばれる鏡像的な分身性を分け持っていたが、『それから』の代助と三千代も、「心臓」を気遣わねばならない生命力の低減のなかに置かれた者同士として鏡像的な関係にある。その際考慮しなくてはならないのはもちろん、三千代と別れて三年が経過する時点でこの物語が展開していくという設定である。つまりこの三年間つねに三千代は不在であったにもかかわらず、明治四二年の〈現在〉においてその不在が、あらためて代助にとって「自然」に逆行する欠落として浮び上がってきているからだ。それはやはり、この時点において彼の意識的な連続性に生じた亀裂が深刻なものとなっており、その源流に三千代の〈不在〉があるという因果性が、彼の内で浮上してきていることを物語っている。代助が了解し難いのは、三年前に三千代が自分の元を離れたのが、彼自身の意志的な選択によるものであったにもかかわらず、この行為とその結果が、今あらためて「自然」に逆行するものとして受け取られていることである。三千代との離別と彼女の不在は、少なくとも三年前の代助にとっては「自然」であったのが、現在ではそれに逆らうものとして価値づけられている。しかしその価値づけの転換がいつ、どのように自分の内側に起こったのか、代助自身が明確化することができないのである。

かつて兄の菅沼を介して交わりのあった三千代を、菅沼の死を契機に平岡に譲ることになった出来事が代助に対して持つ意味は、以下のような形で変容をきたすことになった。

三千代を平岡に周旋したものは元来が自分であつた。それを当時に悔《くゆ》る様な薄弱な頭脳ではなかつた。今日に至つて振り返つて見ても、自分の所作は、過去を照らす鮮かな名誉であつた。けれども三年経過するうちに自然は自然に特有な結果を、彼等二人《ににん》の前に突き付けた。彼等は自己の満足と光輝を棄てゝ、其前に頭を下げなければならなかつた。さうして平岡は、ちらり〳〵と何故《なぜ》三千代を貰つたかと思ふ様になつた。代助は何処《どこ》かしらで、何故《なぜ》三千代を周旋したかと云ふ声を聞いた。（八）

「過去を照らす鮮かな名誉」が「自然」への逆行に意味を変じることになったというのは、いいかえれば結婚しうる相手であった女性を友人に「周旋」した行為が、なぜ三年前に「名誉」として価値づけられたのかを、現時点では了解しえなくなっているということである。「それから」という表題は、この代助の生きている〈現在〉に至る時間のはらむ、起点的な曖昧さと呼応しているだろう。つまりそこにあるものが出来事の客観性や意志の明瞭さではなく、「それ」としか名指しえない曖昧な気分的環境であることが示唆されているのである。そのため代助はそこを振り返っても、行為の明確な必然性を見出すことができず、そのため代助は「何処かしらで、何故三千代を周旋したかと云ふ声を聞」かねばならない。

この代助の疑問が示唆しているものは、三年前つまり明治三九年（一九〇六）当時と現在の間で、代助が呼吸している社会の空気が変わっているということである。先に述べたように、代助は決して強固な内的世界の住人ではなく、むしろ同じ社会的地平を他者と共有する平俗な感覚を持った人間である。そこに個人と社会の間に、意識や感情の入れ子的な関係を想定する、漱石的な着想が底流している。そうした人間として代助は、三年前の時点では、愛情を抱く女性をみずからの妻とすることなく、あえて友人に譲るという行為が「名誉」として位置づけられる空気のなかに生きていた。けれどもその後この「自然」よりも道義的な「名誉」を優先させる空気が消失することによって、代助は「自然」の欠落に直面する状況へと導かれることになったのだと考えられる。

こうした把握は、1節で言及した山崎正和の『不機嫌の時代』の構図に対する相対化ともなるだろう。ここで山崎は、明治三七、八年（一九〇四、〇五）におこなわれた日露戦争が、日本人の感情を収斂させる特権的な場であり、それが終息することによって、人びとは目指すべきものを失った空白状態、すなわち「不機嫌」に陥っていったという論を展開している。こうした構図に合致した作品例を挙げることは容易だが、〈日露戦争後〉という時代を一義的に括り取るのは必ずしも適切ではない。『不機嫌の時代』では、『それから』は、自己の内面に違和感を覚えるような代助の神経症的な意識の動きが、「不機嫌」の事例として叙述されていた。けれどもすでに日露戦争が終結していた三年前と比べても、代助の意識は大きく変化しているのであり、しかもそれが彼を取り囲んでいる社会の空気の変化と連動していることは明瞭であった。つまり三年前においては、代助はむしろ〈上機嫌〉だったのであり、この気分的な昂揚のなかで三千代を平岡に譲ったはずだからだ。

この昂揚感が、基本的に日露戦争の勝利に由来するものであることは否定できない。確かにポーツマス講和条約の結果は、日比谷焼打ち事件に代表される国民の不満を招いたが、ロシアに対して収めた勝利が、ともかく日本人に「勝つべからざるに勝つにあらず、勝つ可きに勝つなり」（「明治三十九年の回顧」『東京朝日新聞』一九〇六・一二・三一）といった自信を与えたことは事実であり、代助がそうした空気から離れて生きていたわけではない。また『文学論』第五編に、「集合的F」の一種である「能才的F」の具体例として、「日露戦争のとき戦後工業の勃興を予知して多大の株を買収して千万円の富を致せるもの」が挙げられているように、三年前の明治三九年が、南満州鉄道いわゆる満鉄の創立をはじめとする、企業熱に沸いた時期であったことも忘れることはできない。紡績業や製糖業などにおいても増資、合併によって大規模化が進行していったが、満鉄はこうした趨勢のなかの象徴的な存在であった。明治三九年九月におこなわれた満鉄の一〇万株の株式の募集に対して、千倍を上回る応募があったのはそれを端的に物語っていた。満鉄の初代総裁には、台湾の植民地経営に実績を持つ後藤新平が就任し、それ以降満鉄は南満州支配の拠点としての役目を担うことになった。また明治三八年一二月に韓国統監府が置かれ、伊藤博文が初代統監として任命されて以降、韓国を「保護国」化する方向が強化されることになった。

このように、明治三九年は日露戦争の勝利の余韻のなかで、主に産業界と植民地経営の面での展開が進められていった年であり、国全体としてはある種の活気を帯びた時代であった。とくに産業界におけるこうした流れは、明治四〇年（一九〇七）初頭まで持続するが、ほぼこの時期の空気を伝える作品として、谷崎潤一郎の『幇間』（一九一一）を挙げることができる。この作品は「明治三十七年の春から、三十八年の秋へかけて、世界中を騒がせた日露戦争が漸くポウツマス条約に終りを告げ、国力発展の名の下に、いろいろの企業が続々と勃興して、新華族も出来れば成り金も出来るし、世間一帯が何となくお祭りのやうに景気附いて居た四十年の四月の半ば頃の事でした」という一文に始まり、兜町の相場師であった男が、生来の気質を次第に現すことで職業的な幇間に転身していった顚末が語られている。新年に高騰をつづけた株式相場が暴落に転じるのは明治四〇年一月二一日のことであり、「四月半ば」に「世間一帯が何となくお祭りのやうに景気附いて居た」と記すのは正確さを欠いている。しかしこの記述は少なくとも、日露戦争後の社会が等しなみに「不機嫌」に覆われていたわけではないことの傍証としての意味は持つといえよう。漱石が明治三九年四月に『ホトトギス』に発表した『坊つちやん』も、少なくとも表層においては「お祭り」好きの江戸っ子的な騒々しさに満ちた世界として成り立っていた。おそらく代助はこうした「お祭りのやう」な気分の昂揚に浸透されつつ、三千代を平岡に譲ったのであり、その気分が消え去った三年後の現在から振り返って、自分の行為の必然性が分からなくなっているのである。

4　能動と受動の循環

こうした代助の内的な変容に、同一の行為が「自然」から〈不自然〉へと価値づけを逆転させる要因が存在している。その逆転が代助の意識的な連続性に亀裂を生じさせ、それに応じて明治四二年（一九〇九）の現在において、彼はその生命が希薄化の危機に晒されていることを自覚せざるをえないのである。その現在においては、社会は不況に見舞われ、戦勝の気分もすでに醒め果てて、英雄的な浪漫主義を体現する余裕も失われている。当時隆盛する自然主義文学の理念がそうであったように、人びとが生きるために〈ありのまま〉の欲求に直面しなくてはならない状況が訪れていた。そのなかで代助もやはり、自己の存在を不安定にしている要因として三千代の〈不在〉を見出し、それを解消することを「自然」な傾斜として意識せざるをえないのである。

したがって代助にとっての課題は、三千代との関係における現在の〈不自然〉を「自然」の側へと反転させることだが、そのために代助は逡巡の末に、人妻となっている三千代との紐帯を復活させる行動に踏み出すことを決意するに至るのである。

　自然の児にならうか、又意志の人にならうかと代助は迷つた。彼は彼の主義として、弾力性のない硬《こわ》張《ば》つた方針の下《もと》に、寒暑にさへすぐ反応を呈する自己を、器械の様に束縛するの愚を忌んだ。同時に彼は、彼の生活が、一大断案を受くべき危機に達して居る事を切に自覚した。（十四）

代助の〈迷い〉を語っているこの一節には、彼が三千代との関係を深める方向に進んでいく動きに対する、重要な示唆が見出される。つまりその起点にあるものは、代助の「生活が、一大断案を受くべき危機に達して居る事」への強い「自覚」にほかならないからだ。それは結局、代助がおこなおうとしている情念的行動が、自身の「生活」を救抜するという、自己志向的な目的を持っていることを明らかにしている。したがって引用部分と同じ「十四」章で、家に招いた三千代に代助が、「僕の存在には貴方が必要だ。何《ど》うしても必要だ。僕は夫丈《それだけ》の事を貴方に話したい為にわざ〳〵貴方を呼んだのです」と打ち明けるのは、まったく真率な告白であったといえよう。確かに「僕の存在には貴方が必要だ」というのは、代助にとって感情的な真実だからである。同時にこの時、代助の意識のなかで〈貴方の存在には僕が必要だ〉という逆の命題が、希薄な形でしか成り立っていないことも疑いない。

代助が前の「十三」章で、三千代との来歴を振り返り、彼女との関係を深めていく傾斜を肯定しようとする論理も、当然この自己志向的な姿勢と連繫している。「代助は二人の過去を順次に溯《さかの》ぼつて見て、いづれの断面にも、二人の間に燃る愛の炎を見出さない事はなかつた。必竟は、三千代が平岡に嫁ぐ前、既に自分に嫁いでゐたのも同じ事だと考へ詰めた時、彼は堪えがたき重いものを、胸の中に投げ込まれた」という記述が、完全に自己を是認するために代助の側からなされた、過去の捉え直しであることはいうまでもない。石原千秋はこうした代助の認識を、「「過去」の恋がまさに「現在の関係」から逆算されたものである」ことを示すものとして捉え、中山昭彦はこの視点を基本的に認めながら、その一方で代助が「三千代を無意識に愛し続けていた」側面があることを指摘し、この「〈現在から見出された愛の物語〉[7]と〈過去から存在する愛の物語〉」が代助のうちで交錯しているという見方を示している。

確かに中山が見るように、兄の菅沼を介する形で三千代との交わりがあった頃の代助の彼女への感情が、愛ではなかったとはいい難いが、それは少なくとも三千代を妻として所有しようとする感情とは異質なものであった。にもかかわらず、離別して三年を経た現在において、彼女を自分に帰属させようとする感情に代助は動かされるに至っているのである。重要なのは、現在時の意識によって捏造されたものであれ、過去にあった関係があらためて見出されたものであれ、代助の三千代に向かう感情が、基本的に自己を顧慮する形でしか生み出されていないということだ。三年前に三千代を平岡に譲ったのも、その時点で彼を満たしていた浪漫的な昂揚感に導かれての行為であり、平岡が三千代の伴侶として最適の人物であると判断されたからではない。そして三年後の現在において、道義に背いて三千代との関係を復活させようとするのも、あくまでも自己の生活上の「危機」から脱するためであり、自分と共生することが彼女に幸福をもたらすからではない。そのように考えると、代助を動かしているものは、「働かない」論理にも現れていたように、一貫して自己愛的、自己志向的な感性であることが分かる。

代助が三千代との関係を推し進めるに当たっておこなう選択が、〈主体的〉な色合いを帯びているように見えるのも、こうした自己志向的な意識の方向づけのためである。その点で代助は漱石がこれまでに造形してきた人物の系譜とは異質な側面を持っている。『坊っちゃん』の語り手は一見きわめて動的な人物であったが、それらはほとんどが外界からの働きかけに反射的に応じたものであり、その限りでは受動的な性格が際立っていた。また前年の『三四郎』の主人公も、地方から上京してきたとまどいのなかで、自分自身が取るべき行動を見出せない受動性のなかに置かれた人物であった。彼らに比べれば、代助はむしろ強い主体性を持った人物であり、その判断や選択も、つねに自身の内的な均衡を保持、回復することを第一義においてなされている。けれどもその代助の主体的な姿勢は、過去の軌跡を正当化し、三千代との間につねに「愛の炎」があったと見なす言説を生み出しはしても、それ自体が彼の生活に生命感を蘇生させるわけではない。

彼のこの認識が確証され、生活の危機が克服されるためには、結局三千代との関係が現実に深まっていくほかはない。そしてそれを成就するためには、たとえ感情的な真実性が十全ではないとしても、代助は自己の内にあると認められる愛の情念のなかに自己を投じるしかないのである。

つまり代助は、自己の主体的な存在を確保するために、情念の受動性に身を投じようとするのだが、その逆説的な連関(8)を代助は自覚している。彼はしばしば生活者としての生命を賦活するために、何ものかに自己の身を委ねようとする行動をおこなっている。たとえばとくに後半部分で、代助が折々に「電車」に乗る人となる場面が描かれるのはその端的な例である。出来事の展開においても、三千代との関係の現実的な深化に代助を駆り立てていく外的な動因が、意志的な姿勢と表裏をなしながら巧みに盛り込まれている。三千代自身が、かつて代助に貰った指輪をして彼に会っているなど、接近の姿勢を示している(9)ことは見逃せないが、一方父の得たちが代助に強要してくる、会社を建て直すための政略結婚は、行動の能動性を喚起する受動的な契機として作動している。代助はそれを回避することをむしろ動力として、三千代との関係を真実のものとして引き受けることになるのである。

代助が得にもちかけられる「佐川の娘」との結婚を拒むのが、「働かない」論理の延長線上にあることは明らかである。それは現在の社会を覆いつづける〈前近代〉の支配力に屈服することだからであり、当然代助はそれを受け入れることができない。けれどもそのために代助は「自分の拵えた因念」（三）による相手をもってくる必要があり、その流れのなかで三千代が、自分の選んだ女性としてせり上がってくるのである。見方によっては小谷野敦のように、「代助は三千代を愛しているがゆえに結婚を断るのではなく、結婚を断るために三千代を愛する決意をしたのではないか」(10)と想定することのできる戦略性を、代助の選択は帯びている。けれどもこれはややシニカルすぎる把握であり、作品冒頭から三千代の〈不在〉が暗示されていたこ

とを考えれば、やはり政略結婚の回避とは別に、自己の生の希薄化という危機を救抜する契機として、三千

代への志向が彼の内にはらまれているというべきだろう。またここで見てきたように、三千代を「愛する決

意」をすることと、実際に彼女との関係を深めることの間には落差があり、その落差を埋める装置として機

能するものこそが、父の側から迫られてくる政略結婚にほかならなかった。

外界からの働きかけに受動的に反応することが、自己の現実的な行動を導き、他者への姿勢を明確化するとともに、それがさらに外界からの反応の強度を高めていくという循環的な因果性は、おそらく代助の意識のなかでもイメージ化されている。「十二」章で、甥の誠太郎に旅行の行き先について尋ねられ、「何処《どこ》つて、まだ分るもんか。ぐる〳〵回るんだ」と答えるように、作品の後半部分では、回転するもののイメージが繰り返し盛り込まれている。「十六」章でも、自分と三千代の行末をあれこれ思い描いているうちに、「彼の周囲が悉く回転しだした。彼は船に乗つた人と一般であつた。回転する頭と、回転する世界の中に、依然として落ち付いてゐた」という状態に代助は入っていく。そして末尾では代助の周囲に氾濫する「赤」の色彩が彼の「頭を中心としてくるり〳〵と焔《ほのほ》の息を吹いて回転」(十七)するのである。それらはもちろん基本的には代助を呑み込み、より危うい方向へと彼を運んでいく状況の動きを示唆しているが、それが一方的な〈流れ〉ではなく「ぐる〳〵回る」もののイメージに象られているのは、やはり能動性と受動性の循環のなかに自分が投げ込まれていることに対する、彼自身の自覚を物語っているといえよう。この循環のなかで次第に強度を増してくる能動性によって、代助は三千代との共生に踏み出すことになる。そして展開の終盤に明確化される主人公の自覚的な能動性への傾斜は、『それから』が書かれた明治四二年前後の日本の対外的な状況とやはり強い照応を示しているのである。

5 日韓併合の文脈

その状況とは、日露戦争以降次第に併合に向けての動きを露わにしていった、韓国〔朝鮮〕との関係である。『坊つちやん』の語り手が日清戦争から日露戦争に至る〈戦い〉の時代を形象化する存在であるとすれば、代助はそれ以降の展開において、韓国に対する支配力を強化し、自国の延長として扱おうとする日本の〈能動的〉な姿勢を象っていると見ることができる。日露戦争終結時の明治三八年（一九〇五）八月に調印された第二回日英同盟協定で、日本はイギリスのインド領有を認めることと引き換えに、韓国への支配をイギリスに承認させたが、その第三条では日本が「監理及保護の措置を韓国に於て執る」ことが明記された。先にも述べたように、この年の一二月には韓国統監府が置かれ、伊藤博文が統監に就任し、韓国を「保護国」化する日本の姿勢はより強化されることになった。明治四〇年（一九〇七）七月に結ばれた第三次日韓協約では、日本の韓国に対する「保護権」は一層拡大され、外交、内政の両面にわたって韓国は自律性を失うことになった。こうした日本の支配政策に対して韓国では義兵による叛乱が相次ぎ、その鎮圧がさらなる叛乱を招くという動きが激しくなっていった。この義兵の叛乱は明治三〇年代後半から四〇年代前半にかけて激化の一途を辿り、ピーク時の明治四一年（一九〇八）には千四百回を越え、四二年（一九〇九）にも九百回近い衝突が起こった。

こうした流れのなかで、初めは韓国の併合に反対していた伊藤博文も、次第に併合を肯定する側へと変わっていくことになった。明治三八年一二月に韓国統監府が置かれた時点では、日本はまだ韓国との併合に踏み出しておらず、第三次日韓協約締結直後の明治四〇年七月末の演説で、伊藤博文は併合を否定する立場を表明していた。演説の内容を掲載した四〇年八月一日の『東京朝日新聞』によれば、日本は事あるごとに「極力韓国の独立を擁護するの位置」に立ってきたのであり、「日本の政策は韓国を富強ならしめ、独立自衛の途を講ぜしめ、以て日韓相提携するを得策とす」るという意向が示されている。そして「韓国と合併すべしとの論あるも合併の必要はなし、合併は却て厄介を増すばかり何の効なし」と伊藤は断言している。けれども伊藤のこうした姿勢は、国内では軍部の急進派や右翼活動家に微温的と見なされ、一方韓国ではその政策自体が、国の主体性をなくすものとして民衆の怨恨をかき立て、叛乱を招く要因となった。こうした内外の状況に挟み撃ちされる形で伊藤博文は韓国統治の任に次第に意欲を失い、明治四二年六月に統監を辞するに至っている。この時点では伊藤も併合に異を唱えなくなっていたとされるが、それにつづいてなされた、韓国の司法・監獄事務委託に関する日韓覚書への調印によって、韓国は自律的な法権を奪われ、翌四三年（一九一〇）八月に遂行される併合への道は確定的なものとなった[11]。

こうした日露戦争終結時から明治四二年にかけての日本と韓国の関わりは、『それから』の前史や作中の展開として語られる、代助と三千代との関係に強く符合している。代助は兄を介する形で三千代と交わりのあった四、五年前、つまり明治三七、八年頃の時点では、結婚によって彼女を自分に帰属させようとしておらず、むしろ彼女に「教育」を施す役どころを演じていた。そして三千代は「喜んで彼の指導を受けた」（傍点引用者、十四）のだったが、この「指導」を与える〈保護者〉的な立場こそが、明治三〇年代後半から四〇年代初めに日本が韓国に対して取ろうとしたものであった。たとえば第三次日韓協約の第一条には「韓国政府ハ施政改善ニ関シ統監ノ指導ヲ受クルコト」（傍点引用者）と明記されていた。そして代助は三年前、つまり明治三九年（一九〇六）に三千代を平岡に譲ったのだったが、この選択は韓国を領有することに否定的であった統監伊藤博文の意向と重なるものとして眺められるのである。

このような照応を想定した場合、三千代は帝国主義的な領土としての〈韓国〉を表象する存在となるが、これはすでに『坊っちゃん』でなされていた寓意を、形を変えて反復したものにほかならない。つまりこの作品で坊っちゃんの陰画的な分身である「うらなり」の婚約者であったマドンナが、教頭の「赤シャツ」に奪い取られるのは、遼東半島をめぐっておこなわれた三国干渉を下敷きにしていると見なされたからである。三千代を領土としての〈韓国〉と結びつける文脈は、その名前にも込められている。たとえば〈みちよ〉という音を持つ女性の名前は〈美千代〉と記される方が一般的だが、あえて「三」の字を用いているのは、それが「三韓」や「三国」といった韓国にちなむ漢字だからだともいえる。また韓国の国歌に「無窮花三千里華麗江山」という文句があるように、「三千里」は韓国の国土を表現する古くからあるいい回しである。

一方代助に対する批判者となる平岡は、義兵の叛乱という形で韓国を植民地化しようとする日本の政策に否定の声を上げようとしていた、韓国の民衆に相当する存在であるといえよう。この作品以降、『明暗』の小林に至るまで、漱石の作品には繰り返し、主人公の生き方に批判的な眼差しを向ける、社会的には弱者である人物が現れるが、それは基本的には義兵に象徴される韓国民衆の日本に対する姿勢を下敷きにして仮構されていると見なされる。その背景には、柄谷行人が『日本精神分析』(文藝春秋、二〇〇二)で韓国(朝鮮)について述べるように、「異民族の侵略の度重なる経験が「抑圧」と「主体」を強化してきた歴史が存在」している[12]。一方同じく帝国主義的な侵略の対象となった中国がそうした比喩性を帯びて現れにくいのは、逆にこの国が長い歴史のなかで、他民族の帝国に支配されることが珍しくなく、それを自然のこととして受け入れる土壌があったからである。たとえば「元」は周知のようにモンゴル人の帝国であり、近代の「清」にしても、漢民族ではなく満州人の帝国であった。

そしてこうした構図において、これまでの漱石の作品で繰り返しなされたように、主人公の代助は〈近代日本〉の暗喩として存在する。より端的にいうならば、代助はおそらく、初代の総理大臣と韓国統監府統監を務めた伊藤博文その人に重ねる形で造形された形象である。この長州出身の政治家と代助との連関は随所に見出される。そもそも代助の家である長井家は、父の得が「御維新のとき、戦争に出た経験」(三)があり、「十八の年」から、「国家社会の為に尽し」(三)しつづけていると嫂の梅子に評されるように、戊辰戦争の「官軍」側であり、また「長井」という彼らの姓が示唆するように、おそらく長州の出である。第二章で述べたように、『坊っちゃん』の主人公の仮構的な出自として〈長州〉が想定されたが、『それから』においてはそれがより明確化されている。

代助と伊藤博文の具体的な重なりを挙げれば、たとえば伊藤の幼名は「利助」であり、代助と一字を共有している。また代助は三年前に三千代を平岡に「周旋」したのだったが、伊藤が早くから「周旋家」としての評判を持つ人間であったことを忘れることはできない。松下村塾に入塾した伊藤について、吉田松陰は「中々周旋家ニナリサフナ」[13](久坂玄瑞宛て書簡)と評し、その評価通り伊藤は人間関係を巧みに「周旋」する能力を発揮しつつ、政治家として頭角を現していった。また代助が自分の愛を向ける先として三千代という相手を見出しながら、遊郭へ通う男であることはこれまでにも指摘されている[14]。もともと代助が結婚に意欲を示さない理由の一つとして、「比較的金銭に不自由がないので、ある種類の女を大分多く知つてゐる」(七)と述べられているが、その「ある種類の女」を知ることにかけて、伊藤が人後に落ちない政治家であったことは周知であろう。さらに伊藤が妻にした花柳界出身の女性の名は「梅子」であり、代助が「好いてゐる」(三)という嫂と同じ名前なのである。

こうした二人の人物に見出される重なりは、別段奇妙な連関ではない。主人公を近代日本の暗喩として置きがちな漱石の着想のなかで、この時代の代表的な政治家が、主人公のイメージの下敷きにされることは十分ありうるからだ。もっとも漱石の伊藤博文に対する印象は、決して好ましいものとはいい難い。たとえば『それから』の執筆に着手して間もない明治四二年六月一七日の日記には、「伊藤其他の元老は無暗に宮内省から金を取る由。十万円、五万円。なくなると寄こせと云つてくる由。人を馬鹿にしてゐる」という記述が見られる。けれどもこの記述が、同時に代助の輪郭に流れ込んでいることも見逃せない。つまり自分のための金を宮内省に平然と求める「伊藤其他の元老」の振舞いは、労働せずに父から定期的に金をもらって生活している代助の態度につながっているからである。あるいは漱石がこうした風評を、代助の生活スタイルを造形する際のヒントにしていたともいえよう。一方明治三九年の「断片」には「現代の青年」について考察した箇所に「子規。樗牛。伊藤博文。井上哲二（次）郎。三井。岩崎」という列挙が見られる。この列挙の意味はやや測り難いが、親友であった正岡子規の近傍に伊藤の名前が置かれているのは、少なくともこの時点では「青年」が切り拓くべき「未来」への志向を持った人物として、伊藤が肯定的に眺められていたことを物語っているとも考えられる。

いずれにしても、漱石の思考のなかで伊藤博文がかなりの比重を占めていたと推察することは困難ではない。けれどもそれは、漱石が伊藤博文を主人公の〈モデル〉として作品を構築したということを意味するわけではない。伊藤自身が近代日本を端的に象徴する政治家としての側面を持ち、この人物とのつながりをつけることによって、〈近代日本〉の暗喩としての代助の輪郭に、一つの方向性を付与することが漱石の眼目だったと考えられる。その方向性とは、これまで述べてきた韓国（朝鮮）との関係における日本の進み行きであり、『それから』が発表される明治四二年に急速な展開を見せる併合に向かう動きが、この作品に滲出しているのである。そしてここで論じてきた、代助と三千代との関係を契機として浮上している、人間の行動における能動性と受動性の問題も、この地点に収斂されてくることが分かる。

先に見たように、この問題は意識や行動の〈流れ〉に関する哲学的思考と、維新以来の日本の開化に対する認識が重層する形で、漱石のなかで追求され、作中にイメージ化されていったものと見なされる。そして明治三〇年代後半から四〇年代前半の日本の韓国に対する姿勢は、まさにそれを凝縮するように、韓国への働きかけと韓国からの働きかけの二つの方向性が、循環の強度を高めつつ、次第に前者の側面を露わにしていった様相を呈している。つまり伊藤博文の姿勢に示されていたように、韓国統監府が置かれて以降、日本の基本的な方向は韓国を併合せずに「保護国」化することにあったが、頻発する義兵の叛乱とそれに対する鎮圧の〈循環〉的な連続に駆り立てられるように、併合の方向に転換していった。漱石が東京・大阪の『朝日新聞』に『それから』を連載し始める明治四二年六月に伊藤博文は統監を辞任するが、それによって併合に向かう流れは決定的になる。その二ヵ月前の同年四月に桂太郎首相と小村寿太郎外相によって協議されていた、韓国を併合することを目指した方針案は、伊藤辞任後の七月の閣議で決定され、天皇の裁可が与えられた。韓国に対する〈能動的〉な姿勢が明確化されようとするこの時期に、『それから』は書き進められ、八月一四日に脱稿に至っている。日本の韓国に対する動きを正確に映しながら、代助は三千代を平岡から奪い取り、運命を共にする道を選ぶことになるのである。

それをもっとも強くイメージ化しているものが、終盤の「十七」章で代助を取り囲む「赤」の色彩であろう。絶交と引き換えに三千代を平岡から譲り受ける合意をした後、代助の「頭」は「熱くて赤い旋回《つむじ》の中」で「永久に回転」する。そして父と兄に絶縁を言い渡され、書生の門野に「一寸職業を捜して来る」と言って出かけた代助の周りに「電柱が赤かつた。赤ペンキの看板が、それから、それへと続いた。仕舞には世の中が真赤になつた」といった形で、「赤」の色彩が氾濫するのである。この「赤」のイメージは、一見「自然の愛」に身を委ねた代助の情念が流出したものにも見える。しかしここで追ってきた社会的状況との照合を念頭に置けば、この色彩は三千代という〈領土〉を自分のものする情念のなかを動き始めた代助――近代日本――の、〈血〉が流れることを辞さない激しさを暗示するものといえよう。そう考えれば、代助の三千代への接近が、必ずしも彼女への「愛」に動かされた行為でなかったことも自然に理解しうる。この働きかけはむしろ代助が〈自己〉を救うためになされたものであったが、韓国を〈自分のもの〉にする日本の動きも、表面的には韓国を「保護」するという目的を出しながら、あくまでも自国を利する目的で推し進められたものだったからである。それによってなされる〈結婚〉の帰趨を、漱石は次作の『門』で予見的に語ることになる。

註

（1）W・ジェームズ『心理学原理』。引用は岩波文庫『心理学』（上、今田寛訳、一九九二、原著は一八九二）による。

（2）H・ベルグソン『時間と自由』。引用は白水社『ベルグソン全集』第一巻（平井啓之訳、一九六五、原著は一八八九）

（3）その点について石原千秋は「反＝家族小説としての『それから』」（『東横国文学』19号、一九八七→『反転する漱石』青土社、一九九七）で、明治民法下における戸主と家族の関係を調査し、「月々の生活費は父の好意によるものではない。代助の権利なのである」と述べている。これは貴重な指摘だが、重要なのはもちろんなぜ代助がその「権利」を行使しているのかということである。それについて石原は代助が「無能力」な「坊つちやん」として自己規定していることの表現として眺めているが、ここで述べたようにそこにはもう少し積極的な意味が込められているといえよう。

（4）明治三、四〇年代の経済状況については、主に宇野俊一『日清・日露』（日本の歴史26、小学館、一九七六）と橋本寿朗・大杉由香『近代日本経済史』（岩波セミナーブックス、二〇〇〇）を参照した。

（5）佐藤泉「『それから』――物語の交替」（『文学』一九九五秋）。

（6）吉田凞生はこうした時間意識の主体としての代助について、彼が「ナルシシスム」によって、三千代との過去から現在に至る時間という私的な「内的時間」の比重を高めていき、外側を流れている「客観的時間」と齟齬をきたしてしまうという見方を示している（「代助の感性――「それから」の一面」（『国語と国文学』一九八一・一↓漱石作品論集成第六巻『それから』桜楓社、一九九一）。代助に「ナルシシズム」が強くあることは明らかだが、ここではむしろ自己を曖昧化する危機をはらんだ時間を生きることによって、自己に執着せざるをえない姿が「ナルシスト」的に映るのだといえよう。

（7）石原千秋「反=家族小説としての「それから」」（前出）、中山昭彦「〝間〟からのクリティーク――『それから』論」（北海道大学『国語国文研究』第97号、一九九四）。また中山和子は「自然の昔」における代助の三千代への愛が「明瞭な輪郭をもたない」ものであり、三千代の導きによって初めてそれを認識するのだと述べている（「「それから」――〈自然の昔〉とは何か」『國文學』一九九一・一）。これは妥当な見解だが、ここで三千代が平岡のもとに嫁ぐことになった〈三年前〉の状況として、「株価乱高下の果の不況はアメリカ恐慌の波及により長期化の様相を深めていた」と述べられているのは、正確な把握ではない。ここで示したように、それは明治四〇年から四一年にかけての状況である。

（8）行動における意志と非意志的な要素との関係について、ポール・リクールは、行動の起点に意志的な決意があることを認めながら、行動に自己を投企するには、身体的、非意志的なものの飛躍が必要であることを強調している。（『意志的なものと非意志的なもの』ＩⅡ、滝浦静雄・箱石匡行・竹内修身訳、一九九三、原著は一九五〇）。またデヴィッド・ウェグナーは、憑依や催眠術を含む多角的な行動の分析を通して、人間の自覚的な意志はそれ自体としては行動を促進する力ではなく、むしろ、「行動に対する道徳的な導き手」という調整的な機能を果たしていると結論づけている(David Wegner, *The Illusion of Conscious Will*, The MIT Press, 2002)。

（9）小森陽一は、三千代がはめている指輪や、彼女が既婚女性の髪型としてはふさわしくない銀杏返しに髪を結っているといったことが、彼女自身における代助への愛情のうごめきを物語っていることを指摘している（「漱石の妹たち――妹たちの系譜」『文学』一九九一冬）。確かにこうした三千代の側からの接近があるからこそ、代助は彼女との関係の復活に踏み出す決心をすることができるのだといえよう。

（10）小谷野敦『夏目漱石を江戸から読む――新しい女と古い男』（中公新書、一九九五）。

（11）日韓関係及び伊藤博文の軌跡については、主に以下を参照した。宇野俊一『日清・日露』（前出）、森山茂徳『日韓併合』（吉川弘文館、一九九二）、杵淵信雄『日韓交渉史――明治の新聞にみる併合の軌跡』（彩流社、一九九二）、中塚明

『近代日本と朝鮮』（三省堂選書、一九九四）、海野福寿『韓国併合』（岩波新書、一九九五）、同『伊藤博文と韓国併合』（青木書店、二〇〇四）、呉善花『韓国併合への道』（文春新書、二〇〇〇）、三好徹『史伝伊藤博文』（上下、徳間書店、一九九五）、上垣外憲一『暗殺・伊藤博文』（ちくま新書、二〇〇〇）、高大勝『伊藤博文と朝鮮』（社会評論社、二〇〇一）、羽生道英『伊藤博文――近代国家を創り上げた宰相』（PHP文庫、二〇〇四）、及び当時の新聞・雑誌記事。

（12）柄谷行人は「日本的なもの」を考える上で、「東アジアの歴史的地政学」を重視し、とりわけ朝鮮が元や豊臣秀吉の軍勢の侵攻に対して熾烈な抵抗をおこなったことが、日本の「政治的、文化的形態を大きく規定し」ていると述べている。柄谷は言及していないが、この視点は漱石の文学を考える上でも不可欠の重みを持つと思われる。

（13）引用は『吉田松陰全集』第六巻（岩波書店、一九三五）による。

（14）石原千秋「反＝家族小説としての『それから』」（前出）。石原はこうした代助の振舞いを「グロテスク」なものと見なしているが、それに対して小谷野敦は、「妻」と「愛人」を共存させることは日本の伝統的な性愛観においてはむしろ通例であり、「恋愛と性欲が一人の女に向かって集中すべきだという理念は、煎じ詰めれば一つのイデオロギーでしかない」と述べている（「妻の存在意義――『それから』をめぐって」『漱石研究』第10号、一九九八・五）。

第五章

陰画としての〈西洋〉——「門」と帝国主義

1　週一回の休日

人間は過去から現在、未来へと流れていく直線的な時間のなかを生きているると同時に、季節のめぐりや穀物の収穫、あるいは祭りや日々の仕事の区切りといった、自然や人為によって色づけられる、循環性を持った時間のなかを生きている。直線的時間としてのクロノスに対して、カイロスとも称されるこの時間は、人間の生きる世界に時間的な次元で一つの輪郭を与える枠組みである。フランク・カーモードはその枠組みを「始まりと終わり」のある時間として捉え、時計の「チック、タック」という音をその最小の単位として挙げている。(1)この循環的な枠組みとしての時間が、個人や共同体の生の流れに節目やリズムをもたらそうとする文化的な営為の結果であり、いいかえれば歴史的な所産であることはいうまでもない。

『門』（一九一〇）は、こうした人間の生活の時間を分節化する契機を様々な形で含み、それが登場人物の意識に絡んでいく様相を、大きな比重をもって描き出している。この作品は、秋のある日曜に、縁側で横になって時間を過ごす下級官吏の姿を映し出すことによって始まっている。そこにはもっぱら週六日の労働による疲れを癒すために休日を当てようとする一人の市民の姿が現れているが、この作品には市民の生活の節目をなす〈日曜〉以外の契機も盛り込まれている。主人公の下級官吏野中宗助が冒頭で縁側に身を横たえていたのは、「秋日和と名のつく程の上天気」（一）の一日であり、展開が収束するのは、翌年の春が訪れつつある時節においてである。この出だしと終結部は、彼らの単調な生活を季節のめぐりが包摂していることを物語っている。また明治四二年（一九〇九）から四三年（一九一〇）にかけて展開していくこの作品の時間には、当然年の変わりが含まれ、〈正月〉という行事が彼らの生活に及ぼす、ささやかな色合いの変化も描出されている。年の暮れに宗助は「新年の頭を拵らえやうといふ気になつて」(十三)床屋に出かけ、大晦日が近づくとまな板を茶の間に持ち出し、御米と弟の小六とともに「伸餅《のしもち》」を切るのである。正月を迎えると、大家である坂井から招きがあり、宗助ははじめは辞退して小六を行かせるものの、七日の夜に再び招かれると、今度は宗助がそれに応じて出かけていっている。

もっとも宗助は常日頃、自分を世間の流れとは関わりのないところに生きている人間として眺めており、こうしたつき合いも彼にとっては例外的な事態に属する。また春の訪れにもとりたてて喜びを覚えない彼にとって、最大の慰藉となるのが、冒頭から多くの頁を費やして語られる、週に一度やってくる日曜という休日である。この一日を彼は朝寝や勧工場の見物や、商店の覗き見といった、金のかからない行動によって埋めていき、月曜から土曜までの労働がもたらした肉体的、精神的疲労から脱却しようとするのである。『門』の主人公はもっぱら、この六日間の労働による疲弊と、それを癒すための一日の休日という周期のなかで生きる人間として提示されている。季節のめぐりや年中行事に対する彼の関心の乏しさも、この周期が彼の居場所であることを強調している。

この宗助の生活を支えている。六日働いて一日休むという生活の周期性は、江戸時代の日本には存在しなかったものである。江戸時代の人びとの休日は職業によって大きく異なったが、町人社会では一般に一日と一五日が休みとなることが多く、それ以外に盆、暮、正月、節句の休みがあった。農家では「遊び日」と称される共同体の休日があり、その日数は江戸時代後期には六十日から八十日に及んだ。一方城勤めの武士たちは、藩によって異なるものの、おおむね三日に一日の「三番勤め」であることが多く、あとは学問・武芸に励むことが勤めであった。こうした休日の多様さは、明治時代に入って次第に収束されていく。明治政府が当初定めたのは、一と六のつく日を休みとする「一六休み」であったが、明治九年(一八七六)三月に、土曜の午後と日曜の終日を休みとする周期に改められた。それはもっぱら「一六休み」が西洋の制度と合わず、交易面での支障が生じていたからであり、この制度が学校と官公庁を中心に日本社会に定着していった。財閥系の企業や銀行でも、明治年間にこの制度が普及していったが、工場労働者の場合は、第二次世界大戦時まで月二回の休日が一般的であった。

こうした制度的な変遷は、週六日の労働と日曜の休みという周期が、あくまでも西洋諸国と同調しようとする日本の近代化がもたらした産物であったことを示している。『門』の主人公が朝寝や散歩によって日曜の時間を埋めていくのは、いかにも日本の小市民的な勤め人の消閑の姿を映し出しているように見える。従来『門』に与えられてきた論評においても、「腰弁夫婦の平凡な人生を、平凡な筆致で諄々と叙していく」という正宗白鳥の把握[2]に代表されるように、前後の作品に多く現れる、知識人としての矜持を持った主人公たちとは異質な、市井の人びとの単調な日常を描き出す作品として捉えられてきた。もっとも後半の展開においては、かつて共棲者であった御米[3]を宗助に奪われた後、満州に渡って行った安井が日本に帰還するという情報がもたらされることで、宗助の日常の安らぎは失われていく。この後半の転調を考える前に問題にすべきなのは、その前提的な枠組みそのものがはらんでいるアイロニーである。つまり出世の欲望も持たず、子供に恵まれることもあきらめ、休日の消閑にわずかな慰籍を見出しているかのような主人公とその妻は、前田愛が指摘するように、「山の手の奥」にある崖下の借家に「こもって」日々を送っている[4]。その姿は一種の隠者としての趣きを帯びており、彼らの間に流れている諦観的な感情も、中世の隠者文学を底流する仏教的な無常観と無縁ではない。けれどもその諦観と慰藉を交錯させつつ営まれている彼らの生活の周期的なリズムは、今概観したように、あくまでも明治時代において西洋の制度を摂取することによってもたらされたものなのである。

その際宗助の生活感情において〈日曜〉が占めている比重の大きさには、あらためて注意を払う必要がある。彼が日曜に縋るように生きているのは、それ以外の六日間の労働が不毛に思われるからであり、日曜はその不毛な時間の連続を一日停止させる契機として求められている。「二」章に語られる、日曜の午後を書店や呉服店の覗き見に費やして、家に戻って来ようとする宗助の抱く感慨は、彼にとっての日曜という一日の持つ意味を明らかにしている。

今日の日曜も、暢《のん》びりした御天気も、もう既に御仕舞だと思ふと、少し果敢《はか》ない様な又淋しい様な一種の気分が起つて来た。さうして明日から又例によつて例の如く、せつせと働らかなくてはならない身体《からだ》だと考へると、今日半日の生活が急に惜くなつて、残る六日半の非精神的行動が、如何にも詰らなく感ぜられた。歩いてゐるうちにも、日当の悪い、窓の乏しい、大きな部屋の模様や、隣りに坐つてゐる同僚の顔や、野中さん一寸《ちよつと》と云ふ上官の様子ばかりが眼に浮かんだ。（二）

ここに示されているのは、宗助にとって日曜が「六日半の非精神的行動」からの避難所《アジール》として機能しているということであり、休日に養った〈英気〉を月曜からの職場での活動に還元しようとする積極的な姿勢は不在である。しかしここに語られている、彼の憂鬱の在り処である職場の様相は、客観的に見れば決して耐え難いものではない。官吏である宗助は別に過酷な労働に従事させられているわけではなく、また「野中さん一寸と云ふ上官」など世間のどこにでもいるからである。現実の多くの勤め人は、おそらく宗助よりも過酷な状況で労働をつづけていた。今触れたように、工場労働者は月二回の休日しかなく、役所や企業においても、少なくとも出世の意欲を持つ人間にとっては、休日を完全に私的な時間で満たすことは難しかった。

『門』の二十年以上前に書かれた二葉亭四迷の『浮雲』（一八八七）に登場する出世主義者の本田昇は、宗助と同じ役所勤めでありながら「日曜日には、御機嫌伺ひと号して課長殿の私邸に伺候し、囲碁のお相手もすれば御私用も達す」という精励ぶりを示している。こうした状況には、それ以降もさほど変化はない。大正三年に出た盗跖犬生の『月給トリ物語』（東亞堂書房、一九一四）は小説ではないが、『門』の宗助とほぼ同時代の勤め人の姿を詳細に伝えている。ここでも銀行員である著者の同僚は「取締役や支配人の三太夫を以て自ら許し、奥様の御機嫌から、邸宅の御手入にまで参与」するのだった。

こうした、ムラ社会としての役所や企業に身を置き、仕事の外側の人間関係に心を砕くことによって出世を遂げていこうとする人間と比べれば、宗助はある意味では〈西洋的〉な個人主義者として生活を送っているといえるだろう。そこにも『門』の主人公に込められた陰画ないしアイロニーとしての〈西洋〉を見ることができる。それが陰画的であるのは、そうした側面をはらみながら宗助自身は本来の〈西洋的〉な精神である自主独立の意欲を備えていないからである。歯医者の待合室に置いてあった雑誌の『成効』（『成功』）を手に取った宗助について、「「成効」と宗助は非常に縁の遠いものであつた。宗助は斯《か》ういふ名の雑誌があると云ふ事さへ、今日迄知らなかつた」（五）と記されているように、役所という職場も彼にとっては自己を発展させる可能性の在り処ではなく、糊口のための手立てでしかない。そして労働を自己喪失の場としてしか眺めず、週一回の休日に縋るように日々を送っている宗助は、いわばこの西洋から移入された制度によって去勢された人間として存在しているといっても過言ではないのである。

2　陰画的な〈愛〉

『門』に込められた陰画ないしアイロニーとしての〈西洋〉は、労働者としての宗助の輪郭にだけ浮上しているのではない。それと同程度の比重をもってその陰画的な様相が描出されているのが、宗助と御米の夫婦関係である。宗助は京都大学に在学中に友人であった安井と共棲していた御米を、彼から奪い取る形で自分の妻として現在に至っている。前作の『それから』(一九〇九)との連続性を強く滲ませた経緯によって、大学も中退せざるをえなくなった宗助は、その後御米と広島、福岡と移り住み、東京に戻ってからは崖下の借家で細々と暮らしている。その間に御米は三度流産や死産を繰り返し、二人は自分たちが子供を持つことのできない宿命にあるように感じている。けれどもその裏返しとして、彼らは少なくとも表面上は波風の立つことの少ない、円満な夫婦としての関係を保っているのである。こうした宗助と御米夫婦の様相は、谷崎潤一郎が「まことの恋によつて永劫に結合した夫婦間の愛情」(傍点原文)と評し[5]、江藤淳が「漱石は他のどの作品に於ても、これほどしみじみとした夫婦の愛情を描いたことはなかった」と述べたように[6]、世俗的な達成に背を向けた地点に成り立つ、一組の夫婦の愛情を前景化させているように見える。作中の叙述においても、「宗助と御米とは仲の好《い》い夫婦に違なかつた。一所になつてから今日迄六年程の長い月日をまだ半日も気不味《きまづ》く暮した事はなかつた」(十四)と述べられ、学資の困難から彼らの家に身を寄せることになった小六の眼にも、兄は「暇があればぶら〳〵して細君と遊んで許《ばかり》」(三)いる人間として映っている。

こうした叙述によっても方向づけられている夫婦間の和合にも、もう一つの〈西洋〉の陰画を見ることができるだろう。もともと彼らが結ばれるに至った経緯自体が、「大風は突然不用意の二人を吹き倒したのである」（十四）という、自身にも統御しえない情念に指嗾されるままに動いてしまった結果として語られている。1節で眺めた現在宗助の姿からは、そうした本人の自覚を越えた情念の発動は想定し難いが、学生時代の宗助は「強く烈しい命を生きたいと云ふ証券を飽《あく》まで握りたかつた」（十四）青年だったのであり、それに駆り立てられて御米との情念的な行動に呑み込まれていったということは考えられる。そして理性によって統御しえない情念の激しさに牽引される男女の行動という主題は、いうまでもなく西洋の浪漫主義文学の基軸をなすものである。ドニ・ド・ルージュモンは、それが主体としての男女に喜びよりむしろ苦しみをもたらす因果性を、西洋の恋愛物語の特質として見出していた。ルージュモンは『トリスタンとイズー』の物語の主人公たちの行動について「二人をしめつける宿命に、彼らは呻きながら身をゆだねる」（鈴木健郎・川村克己訳）と述べているが[7]、『門』の宗助と御米も作品の前史的な行動においては、情念の「大風」にあおられつつ、倫理に背いて結ばれる「宿命」に「呻きながら身をゆだね」たのであり、それによって「青竹を炙つて油を絞る程の苦しみ」（十四）をくぐらねばならなかった。また世間との交わりを避けて崖下の家にこもるような彼らの暮らしぶりは、相愛の男女が理想的な生活の境地を求めて田舎に隠棲しようとする、フリードリッヒ・シュレーゲルの『ルツィンデ』の帰結を想起させる。

もちろん『門』の内容として語られる、宗助と御米の現在の生のあり方は、こうしたかつて彼らを動かしたであろう情念の烈しさを脱落させた事後的な姿でしかない。けれどもその情念の憑き物が落ちた段階においても、彼らを結びつけている紐帯自体は、別の機縁によって保持されている。宗助は友人を裏切った後ろ暗さによって、御米は共棲の相手から離反したことに加えて、子供をもうけることができないという負い目によって、いずれも世間と親和しえない流離感を抱いている。それが逆に彼らを一組の男女としての親密さのなかに置いているのである。

ここには明らかにもう一つの〈西洋〉の陰画が浮び上がっている。西洋のキリスト教社会の伝統が一夫一婦制を重んじる一方で、日本においては一人の男が多くの女と性的な関係を重ねていく「好色」の系譜が存在し、それが明治以降の文学にも侵入しつづけていることは周知である。佐伯順子はこうした「色」ないし「好色」の伝統と、西洋の思想、文学によって触発された精神的な「愛」への希求が混在するところに、明治時代の日本文学の特性を見ている。佐伯によれば『門』における宗助と御米の「愛」は、「背きたくない人間にもあえて背くことで獲得された、貴重な、純度の高いもの」であり、「二人だけの世界に閉じこもることで、稀にみる一心同体感と安定性を確保していたはず」であったとされる。もっとも佐伯が力点を置いているのは、そうした「愛」の「純度」が後半の展開で揺るがされることであり、安井が御米を奪われた後に渡っていた大陸から戻ってくるという情報を与えられた宗助の意識のなかで、御米の存在はにわかに重みを失っていく。そこに佐伯は、「愛」によって結ばれたはずの一組の男女の間にも、癒し難い孤独と疎外が入り込んできてしまう困難さを見ている。(8)

『門』に描かれる男女関係に、西洋的な〈愛〉への接近と距離を見る佐伯の視点は妥当であり、ここでの方向性とも重なっている。しかし宗助と御米の〈愛〉が相対化されるのは、安井の帰還の情報がもたらされ、それによって喚起された動揺を鎮めるべく宗助が禅寺に赴く後半の展開に生じているというよりも、彼らの現在の紐帯が、世間に離反する感情の結託としてもたらされている因果性自体によって示唆されている。『ルツィンデ』の男女が田舎に隠れ住もうとするのは、そこにより人間的な環境があると想定されるからであったが、宗助と御米が日々を送る崖下の住まいは、いわば彼らが世間の力によってそこに押し込められた結果である。「十四」章の叙述でも、二人が水上に滴った油滴に譬えられ、「水を弾いて二つが一所に集まつたと云ふよりも、水に弾かれた勢で、丸く寄り添つた結果、離れる事が出来なくなつたと評する方が適当であつた」と述べられている。御米が「思ひ詰めた調子」で「私にはとても子供の出来る見込はないのよ」と云ひ切つて泣き出した」のを、宗助が慰めようとする「十三」章の場面には、その構図が端的に現れている。


　宗助は此可憐な自白を何《ど》う慰めて可《い》いか分別に余つて当惑してゐたうちにも、御米に対して甚だ気の毒だといふ思が非常に高まつた。

「子供なんざ、無くても可いぢやないか。上の坂井さんみた様に沢山生れて御覧、傍から見てゐても気の毒だよ。丸で幼稚園の様で」

「だつて一人も出来ないと極《きま》つちまつたら、貴方だつて好《よ》かないでせう」

「まだ出来ないと極《きま》りやしないぢやないか。これから生れるかも知れないやね」

　御米は猶と泣き出した。宗助も途方に暮れて、発作の治まるのを穏やかに待つてゐた。さうして、緩《ゆつ》くり御米の説明を聞いた。　（十三）

　御米の「説明」とは、彼女がある易者に「貴方は人に済まない事をした覚がある。其罪が祟つてゐるから、子供は決して育たない」（十三）と告げられたことを指している。この「済まない事」の起点がむしろ宗助の側にある以上、彼はこの易者の言葉を蒙昧なものとして斥けることはできない。宗助自身もこの二つの事態の因果性を想到したことがないとはいえないはずであり、それゆえ御米の感じる不幸を半ばは自分のものとして引き受けざるをえない。そこに彼らの〈相互理解〉の基底があるとすれば、それ自体が、対等の地点で相互の精神的な美質を認め合うところに成り立つとされる西洋的な〈愛〉[9]の陰画をなしていると見られるのである。彼らが〈仲が良い〉のは、あくまでも「一所になつてから今日迄六年程の長い月日をまだ半日も気不味《きまづ》く暮した事はなかつた」という、感情的な破綻が生じない状態の持続を指しており、相互に抱く負い目が、相手に向かう否定的な感情をなだめてしまうことの結果にほかならなかった。日常生活において彼らが積極的に〈仲が良い〉ことを示す場面が語られてはおらず、たとえば日曜の午後の散歩にも宗助は一人で出かけ、そこに御米を伴わせるわけではないのである。その点で、宗助は御米の愛情を確保するための努力をしているとはいえず、むしろ陰画的な〈夫婦愛〉を前提とした上で、彼一人が気ままな時間を送っているとも見られる。その点で宗助と御米の〈仲の良さ〉自体が〈西洋的〉な理念への接近とそこからの距離を同時に映し出す機制として作動しているのである。

3 〈外と中〉の乖離

こうした〈週一回の休日〉や〈夫婦間の愛〉といった、〈西洋的〉な枠組みのなかに身を置き、それによって自己を実現させているというよりも、むしろ主体的な自律性を喪失している主人公の様相が、『門』における表出の基調をなしている。こうした基調は当然作者漱石によって意識的に盛り込まれたものであり、そこにこれまでの作品を受け継ぐ系譜が浮上している。漱石が出発時から取ってきた主要な方法の一つが、主人公に近代日本の寓意としての側面を担わせることであり、『坊つちやん』（一九〇六）『三四郎』（一九〇八）『それから』（一九〇九）といった先行する作品にそれが明瞭に見て取られた。そこには『坊つちやん』の主人公が「坊つちやん」と呼ばれることに端的に示されているように、西洋諸国を範として近代化の道を進んで行きながら、未だに近代国家としての成熟を得るに至っているとは思われない日本に対する漱石の批判的な眼差しが流れていた。『門』においてはこの表層的な西洋化と内実の希薄さが、今見てきた〈西洋〉の陰画の描出に込められていたのである。
とりわけ宗助は日常的な生活者としての輪郭を持ちながら、この作品でもやはり近代日本を寓意する側面を備えている。彼が〈西洋的〉な生活の枠組みのなかで、小市民としての安逸を享受している姿が、決して肯定的に価値づけられるものではなく、むしろ去勢的な頽廃をはらんだものとして相対化される方向性は、別の挿話によっても補強されている。それは宗助が歯の不調を覚えて歯医者に赴いた際に下される、医者の診断の言葉である。医者は宗助の歯を診察した結果、中が「エソ」になっていて、治癒が期待できない状態にあることを告げる。

「まあ癒らないと申し上げるより外に仕方が御座んせんな。已《やむ》を得なければ、思ひ切つて抜いて仕舞ふんですが、今の所では、まだ夫程《それ》でも御座いますまいから、たゞ御痛み丈《だけ》を留めて置きませう。何しろエソ――エソと申しても御分りにならないかも知れませんが、中が丸で腐つて居ります」

（傍点引用者、五）

ここに示されている、見かけからは分からないものの、「癒らない」ほど「中が丸で腐つて」いるという状態が、宗助の造形に託された、明治後期における〈日本〉のイメージに重ねられることはいうまでもない。(10)虫歯の重篤な進行を表現するものとしては、「中」の腐敗を強調する歯医者の言葉は過剰さを含んでいる。またもともと宗助が自覚する歯の不調は、「指で揺《うご》かすと、根がぐら〳〵する。食事の時には湯茶が染みる」（五）という、加齢にともなう歯槽膿漏系の病であった可能性が高いはずだからである。
ここで登場人物の身体に託される〈中が病んでいる〉というイメージは、晩年の『明暗』（一九一六）の冒頭で、主人公の津田が痔疾の診察の際に、医者に肛門から「中」を覗き込まれるという場面に引き継がれることになる。『門』においては、宗助の歯の病が象徴する〈外と中〉、〈見かけと内実〉の乖離が、彼の生活者としての存在全般に行き渡っているものと呼応している。いいかえれば、彼の歯を犯している〈中の腐敗〉が敷衍される形で、一見平穏に見える宗助の生活が、根深い頽廃をはらんでいることが示唆されているのである。そこに漱石が『門』でおこなっている近代日本への批判の眼目があるが、もちろんそれは漱石の作品のなかに新しく現れた機軸ではない。前年の『それから』でも代助は日本の現況について、「あらゆる方面に向つて、奥行を削つて、一等国丈《だけ》の間口を張つちまつた。なまじい張れるから、なほ悲惨なものだ。牛と競争をする蛙と同じ事で、もう君、腹が裂けるよ」(六)という状態にあるという認識を、友人の平岡に語っていた。『三四郎』でも三四郎が汽車で乗り合わせた広田先生は、日本が日露戦争に勝って「一等国」になっても、内実は「弱つて」おり、早晩「滅びる」運命にあると断言していた。[11] 日本がはらむ〈外と中〉の乖離は、基本的にはこうした「一等国」の栄誉と、それとは裏腹な経済的な疲弊の両極のなかに国民が置かれていることを示しているが、それが『門』の主人公の身体的な様態と対応していることは、彼に託された寓意的な機能を明らかにしているといえよう。

看過しえないのは、『門』がこれまで眺めてきた以外の〈西洋的〉な流れの浸透を含んでおり、否定的に位置づけられるその流れを主人公の造形に流し込むことが、むしろ漱石の主眼であったと考えられることだ。そのもう一つの、より根幹的な意味を持つ〈西洋的〉な流れとは、〈帝国主義〉にほかならない。『門』が発表されたのは、韓国が日本に併合された明治四三年(一九一〇)であり、この作品の「三」章では、前年の一〇月二六日にハルピンで安重根《アンジュングン》に暗殺された伊藤博文の話題が、宗助と小六の会話のなかに現れている。『門』が東京と大阪の『朝日新聞』に連載されたのは明治四三年三月から六月にかけてであり、その時点ではまだ併合の調印はなされていなかったが、前年の六月に併合に反対の姿勢を示していた伊藤博文が韓国統監府統監を辞任し、翌月の閣議で併合に向けた方針が決定されることで、すでに併合への流れは動かし難いものとなっていた。

日韓併合は、明治初期の征韓論に発する、日本の帝国主義的拡張の一つの帰結であったが、それによって日本は紛れもなく軍事力によって他国を領土化しようとする〈帝国〉の仲間であることを明らかにすることになった。もちろん日清戦争、日露戦争も、ロシアの南下を抑止しつつ、自国の領土の拡張を目論んだ帝国主義的戦争であったが、この二つの戦争は結果的にはそれぞれ三国干渉、ポーツマス講和条約の結果によって、それが満たされない不満を国民に与えることになった。それは裏返せば、それだけ国民の意識が自国の進み行きに合一していたということである。とりわけ日露戦争は漱石自身が明治四四年（一九一一）の講演「現代日本の開化」で、「日本人総体の集合意識は過去四五年前には日露戦争の意識丈《だけ》になり切つて居りました」と語るように、国民感情を収斂させる場として突出していた。韓国併合に際しても、国民の間からそれに反対する声はほとんど上がらず、社会主義者の片山潜でさえ、日本人が韓国民衆を「指導教育」する必要があることを主張していた(12)。

そして作中人物の表象に、その時代に進行している日本をめぐる国際関係を込めようとする漱石的な寓意の構図のなかで、『それから』と『門』も位置づけられる。この二作の背後で焦点化されているのは日韓関係であり、日本が韓国を植民地化しようとする動向が、男性主人公とその相手となる女性、及びその間に介在するライバルとしての男性という関係に映し出されている。逆にいえば、この二つの作品の間の濃密な連続性自体が、その背後にある日韓併合に向かう流れを傍証しているということでもある。この構図では主人公の代助が友人の平岡から奪おうとする三千代が、領土としての〈韓国〉を表象するのに対して、その間にあって代助に対する批判者となる平岡は、植民地化に抵抗しようとする義兵に象徴される韓国民衆を象っていた。『それから』では代助と平岡は、三千代をめぐって絶交するに至るまで対立するのだったが、『門』においては宗助と御米は展開の始めから夫婦として現れている。これは連載の終了後に正式の併合がなされる現実の状況に先んじた設定となっているが、そこに漱石の未来を先取りする眼差しが込められている。もっとも一般的な国民の認識においても、明治四三年に入った段階では併合は事実上成ったものと見なされていた。したがって『それから』の帰結を引き継ぐ内容を持つ『門』の構図において、主人公の男女が〈夫婦〉として設定されているのは自然である。実際併合に際しては、両国の関係を〈夫婦〉に見立てる戯画（左図）も描かれることになった(13)。そして主人公の「宗助」という名前が、後半彼が鎌倉に参禅するという〈宗教的〉行為を予示すると同時に、日本が韓国の〈宗主国〉となる状況を暗示していることはいうまでもない。

日本と韓国の併合を日本人男性と韓国人女性の結婚に見立てる戯画（北沢楽天画、『東京パック』1910年９月）

4　二重化される時間

これまで『門』の内包する人間関係と、その背後で動いている、併合に向かう日韓関係に言及した論考として、小森陽一の『ポストコロニアル』（岩波書店、二〇〇一）を挙げることができる。ここで小森は日本の近代化が「**自己植民地化**を隠蔽し、**帝国主義的植民地主義**を推し進めていくナショナリズム」（ゴシック体原文）を軸として進展していったという前提から、漱石の作品としては主に『門』と『彼岸過迄』（一九一二）を取り上げている。小森のいう「自己植民地化」とは「国民的な規模で、自らの身体も含めて、自己を徹底して「西洋人」化」することを指している。この概念は、ここで眺めてきた宗助における「去勢」とほぼ同義である点で興味深いが、小森によればこの「自己植民地化」は、「帝国主義的植民地主義」によって「隠蔽」されるのであり、その点で両者は逆行する関係に置かれている。しかし「帝国主義的植民地主義」自体が西洋の産物である以上、その流れに合一しようとする日本の志向は、やはり「「西洋人」化」の一環として見なされる。それが『門』に描かれる、ほとんど無意識化された主人公の〈西洋的〉な生活のあり方と呼応していたのである。

『門』に関わる議論においては、小森は宗助と御米が安井に背いて結ばれてから「六年」の時間が経過していることに注目している。その六年間に宗助は父から相続するはずであった遺産を叔父に処分され、叔父の死後、叔母から遺産が消滅し、小六の学資が打ち切られることを宣告されるが、その過程が「日露戦争とそれに乗じた韓国の植民地化と伊藤博文の暗殺にいたる過程とぴたりと重なっている」とされる[14]。けれどもこの二つの出来事の経緯が「重なっている」のは、時間的な次元においてだけで、そこに含まれる要素はむしろ対比的である。つまりこの六年間に宗助は手にするべきものを〈失って〉きたのであり、一方日本は韓国という国を領土として〈得よう〉としているからだ。重なっているのはやはり、宗助が安井から御米を〈奪い取った〉ことと、日本が韓国人民から国土を〈奪い取ろう〉としている照応にしかない。もちろん両者の間には時間的なズレがあり、「ぴたりと重なっている」わけではないが、むしろそのズレがこの作品の表現に巧みに生かされている。小森陽一が述べるように、宗助と御米が夫婦となってから六年の時間が経過していることはやはり重要な意味を持つが、それは必ずしも〈過去〉に遡行される時間ではなく、逆に六年後の〈未来〉に伸ばして行くことのできる時間として想定しうるのである。

語り手の視点を執筆時よりも先の時間に置くのは、漱石がしばしば取る手法である。その代表的な例が『こゝろ』であり、第七章で詳しく見るように、「下」で明治天皇と乃木希典の死につづいて先生が命を絶った時間と、「上」で若い「私」が先生との出会いを語り始める時間の間には、実際よりも長い時間が流れていると考えられる。『こゝろ』の連載が開始されたのは大正三年（一九一四）四月であり、明治天皇の死から二年も経っていないが、「私」に子供がいるといった設定や全体の落ち着いた口調は、その数年後の地点に彼がいることをほのめかしている。『坊つちやん』にしても、坊つちやんが四国から東京に戻ってくるのは明治三八年（一九〇五）の秋頃であり、作品が発表された明治三九年（一九〇六）四月の間に半年ほどの時間しかない。その間に坊つちやんが清と再び生活を始め、中学の教師を辞めて街鉄の技手になったものの、清が肺炎で死んでしまうという出来事が継起するのは、やや慌ただしい印象を与える。この作品でも、語りの時間は明治三九年よりも数年先に想定した方が自然に映るのである。こうした手法の背後には、やはり未来志向的な漱石の眼差しが流れているが、『門』ではそれがより伏在的な形で用いられている。ここでは「三」章で伊藤博文の暗殺事件に言及されているように、宗助と御米が明治四二年（一九〇九）の日本に身を置いている地点から展開が始まっていることは否定しえない。けれども同じ明治四二年を時間的舞台とする『それから』との連続性を踏まえれば、結婚後数年が経過している〈現在〉とは、明治四二年であると同時に、その六年後に当たる、まだやって来ていない〈明治四八年〉（大正四年）という時間であると見ることもできる。その点でいわば彼らの生きる時間は、〈現在〉と〈未来〉の両方を含む形で二重化されているのである。

それはとくに宗助において著しい。多く言及されるように、「一」章の冒頭の場面で宗助は縁側で横になって、御米に「近来の近はどう書いたつけね」と尋ねる。それにつづく会話では宗助はさらに「此間も今日の今の字に大変迷つた」と語るが、彼が「近」や「今」という〈現在〉を示す字を書けないのは、明治四二年であると同時にその〈六年後〉でもあるという二重性のなかで生きることによって、その〈現在〉が曖昧化しているからだといえよう。宗助がこの作品に刻まれた併合問題に関する客観的な痕跡である、伊藤博文の暗殺事件に対して強い関心を示さないのも、そこに結びつけられる。宗助は「五六日前」に号外で伊藤が暗殺されたことを知るが、「おい大変だ、伊藤さんが殺された」(三)とそれを御米に伝える口調は「寧ろ落ち付いたもの」(三)だったのである。それ以降も宗助は新聞の記述に「目を通してゐるんだか、ゐないんだか分からない程、暗殺事件に就いては平気に見えた」(三)と述べられているが、それは〈現在〉のなかに〈未来〉を含み込んだ彼の意識のなかで、新しい事件がすでに〈過去化〉されているからである。

この〈過去化された未来〉としての〈現在〉に至る六年間に、宗助に御米を奪い取らせた情念の「大風」は消え去り、二人の夫婦関係にそれなりの安定がもたらされている。しかしその間に御米が三度身ごもるものの、流産や死産を繰り返すことによって子供が生まれていないという状況によって、彼らの夫婦としての関係がはらむ〈不毛〉さが浮上してきているのである。それを寓意性の布置のなかに置けば、〈六年後〉とは、日韓の併合関係が自明化すると同時に、それが〈不毛〉な帝国主義的達成であることが明らかになるであろう段階にほかならない。『門』における漱石の未来を先取りする意識は、終局的にはそこに収斂されている。またそこから、易者が御米に告げた「貴方は人に済まない事をした覚がある」という言葉にも一つの限定性が与えられる。その主体を御米から宗助に転移させることのできる、この「人」に対してなされた「済まない事」とは、明らかに韓国という「人」の国を植民地化することを示唆しているからである。

その際、漱石の感情がそれほど韓国に寄り添うものであったかということが疑問になるかもしれない。中国人を「チヤン」と呼ぶ表現も含まれる『満韓ところ〳〵』（一九〇九）に見られるように、漱石が中国・韓国に対して侮蔑的な意識を持っていたという見方が古くからあるからである。[15] その問題をここで詳しく論じることはできないが、イギリス留学中の日記に「日本人ヲ視テ支那人ト云ハレト厭ガルハ如何、支那人ハ日本人ヨリモ遥カニ名誉アル国民ナリ」（一九〇一・三・一五）と記しているように、もともと漢文学志望であった漱石のなかには中国に対する敬意が存在する。また韓国の植民地化の進行に対しては、漱石は明らかに同情的な心性を持っていた。明治四〇年（一九〇七）七月に高宗皇帝が退位を強いられたことについて漱石は、小宮豊隆に宛てた書簡（一九〇七・七・一九付）で「朝鮮の玉（王）様が譲位になつた。日本から云へばこんな目出度事はない。もつと強硬にやつてもい、所である。然し朝鮮の王様は非常に気の毒なものだ。世の中に朝鮮の王様の同情してゐるものは僕ばかりだらう。あれで朝鮮が滅亡する端緒を開いては祖先へ申訳がない」と、「朝鮮が滅亡する」という予見とともに、世間の趨勢に逆行する心情を語っている。韓国への旅行中の日記（一九〇九・一〇・五）にも「余韓人を気の毒なりといふ」という記述が見られるが、この「気の毒」という心性が、御米が易者に告げられた「済まない」という言葉と近接したものであることは否定しえないだろう。

こうした韓国に対する漱石自身の心情を念頭に置けば、一見下級官吏の穏やかでつましい日常を語っているように見えるこの作品が、実は近代日本の進み行きに対する辛辣な批判をはらんでいることが分かる。そこには〈西洋化〉の浸透のなかで、日本が本来取るべきでなかった方向に進んでしまっているという漱石の認識が込められている。そしてそれは宗助・御米夫妻の境涯として描かれているだけでなく、宗助をめぐる様々な空間的な布置によっても表出されている。それは第一に、弟の小六と崖の上に住む大家の坂井という、二人の人物との連関によって明瞭になる側面である。「四」章で「宗助は弟を見るたびに、昔の自分が再び蘇生して、自分の眼の前に活動してゐる様な気がしてならなかつた」と記されるように、小六は宗助がかつて持っていた「若い血気」（四）を滲ませた存在であり、自分の失ってしまったものを喚起させる〈過去〉としての分身である。一方坂井は資産と子供に恵まれ、現在の宗助と対照をなす存在だが、鷹揚な楽天家で、宗助に親しみを感じさせている。正月を過ぎた七日の夜に招かれた際には、宗助もそれに応じて出かけていくのであり、そこで自分の身上を磊落に話す坂井に対して、宗助は「時によると、自分がもし順当に発展して来たら、斯《こ》んな人物になりはしなかつたらうかと考へた」（十六）りするのである。その点で平岡敏夫や前田愛が指摘するように[16]、坂井は宗助にとって〈ありえたかもしれない未来〉を表象する存在として作品に配されている。

　いいかえれば坂井は、日本が開国以来の〈西洋化〉の流れを自然な形で進んでいき、他国の領土を侵す帝国主義的な欲望の虜となることなく、自足した発展を遂げていくことによって到達しえたかもしれない姿である。現に坂井は江戸時代の骨董を多く所持している点で、日本の文化的伝統に関わる者としての輪郭を持っていると同時に、〈西洋〉とつながる存在としても語られている。たとえば交わりを持つ前の坂井が、宗助にとっては「崖の上に西洋人が住んでゐると同様」（九）であったと述べられており、また彼の女の子供たちはピアノを弾き、「西洋の叔母さんごつこ」（九）をして遊んでいるのである。一方宗助自身の輪郭が、現在の路線を辿っていくことによって現出するであろう、近い未来における〈日本〉の表象であったわけで、ここではいわば宗助と坂井の二人に、〈そうなるであろう未来〉と〈そうなりえたけれども、現実化されないであろう未来〉の二つの様態が託されている。その対比的な距離を感じ取りつつ、宗助は坂井に対してほのかな羨望を抱かなくてはならないのである。

5　脅威をもたらす者

この可視化された自身の〈過去〉である小六と、そこに至りえなかった〈未来〉としての坂井の間で、宗助の〈現在〉は一つの欠如体として浮び上がってくる。仮構的な〈未来〉の時間と融合することによる〈現在〉の曖昧化に加えて、対他者の空間的な位相においても、やはり宗助の〈現在〉は相対化されざるをえない。そしてその位相において宗助を相対化するもっとも強い力を担っているのが、安井であることはいうまでもない。作中の現在時の展開においては姿を現さないこの人物の、大陸からの帰還の情報によって宗助は脅かされ、その動揺を鎮めるべく鎌倉への参禅という方策を取るのである。

新年に坂井の家を訪れた宗助は、そこでこの情報を伝えられ、「蒼い顔をして」（十六）戻ってこなくてはならない。かつてその共棲者を奪い取ることになった相手との再会が、宗助にとって気まずいものとなることは容易に予想されるにしても、彼がこれほどの衝撃を受け取り、禅寺への逃避を思い立つのは、過剰な反応であるともいえよう。それ以前に山崎正和が指摘する[17]ように、これまでの日常で宗助たちが保持している「我々は、そんな好《い》い事を予期する権利のない人間ぢやないか」（四）といった自己処罰の意識は、彼らのおこなった行為の内実に比して、あまりにも強すぎるように映るのである。その不均衡は、宗助の行為と意識を寓意的な構図のなかに置き直すことによって、自然に理解しうる。すなわち前節で述べたように、宗助と御米が「人」に対して犯した「済まない事」とは、日本が韓国を領土化することを示唆するのであり、それに対する作者の批判意識が、作中の表象においては、過剰な罪悪感として主人公に担わされているのである。

そう考えれば、その接近が宗助を強く脅かす人物に「安井」という名前が与えられている理由も明瞭になるだろう。いうまでもなくそれは、伊藤博文の暗殺者である「安重根」の一字を取ったものにほかならないからだ。(18)「三」章でこの事件が話題に出される場面では、次のようなやり取りがなされていた。


「どうして、まあ殺されたんでせう」と御米は号外を見たとき、宗助に聞いたと同じ事を又小六に向つて聞いた。

「短銃《ピストル》をポン〳〵連発したのが命中したんです」と小六は正直に答へた。

「だけどさ。何《ど》うして、まあ殺されたんでせう」

小六は要領を得ない顔をしてゐる。宗助は落付いた調子で、

「矢つ張り運命だなあ」と云つて、茶碗の茶を旨さうに飲んだ。（三）

ここで小六と御米の間で「殺された」「短銃《ピストル》をポン〳〵連発した」といった言葉が繰り返し口にされながら、その銃弾を発射した者の名前には言及されない。それは主として、このやり取りが事件の「五六日」後に設定されており、その時点では暗殺の遂行者の名前が確定されていなかったからである。『東京朝日新聞』の報道を見ても、一〇月二八日には「兇徒の元凶はウンチアン（三十二）なり」と記され、一一月一日に「兇漢安応七」の名が出た後、一一月三日にようやく「兇漢安応七の戸籍面に依れば本名は安重根なる者なる事判明せり」という記事が載っている。したがって一〇月三一日頃に想定されるやり取りで、安重根の名前が口にされないのは当然だが、この自然な隠蔽によって、近代日本の編成を担った政治家の命を奪った者の存在は作中に伏在することになる。

漱石の蔵書には『安重根事件公判速記録』（満州日々新聞社、一九一〇）があり、この人物に対する漱石の興味をうかがわせているが、彼の引き起こしたこの事件は、漱石にとっても少なからぬ驚きを与えたと推され

る。すなわち前章で述べたように、前作の『それから』の主人公代助は、伊藤博文を下敷きにして造形された人物として眺められたからである。それはやはり初代の総理大臣と韓国統監府統監を務めたこの政治家が、近代日本と日韓関係を象徴する存在として眺められたからであろうが、ここで韓国民衆に仮託される形で代助と——近代日本と——対立し、それを批判する役どころを与えられていた平岡は、『門』においてはより端的に〈死〉と〈脅威〉を暗喩する存在として形象されることになる。共棲していた御米を奪い取られ、満州に渡っていった安井は、日本によって植民地化される韓国の帰趨と照応する形で、その時点で記号的には〈死んだ〉存在となる。そして安井が大陸から帰還し、宗助に接近するという状況は、満州における伊藤博文の遭難と響き合う形で宗助を脅かし、今度は彼に記号的な〈死〉をもたらす契機となるのである。そのため宗助は内面の恐慌をきたさざるをえない。けれども代助の後身として〈伊藤博文〉の文脈をはらむ宗助は、いわば作品の冒頭においてすでに〈死んで〉いるともいえ、日々の生活における彼の〈去勢〉された姿はそのことを証すものでもあった。

重要なのは、安井——安重根の連繫によって、宗助に与えられる脅威の構図により明瞭な次元が付加されることだ。つまり『それから』においても平岡の役どころに仮託されていた、日本の帝国主義的な進展に抵抗しようとする韓国民衆の姿は、「韓国今日の悲境に陥つたのを救はねばならぬ」（傍点原文、『安重根事件公判速記録』）という信念で伊藤博文に銃弾を放った安重根の行為によって、より直接的な形で〈日本〉を脅かす力として現れてくるからである。現実にこの事件の後、韓国民衆の反日感情はあらためて高まることになる。翌明治四三年一月末には順川で反日の暴動が起こり、数名の日本人が殺害されたが、その根本に「排日思想の盛んなる」（『中外商業』一九一〇・二・二二）状況があることが、現地の視察者によって報告されている。[19] もちろん『門』には安井だけでなく、叔父の息子である安之助にも「安」の字が与えられており、安井——安重根という結びつきは、安之助の存在を恣意的に閑却するものと見えるかもしれない。けれどもおそらく安之助の名は、「三」章のやり取りで暗殺者の名前が出てこないことに加えて、この重なりを目立たなくするための戦略であったと思われる。また安之助にしても、その事業欲のために、本来宗助が受け取るべきであった父の財産を自分のものにした叔父が、彼にその財産を注ぎ込んでいる可能性が高く、その意味では彼も間接的に宗助を圧迫する存在としての側面を持っている。

さらに宗助に与えられる直接的な脅威の構図が、日本と韓国の地理的な関係に照応していることは見逃せない。その時に宗助と御米の暮らしている家の空間的な位相が、あらためて注意を払うべきものとして浮び上がってくる。彼らは崖下の家で日々を送っているが、「廂《ひさし》に逼《せま》る様な勾配の崖が、縁鼻《えんばな》から聳えて」（一）おり「何時《いつ》壊《くづ》れるか分らない虞《おそれ》」（一）を彼らに与えている。この宗助たちの家とそこにせり出して来るような「崖」とは、地図上に表現された日本と朝鮮半島の位置関係を想起させる。そしてその構図を強めるように、崖の描写がなされる「一」章で、宗助自身が〈日本〉の擬態を取っている。宗助は冒頭の場面で縁側で寝ている格好が「両膝を曲げて海老の様に窮屈になつてゐる」と述べられている。これを〈胎児〉を模した姿勢と解することもできるが[20]、むしろこの「海老」のように湾曲した姿は、〈日本列島〉の形状を象ったものとして受け取られるのである。

するとこの地図的な構図のなかで、「崖の上」の住人である坂井は朝鮮半島の〈上〉つまり〈北方〉にある国、すなわち〈ロシア〉に相当することになるが、先に述べたように、交わりを持つ前の坂井は「崖の上に西洋人が住んでゐると同様」（九）だと表現されていたのである。そのロシアとは、日露戦争後に接近の方向性が取られ、明治四〇年（一九〇七）には韓国と外蒙古に対するそれぞれの権益を認め合う第一次日露協約が結ばれ、その後も満州における両国の利害を一致させるための交渉がおこなわれていた。伊藤博文がハルピンに赴いたのも、その一環であった。この経緯を踏まえても、宗助が数少ない交わりを持つ相手である坂井が〈ロシア〉を暗喩する側面を持つことは矛盾ではないはずである。もっとも崖は宗助の家の東側にあると想定され、現実の地図上の関係とは逆になっているが、その〈左右〉を反転させる、あるいは〈上下〉を逆転させれば、日本――韓国――ロシアの地理的な関係が、『門』のなかに浮き上がってくるのである。

6 無意識の行動

安井の出現の可能性がもたらした宗助への脅威は、結局安井が大陸に戻ることによって現実化することなく終わる。この安井が再び〈死〉の圏域へと去っていく帰結は、安重根が起こした事件が、併合の方向性を左右することなく、むしろ本来併合に反対の姿勢を取っていた伊藤博文が姿を消すことで、併合に向かう流れがより強化されたことと呼応している。そして『門』の連載終了から二ヵ月後に韓国の〈死〉は現実のものとなる。もちろんこの〈死〉は規定の路線が決着したものにすぎず、漱石の意識においてもすでに〈過去化〉された事態であった。当時の戯画においても、日韓併合を〈内縁関係〉であった男女が、正式の夫婦に移行することに譬えた趣向が見られる[21]。先に述べたように、作中に描かれる宗助と御米の平穏な生活は、両国の併合関係が自明化されるであろう状態を示唆していたが、そこで宗助が曖昧化させている〈現在〉の意識は、同時に彼の過去の記憶をも希釈している。つまり彼らを夫婦とすることになった行動が「大風」に譬えられていたのは、他者的な情念の力が彼らを指嗾していたことを示すと同時に、宗助が安井から御米を奪い取った経緯の記憶が彼から脱落していることを物語っているからである。

それは単に出来事から六年という時間が経過しているからだけでなく、安井という他者に与えた、共棲者の強奪という〈暴力〉を宗助が意識化しえていないからにほかならない。それは当然、韓国のみならず東アジア諸国に対して日本がおこなってきた、帝国主義的侵攻が自明化される流れと照応している。先に引用した小宮豊隆宛の書簡に見られるように、漱石自身は韓国の帰趨に対する同情心を持っており、それがこの作品に底流しているが、その心情が、退位を迫られた高宗皇帝について「日本から云へばこんな目出度事はない。もつと強硬にやつてもいゝ所である」という前提とともに示されたのは、「もつと強硬にやつてもいゝ」という国是的な視点を漱石が内在化していたことも示している。もちろん漱石を一人の表現者にしていたのは、その自身にも内在している世論的な傾斜を相対化する、個人としての眼差しを作動させていたからである。けれども『門』を特徴づけているのは、むしろその傾斜の自明性自体を、主人公の造形に託す形で漱石が対象化しえていたことにある。

その際看過しえないのは、宗助が過去において遂行した起源的な暴力を忘却しているだけでなく、作中の場面においても外界との交わりのなかで行動しながら、彼がその接触に対してほとんど無自覚であると思われる節があることだ。たとえば歯医者に行った日の夜、宗助は御米に「今夜は久し振に論語を読んだ」（五）と言い、「論語に何があつて」（五）と尋ねられると、「いや何もない」（五）と答えている。この話題はそれまでの脈絡と関わりなく唐突に出てくるが、宗助の当日の行動から一つの文脈を見出すことができる。つまり宗助は歯医者の待合室で『成効』（『成功』）という雑誌を手に取り、〈成功〉という観念と自分との距離を実感するのだったが、にもかかわらずその雑誌で眼にしたものに促される形で、その夜彼が『論語』を繙いた因果性が想定されるからである。藤尾健剛が指摘するように[22]、雑誌に載っていた漢詩に宗助は心惹かれたのであり、それが『論語』を連想させたと考えることができる。興味深いのは、宗助が読んだ二行の漢詩を含む『成功』が実際は明治四三年の「元旦号」であることで、明治四二年の秋に身を置いているはずの彼が、その時点では出ていない雑誌を手に取っているということ自体が、この作品に〈現在〉と〈未来〉の時間が混在していることを端的に示している。しかもこの漢詩を末尾に添えたエッセイは、新しい年の文学の趨勢を予測した「明治四十三年文学界未来記」（傍点引用者、筆者は清川乾々居士）であった。

そして宗助が〈未来の雑誌〉を見ることができるのであれば、参禅を思いついたことに対しても、この雑誌の関与を想定することができる。つまり漱石が『門』を執筆中であった時期に出た『成功』明治四三年四月号には大石正已の「禅学修業の利益」というエッセイが掲載され、日常生活に活用しうる禅の効能が述べられているからである。その一つとして「人をして恐怖心をなからしむる」ことが挙げられているが、宗助がこのエッセイを眼にして、安井の接近によってもたらされた「恐怖心」を参禅によって鎮める着想を得るという成り行きは十分考えられる。少なくとも漱石自身がこのエッセイを宗助の参禅のヒントにした可能性は排することができない。また『論語』との関わりにしても、作品内の時間に近接する明治四二年九月に出た『成功』秋季臨増号には、「論語研究法」という徳富猪一郎（蘇峰）のエッセイが掲載されている。宗助が孔子の人生観や倫理感を語ったこの文章に眼を通して、『論語』に対する関心をあらためて喚起されたということもありえないことではない。

いずれにしてもこうした雑誌『成功』の感化の可能性は、一つのアイロニーをなすことになる。つまり宗助に『論語』を繙かせた動機として、この雑誌の影響が叙述から捨象されているのは、その因果性が彼の脳裏から脱落していることを示唆している。もともと彼は〈成功〉という観念が自分に縁遠いものとなっていることを実感するにもかかわらず、その表題を持つ雑誌を手に取って読んでいるのであり、さらにそれによって行動を左右されているとすれば、それは彼が意識下に潜ませた〈成功〉への志向を暗示することになる。また「十六」章に語られる、芸者が携帯している「ポツケツト論語」の話題にも見られるように、『論語』

を読むことはこの時代の流行となっており、宗助の『論語』への接近もその反応として眺められる。それは世間との交わりを希薄にしているはずの宗助が、やはりその感化のなかで暮らしていることを傍証している。坂井に対するほのかな羨望にうかがわれるように、宗助は世俗的な成功にまったく関心がないのではなく、それを断念しているのであり、その断念によってこの志向が意識の下部ないし周縁に追いやられることになったのだといえよう。

『文学論』（一九〇七）の第一編第一章「文学的内容の形式」で、モーガンの理論に依拠しつつ、「焦点的意識」から「辺端的意識」への変容の機構が提示されているように、漱石の内には、人間の意識がつねにその焦点的意識と周縁的部分の濃淡を変じつつ持続的に流れていくというイメージが存在する。同書の第五編第二章「意識推移の原則」では、観念的焦点のFがF′に移行する過程で、意識の表層に上らない「識末もしくは識域下にあるもの」としてのⒻの争闘がはらまれていることが述べられている。Fの変容をもたらすものは外界からの「S（刺激）」であり、脳の判断によって迎え入れるべきSと排除されるべきSの選択がおこなわれることになる。こうした論理はウイリアム・ジェームズの『心理学原理』における、意識とその「辺縁」の関係に照応するが、ジェームズにおいてはその「辺縁」が「ぼんやりと生れかけている状態」（今田寛訳）であるとされる[23]のに対して、漱石のⒻには「識末もしくは識域下」という下層的な位置づけが与えられ、その点でフロイト的な無意識に接近する性格を備えている。

『門』においても雑誌『成功』によるSは、Ⓕをもたらすにとどまって「辺端的意識」以下に浮上していかないものの、宗助の内面で死に絶えるわけではなく、ほとんど無意識裡にその身体に働きかけ、その夜の行動に彼を導くことになったと考えられる。この『論語』の挿話が示す、〈成功〉への志向を意識の周縁に放逐しようとする姿勢は、宗助が安井に対しておこなった行為と、それを〈忘却〉している機制と照応し、それに仮託される形で、帝国主義的達成という〈成功〉への志向を内在させてしまった近代日本の様態が暗示されている。歯医者が宗助の歯の状態に対して与える、「丸で腐つて居ります」という言葉が含意する「中」も、単に「一等国」の見かけと裏腹な、貧苦と重税に苦しむ民衆を指すだけではなく、究極的には、日本をその「一等国」に押し上げた動力である帝国主義的欲望を、無自覚なままでに浸透させてしまった日本人のあり方を示唆していたといえよう。

　宗助が鎌倉の禅寺で座禅の修行によって試みようとするのも、侵犯的欲望を澱ませた自身の無意識の層にあらためて降りていった上で、それを無化することであったと考えられる。それが彼が修行に求めた「心の実質が太くなる」（十七）ことの意味であり、それによって安井の出現の可能性が喚起した恐怖から脱却することが期待されたのであろう。その点でこの後半の展開は決して唐突ではなく、それまでの構築と有機的な連関を持っていることが分かる。けれども自覚的な意識活動を捨象しようとする禅の修行は、逆に内奥で蠢いている欲動を浮上させ、「凝《じっ》と生きながら妄想に苦しめられる」（十八）状態に宗助は晒される。さらに彼が禅寺で与えられた「父母未生以前の本来の面目」（十八）という公案は、一層この企図の実現を阻害する要因となる。「父母未生以前」とは「善・悪等の二元対立の意識、すなわち分別の萌す以前」（竹村牧男『禅の哲学――自己の真実を尋ねる』沖積舎、二〇〇二）の世界を指すといわれるが、仏教の門外漢である宗助はおそらくこの言葉を、そのまま自己の根拠を無限に遡行していった地点として受け取ったと考えられる。けれどもともと侵犯や帰還といった空間的な形式で掻き立てられた不安、恐怖を、時間的な主題に取り組むことで克服しようとすることには無理がある。そのため宗助は結局何の解決も得られないままに、下山することになるのである。

　そうした形で宗助の試みは実を結ぶことなく終わるが、漱石は展開の収束部で一つの肯定的な展望を与えている。それは宗助が憂慮していた役所の人員整理に合わなかったことだけでなく、弟の小六が坂井の好意によって、彼の元に書生として住み込むことになる成り行きである。小六が宗助の分身である以上、このままいけば彼は将来もう一人の〈宗助〉になることが予想される。それは宗助が辿った他者への侵犯の路線、いいかえれば〈帝国主義〉の道程を反復することを意味するが、自足した生活者である坂井の元に身を寄せることで、小六の帰趨に変化をもたらされる期待が生じるからである。この非侵犯的な自足への道に小六を──未成の〈日本〉を──載せようとするところに、日本の現況を批判しながら、未来に向かう積極的なヴィジョンを作品に込めようとする、漱石の眼差しが垣間見られるのである。

註

(1) Frank Kermode, *The Sense of an Ending*, Oxford Univerdity Press, 1966.
(2) 正宗白鳥「夏目漱石論」(『中央公論』一九二八・六→日本文学研究叢書『夏目漱石』有精堂出版、一九七〇)。
(3) 宗助が御米に出会った時に、彼女が安井の正式の〈妻〉であったかどうかは微妙だが、石原千秋の指摘(「〈家〉の不在──「門」論」『日本の文学』8、有精堂出版、一九九〇・一二→『漱石作品論集成』第七巻、桜楓社、一九九一)にあるように、「内縁関係」と考えるのが妥当であろう。
(4) 前田愛『都市空間のなかの文学』(筑摩書房、一九八二)所収の「山の手の奥」。
(5) 谷崎潤一郎「「門」を評す」(『新思潮』一九一〇・九)。引用は『谷崎潤一郎全集』第二十巻(中央公論社、一九六八)による。
(6) 江藤淳『決定版夏目漱石』(新潮社、一九七四)。
(7) ドニ・ド・ルージュモン『愛について──エロスとアガペ』(鈴木健郎・川村克己訳、平凡社ライブラリー、一九九三、原著は一九三九)。
(8) 佐伯順子『「色」と「愛」の比較文化史』(岩波書店、一九九八)。
(9) 明治時代の代表的な〈恋愛〉のイデオローグであった巌本善治は、キリスト教思想の影響の元に「理想之佳人」(『女学雑誌』一九八八・四〜五）で、愛すべき「理想の佳人」の条件として、「敬意を受るに足るの資格あること」を挙げ、「婚姻論」（『女学雑誌』一八九一・七〜八）では「夫妻は之れ天地間に唯一の同等者なり」と述べ、相互に精神的価値を認め合った男女が結ばれた結果として夫婦に至ることを理想としている（引用はいずれも明治文学全集32『女學雑誌・文學界集』筑摩書房、一九七三、による）。

(10) 関谷由美子も、宗助の現在が「空洞化しているとは、「中が丸で腐つて居」（五）ることと同義である」と述べている（「循環するエージェンシー——『門』再考」『日本文学』二〇〇四・六）。これは妥当な指摘だが、この「空洞化」をさらに日本の状況にまで敷衍する方向性は関谷の論考には見られない。

(11) さらに漱石は『門』発表の翌年に、近代の文明を論じた「中身と形式」（一九一一、於・堺）と題する講演をおこない、「いくら奇麗に形丈が纏つてゐても実際の経験がそれを証拠立て、呉れない以上は大いに心細いのであります。つまり外形と云ふものはそれほど強味がないと云ふ事に帰着するのです」と語っている。漱石が〈外と中〉の乖離を、文明論の視点として捉えていたことは、この講演の標題と内容にも明示されている。

(12) 海野福寿『韓国併合』（岩波新書、一九九五）による。これによれば、自由主義者として知られる新渡戸稲造も、当時校長を務めていた第一高等学校入学式での演説（一九一〇・九・一三）で「朝鮮併合」を「文字通り千載一遇」であるとし、「今や我が国はヨーロッパの強国よりも大国となったのである」と語っていた。

(13) この戯画では新婚の夫が妻の爪を切ってやっているが、それは「引搔かれない用意」であるという、皮肉なコメントが付されている。

(14) 小森陽一にはほぼ同内容の論考である「漱石文学と植民地主義」（『國文學』二〇〇一・一）もある。また五味渕典嗣の「占領の言説、あるいは小市民たちの帝国——『門』と植民地主義を考えるために」（『漱石研究』第17号、二〇〇四・一一）では、「生存競争にさらされ、心身共に疲労」している宗助の姿と、弱肉強食の帝国主義的趨勢のなかで被支配の位置に追いやられていった韓国の帰趨が重ねられるという論が示されている。

(15) 米田利昭は、漱石の「中国人観、朝鮮人観、それが、ごく自然に帝国主義、植民地主義にしみていた」という中野重治の視点（『漱石以来』一九五八）を踏まえつつ、漱石の中国・朝鮮に対する意識を検証し、「漱石の中国人観、朝鮮人観には、人権思想はあった」ものの、「彼らの民族主義に気づこうとしな」かったという結論に達している（「漱石の満いえないものの、「彼らの民族主義」は鋭敏に察知していた。
(16) 平岡敏夫『漱石序説』(塙書房、一九七六)、前田愛「山の手の奥」(前出)。
(17) 山崎正和「淋しい人間——夏目漱石」(『ユリイカ』一九七七・一一→『淋しい人間』河出書房新社、一九七八)。山崎は宗助について、「常識的な観点から見れば、彼の罪の意識は超近代的に軽すぎ、それとはうらはらに、自己処罰の鞭は前近代的なまでに強すぎるように見えるのである」と述べている。
(18) なお「御米」の名前もやはり、彼女が寓意する「韓国(朝鮮)」とつながる文脈を持っている。『満韓ところ〴〵』(一九〇九)の素材となった旅行について記した日記を見ると、南満州を旅する間は「高粱の渺々として連なるのみ」(一九〇九・九・一七)といった光景がもっぱらだったのが、韓国に入ると「始めて稲田を見る」(九・二七)という光景に変じ、「稲田みのる」(一〇・五)という記述も見られる。総じて漱石は中国よりも韓国の風土に親しさを感じているが、そこから漱石が「米」を韓国の換喩として想起したとしても不思議ではないだろう。
(19) 引用は『ニュースで追う　明治日本発掘9』(河出書房新社、一九九五)による。
(20) 石原千秋は「〈家〉の不在——「門」論」(前出)で、宗助の姿勢が「関係を避けた〈胎児〉のイメージを喚起する」ことを指摘し、それにつづく論述で、彼が「夫婦の関係においてだけでなく、社会的にも〈子供〉であることを示唆している」と述べている。しかし御米が繰り返し〈胎児〉を〈子供〉に転位させることに失敗しているように、両者の間にはむしろ断絶があり、それらをアナロジーとして連結させることはできない。
(21) 宇野俊一『日清・日露』(日本の歴史26、小学館、一九七六)収録の戯画による。
(22) 藤尾健剛「日常という逆説——『門』の立つ場所」(早稲田大学『国文学研究』一七七集、一九九五・一〇)。藤尾は宗助が「『論語』のなかに漢詩で得た清澄な興趣を求めようとしたものであろう」と述べている。なお『漱石全集』(第六巻、岩波書店、一九九四)の中山和子・玉井敬之による「注解」にも紹介されているように、この二行の漢詩は「風吹碧落浮雲尽　月上青山玉一団」であり、「月東山に…」という漱石の引用とは一字違っている。
(23) W・ジェームズ『心理学原理』。引用は岩波文庫版『心理学』(上、今田寛訳、一九九二、原著は一八九二)による。

第六章

表象される〈半島〉

――「行人」と朝鮮統治

1　暗喩的な分散

『行人』（一九一二〜一三）はこれまで取り上げた『坊つちやん』（一九〇六）から『門』（一九一〇）に至る一連の作品とは異なり、いくつかの挿話的な物語が提示された後に主人公に相当する人物が現れ、必ずしも彼が展開の全体を担っていかない構造を持っている。中心的な人物が展開の冒頭から姿を現さないのは前年の『彼岸過迄』（一九一二）においても同様だが、依頼と報告の連鎖によって主人公の告白が導き出されるこの作品と違って、『行人』では主人公というべき一郎がみずからの軌跡や内面を物語っていくくだりもなく、彼と旅を共にした「Hさん」という人物の報告によってはじめて、まとまりをもった一郎の輪郭が読み手の元に届けられる。けれども『彼岸過迄』や『こゝろ』（一九一四）おいて、かなりの分量を持った告白的な語りのなかに、人物が自身の姿を提示するのと比べて、『行人』における一郎の表象は断片的、間接的であり、傲慢な自己意識と神経症的な抑圧のなかに分裂しているように映るこの人物が、どのような内面の営為を抱えているのかは、最後まで読み手にとって謎のままでありつづける。もっとも一郎の錯雑とした内面は、彼自身にも統握しかねるものであるはずであり、『彼岸過迄』の須永や『こゝろ』の「先生」のように、自己の軌跡を整理して語るという任に堪えないかもしれない。そしてこの作品にちりばめられる様々な挿話は、この人物のはらむ内面の錯雑さと照応した表出として受け取られるのである。

その挿話とは、一郎の弟である二郎の友人の三沢が、飲み屋で知り合って無理やり酒を飲ませたために胃を壊してしまい、同じく胃腸の弱い三沢自身とともに入院することになった「あの女」の身の上であり、あるいはかつて三沢の家に寄寓していて、自分に思いを寄せているようであった、精神病を患った「其娘さん」の追想である。また中盤では一郎たちの父親が、男と別れてから盲目となった女にまつわる物語を語っている。いずれも女の身の上として語られるこうした挿話は、それぞれの独立性を持ちながら、相互に折り重なることによって、一郎の存在へと収斂されていく性格を帯びている。すなわち嘔吐を繰り返す「あの女」の疲弊した肉体も、自他の関係性を摑むことのできない「其娘さん」の精神の病も、他者の姿を捉えることのできない盲目の女の不如意も、すべて一郎が抱えた負性と暗喩的に連繫するからである。周囲の眼に映る一郎の姿は、もっぱら学者的な「偏屈」（「帰つてから」二十）さを隠そうともせず、妻と弟の関係に猜疑の眼を向け、あげくは「僕は絶対だ」（「塵労」四十四）と叫ぶ、とめどのない自我意識の空転のなかに呑み込まれた人物である。一郎自身もそれが病的な様相であることを認識しているが、その〈病〉性を予示し、間接的に浮き彫りにしているのが、こうした挿話のなかの女たちの〈病〉にほかならない。[1]

　とりわけ『行人』に盛り込まれた挿話を貫流する一つの基調として挙げられるものが、他者の心を〈見る――知る〉ことの困難さである。父親の語る盲目の女の挿話はそれをもっとも集約的に示している。父親の話によれば、彼女は「天下の人が悉く持つてゐる二つの眼を失つて、殆んど他《ひと》から片輪扱ひにされるよりも、一旦契つた人の心を確実に手に握れない方が遙かに苦痛なのであつた」[2]（「帰つてから」十八）という。ここではむしろ「人の心」を〈知る〉ことのできない不如意が、視力の喪失という肉体的な欠損として暗喩的に提示されている。この「人の心を確実に手に握れない」という焦燥は、もちろん妻のお直との関係で一郎を苦しめる重荷でもある。それに指嗾されるように一郎はお直の「心」を試すべく、彼女を二郎とともに和歌山に赴かせるのだった。一郎が叙述に姿を現す前に語られる、三沢と「あの女」の挿話もこの主題を予示している。「あの女」の肉体の疲弊は、それ自体が一郎の抱えているであろう肉体的な低下を暗示しているが、重要なのは同じ病棟にいる三沢が、彼女について何も知らないという認識の不在である。三沢は彼女に関して「知らないんだ。向《むかふ》は僕の身体を知らないし、僕は又あの女の身体を知らないんだ」（「友達」二十一）と二郎に語るしかないのである。

この相互認識の欠如を、「身体」の次元から「心」の次元に移行させれば、そのまま一郎とお直の関係としても読み替えられる。ここではそれを目立たなくするために、あえて「身体」という言葉を繰り返しているともいえるが、それにつづいて二郎が語る、精神病の「其娘さん」の挿話にしても、「僕が外出すると屹《きっ》度《と》玄関迄送つて出る。いくら隠れて出ようとしても屹度《きっと》送つて出る。さうして必ず、早く帰つて来て頂戴ねと云ふ」（「友達」三十二）彼女の態度を、二郎が「君に惚れたのかな」（同三十三）と意味づけるにもかかわらず、三沢はそれを「病人の事だから恋愛なんだか病気なんだか、誰にも解る筈がないさ」（同三十三）という不可知性の域に置くしかないのである。こうした挿話のはらむ他者認識の困難さという問題性が、二郎に「御前他《ひと》の心が解るかい」（「兄」二十）という問いを投げかける一郎の内面と連繋していることはいうまでもない。一郎を苦しめているのは、第一に妻のお直の心を把握しえないことであり、「おれが霊も魂も所謂スピリットも攫《つか》まない女と結婚してゐる事丈《だけ》は慥《たしか》だ」（「兄」二十）という感覚に脅かされつづけている。

けれども見逃せないのは、一郎の苦悩が決して妻の心を摑むことができないという焦燥に限定されているわけではないことだ。伊豆方面の旅を共にしたHさんの報告として、一郎の輪郭がある程度まとまって語られる「塵労」の章では、一郎自身の言動が随所にちりばめられているが、それが示しているものは、一郎の抱えた内的な重圧の多元性である。「三十一」では「兄さんは書物を読んでも、理窟を考へても、飯を食つても、散歩をしても、二六時中何をしても、其処《そこ》に安住する事が出来ないのださうです。何をしても、こんな事をしてはゐられないといふ気分に追ひ懸けられるのださうです」というHさんの報告があり、それにつづいて「自分のしてゐる事が、自分の目的《エンド》になつてゐない程苦しい事はない」という一郎の発話が記されている。この一郎の言葉は、山崎正和が指摘するように(3)、彼の意識が自己の生きる現在という時間の向こう側に突き抜けているところから生じているが、一郎の意識に過剰な未来志向を付与している事情はこの報告には語られていない。常識的な推測をすれば、自分の学者としての仕事が、自己実現の正当な場となっていないという焦燥のなかに一郎が置かれていたと考えることができるが、彼の具体的な研究の状況には何も言及されていない。むしろ次の「三十二」では、一郎の焦燥は「人間全体の不安」へと敷衍され、「進んで止《とま》る事を知らない科学」の発展が、人間を「何処《どこ》迄行つても休ませて呉れない。何処《どこ》迄伴《つ》れて行かれるか分らない。実に恐ろしい」という感覚を分有していることが、一郎の神経症的な苦悩の所以として提示されている。

　けれども自己の社会的営為の相対性がもたらす苦悩と、近代の科学文明の進展の速度が人間の精神を疲弊に導く状況は、問題性として同じ次元にはない。さらにこれらはそれにつづいて語られる、一郎の「絶対」を希求する自我意識の空転とも直結していない。Hさんと修善寺の山を登った一郎は、咲いている花を指して「あれは僕の所有だ」（「塵労」三十六）と宣言し、さらに周囲の森や谷に対して「あれ等も悉く僕の所有だ」（同三十六）と言い放つ。一郎はこうした現象世界の主人に自己を擬そうとする志向をも露わにしており、あげく「四十四」では「神は自己だ」と言い、「僕は絶対だ」とまで宣言する。しかし一郎が一人の人間である以上、その希求は当然彼の重視する「心理的」（「塵労」四十四）の次元においても充たされるはずがなく、「僕は迂闊《うかつ》なのだ。僕は矛盾なのだ。然し迂闊《うかつ》と知り矛盾と知りながら、依然として藻掻《もが》いてゐる。僕は馬鹿だ」（「塵労」四十五）という自己への断罪と転化せざるをえないのである。

2 苦悩の多元性

「塵労」におけるHさんの報告を中心として、一郎の抱えている苦悩を瞥見すると、それが少なくとも三つの種別に分けられることが分かる。一つは妻という共棲者の「心」を摑むことのできない焦燥であり、一つは自身の営為を近代文明の進展に過剰に同調させようとする意欲がもたらす、現在という時間の希薄化であり、もう一つは、自己を絶対化しようとしてなしえない、自我意識の空転である。このうち第一と第三の問題性は異質でありながらも、その間に照応関係を想定することができる。妻の心を摑むことができないという焦燥は、現象世界を「所有」しようとする一郎の「絶対」への志向と隣接的な関係をなすからである。一方第二の不安は、それらとは別の次元に置かれるべき性格を持っている。つまり第一と第三の問題性が空間的な形式を持つのに対して、過剰な未来志向と背中合わせになった現在の希薄化という問題性は、むしろ個人の時間意識を居場所としているからだ。

これまでの章でも見てきたように、漱石のなかには個人の意識的な連続性と国家・社会を貫く歴史的連続性を相互に連繫させる着想があり、そこから多くの場合主人公は〈近代日本〉の寓意をまとって現れる。この傾向は『行人』の一郎の造形においても顕著である。とりわけ一郎を捉えている第二の問題性は、明らかに漱石が明治後期の日本社会に対して抱く批判意識をそのまま押し当てたものである。それは前年におこなわれた講演「現代日本の開化」(一九一一)での漱石の言葉と、Hさんの報告に含まれる一郎の言葉がほぼ重なっていることからも知られる。周知のようにここで漱石は、日本が維新以来、西洋諸国と肩を並べるために息せき切って開化を推し進めてきた結果、それが十分国民の生活に内在化されず、「外発的」な次元にとどまっていることを批判しているが、その開化の過剰な速度が個人にもたらす弊害が「神経衰弱」であった。

彼等西洋人が百年も掛つて漸く到着し得た分化の極端に、我々が維新後四五十年の教育の力で達したと仮定する、体力脳力共に吾等よりも旺盛な西洋人が百年の歳月を費やしたものを、如何に先駆の困難を勘定に入れないにした所で僅か其半《なかば》に足らぬ歳月明々地に通過し了《おわ》るとしたならば吾人は此驚くべき知識の収穫を誇り得ると同時に、一敗また起《た》つ能はざるの神経衰弱に罹つて、気息奄々《えんえん》として今や路傍に呻吟しつゝあるは必然の結果として正に起るべき現象でありませう（以下略）

この言説は「塵労・三十二」で一郎が語る「人間全体が幾世紀かの後に到着すべき運命を、僕は僕一人で僕一代のうちに経過しなければならないから恐ろしい。一代のうちなら未《ま》だしもだが、十年間でも、一年間でも、縮めて云へば一ヶ月乃至一週間でも、依然として同じ運命を経過しなければならないから恐ろしい。（中略）要するに僕は人間全体の不安を、自分一人に集めて、そのまた不安を、一刻一分の短時間に煮詰めた恐ろしさを経験してゐる」という言葉と強い相似性を示している。いわば一郎は近代日本の開化のきしみを、個的な意識の連続性のなかでとめどもなく微分しつづける存在であり、それによって彼は「神経衰弱に罹つて、気息奄々として今や路傍に呻吟」しなくてはならない。もっとも三浦雅士が「作者は、現代文明を俎上に載せたかったために一郎の神経症を用意したのだ」と述べるように[4]、ここで「神経衰弱」を開化の悪しき派生物として一郎に担わせようとする漱石の企図は、やや素朴に露出してしまっている嫌いがある。『それから』の代助も一郎と同型の神経症的な人物であったが、代助の場合は労働に対する潜在的な志向をはらみながら、企業の歯車となって自己を喪失することを憎むためにそれを拒むとともに、その忌避自体が一つの抑圧として彼に作用するというアイロニーが、社会状況との照応のなかである程度の具体性をもって描出されていた。それに対して『行人』の一郎の文明論的な問題意識は、家庭内の人間関係による苦悩と暗喩的な関係をなすことによってはじめてその手触りを生じさせる性格を帯びているのである。

こうした主人公の苦悩の観念性は、確かに三浦雅士が批判するように、この作品の持つ瑕疵であるといってもよい。けれどもそのために一郎という人物に担わされた寓意性は明瞭であり、そこからこの作品を見直すことによって、新たな把握の地平が生まれる可能性があるともいえる。先に挙げた、一郎の抱えた三種の問題性も、一人の人間の内で有機的な連繫をなしているというよりも、漱石が同時代の日本に対して抱く問題意識を一郎に集約的に託すことによってもたらされている。そのため一郎は自己の苦悩を統握する語り手になりえず、その問題性も複数の挿話に分散的に担わされることになったといえよう。そう前提することで、やや距離のある第一と第二の問題性が密接な連関を持ち、一郎をもっとも悩ませている第一の問題性が、その連関から括り出されてくる具体性を持っていることが見えてくるのである。

これまでの作品においても明らかであったように、漱石が作中に表象しつづけた日本の近代化の大きな問題は、近隣の東アジア諸国への帝国主義的な侵攻であった。漱石自身の文明批判とも重なる第二の問題性は、一見日本人の生活スタイルの〈西洋化〉が生じさせるものにも見えるが、「徒歩から俥《くるま》、俥《くるま》から馬車、馬車から汽車、汽車から自動車、それから航空船、それから飛行機」（「塵労」三十二）といったテクノロジーの進展自体が、人間を「神経衰弱」に追いやるとは考え難い。日本人が疲弊しているのは、『三四郎』の広田先生や『それから』の代助が批判するように、第一に日露戦争後の経済状況が停滞しているからであり、不況と重税のために「気息奄々《えんえん》として今や路傍に呻吟しつゝある」おびただしい民衆が存在していた。こうした民衆の疲弊を代償として、日本は後発の帝国主義国家として膨張をつづけ、韓国（朝鮮）、台湾、満州などを植民地化していった。とりわけ『それから』『門』の背後にある明治四三年（一九一〇）の韓国併合は、新渡戸稲造が一高の入学式の演説で「今や我が国はヨーロッパの諸国よりも大国となった」と述べ[5]、『日本及日本人』の論説が「日本帝国は、台湾と樺太一半と朝鮮を合併して拡大を事実にし、強国たるが上に、更に大国として世界に列するに及べる」（「拡大せる日本帝国の今後」一九一〇・九）と豪語したように、日本の帝国主義的欲望の達成を印す出来事であった。そして『行人』の主人公が近代日本の露わな寓意であるならば、この作品全体を貫流している一郎の、周囲を侮蔑するような居丈高さは、何よりも「ヨーロッパの諸国よりも大国となった」日本の、傲岸な眼差しの形象化にほかならないといえよう。

もちろん漱石はそうした傲慢さを肯定して描いているわけではない。一郎が一方では神経衰弱に悩まされ、日々の生活を少しも楽しむことができないのは、こうした日本の到達した状況に対するアイロニー以外ではない。このアイロニーを端的に表象しているものが、一郎たちが和歌浦《わかのうら》で乗るエレベーターである。二郎の在阪中に、一郎は妻のお直と母を伴って和歌浦に旅し、そこに設置されたエレベーターに、合流した二郎と一緒に乗っている。この作品の前半が関西で展開していく理由の一半は、彼らをこのエレベーターに乗せることにあるといってもよい。これは明治四三年に和歌浦の旅館望海楼が客寄せのために作った、三〇メーターの高さを持つ日本最初の鉄骨製エレベーターであり、漱石自身も「現代日本の開化」の講演に和歌山を訪れた際に利用している[6]。このエレベーターの隣には「東洋第一エレヴェーターと云ふ看板」（「兄」十六）が掛かり、「地面から岩山の頂まで物数寄な人間を引き上げる仕掛」（同）が一郎たちの注意を惹きつけ、二人で試乗することになったのである。

二人は浴衣掛で宿を出ると、すぐ昇降機へ乗つた。箱は一間四方位のもので、中に五六人這入ると戸を閉めて、すぐ引き上げられた。兄と自分は顔さへ出す事の出来ない鉄の棒の間から外を見た。さうして非常に鬱陶しい感じを起した。

「牢屋見たいだな」と兄が低い声で私語《さゝや》いた。

「左右《さう》ですね」と自分が答へた。

「人間も此通りだ」

兄は時々斯《こ》んな哲学者めいた事をいふ癖があつた。自分は只「左右《さう》ですな」と答へた丈《だけ》であつた。けれども兄の言葉は単に其輪廓位しか自分には呑み込めなかつた。

（「兄」十六）


ここでエレベーターに仮託して語られている、「東洋第一」であり、同時に人間を閉じ込める「牢屋見たい」な空間が、韓国併合後の〈日本〉を指していることは明らかだろう。開国以来休むことなく「殖産興業」「富国強兵」を推し進めた結果、日本は「東洋第一」の〈強国〉となるとともに、そこで暮らす人間を抑圧する「牢屋見たい」な空間に変じることになった。しかもここで一郎が口にする「牢屋見たい」という比喩は、単なるイメージにとどまらず、現実に『行人』連載開始の二年前に起きた大逆事件によって「牢屋」に捕らえられていた人びとを想起させることにもなる。明治天皇に対する〈暗殺計画〉への関与によって、幸徳秋水をはじめとする二十四名の社会主義者たちに死刑判決が下されたのは明治四四年（一九一一）一月一八日であり、同月二四日から二五日にかけて、幸徳ら十二名に死刑が執行されている。そして特赦によって死刑を免じられた十二名も、終身懲役囚として千葉、秋田、長崎の監獄に送られることになった。『行人』の連載が東京・大阪の『朝日新聞』で始められたのは明治四五年（一九一二）一二月六日からであり、引用した「兄・十六」の一節は翌大正二年（一九一三）一月二六日の紙面に掲載されている。この時点では十二名の投獄者は三つの監獄でいずれも存命しており、「牢屋見たい」な空間に身を置く一郎に仮託する形で、この事件に象徴される日本の閉塞的な状況が示唆されているとも考えられるのである。

3 〈半島〉の空間性

このエレベーターの挿話がうかがわせるように、『行人』の軸をなしているのは、国内の経済的疲弊と政治的閉塞を代償として、「東洋第一」の〈強国〉に成り上がった日本を暗喩する主人公一郎の造形だが、前半で彼が家族とともに赴くのが「和歌山」であり、終盤のHさんの報告のなかで、一郎が彼と旅をするのが「伊豆」方面であるという設定は、この作品の基調と密かな連繋を示している。興味深いのは、一郎の意識がとりわけ傲慢な様相を呈するのが、この二つの旅先においてであるということだ。和歌浦で一郎は妻のお直の心を試すために、彼女を二郎とともに和歌山に赴かせ、そこで台風に遭遇することによって彼らは同宿することになる。もちろん二人の間には何事も生起しないが、この奇怪な実験を一郎におこなわせるには、「和歌山」の空間性が作用していると見ることができる。またHさんと赴いた伊豆の地で、一郎は先に挙げたような、地上の事物を自己が所有し、自身を神に擬するかのような宣言を繰り返す。こうした空疎な発話を彼にさせているのも、その旅先が「伊豆」であったからだと見なされるのである。

もっとも和歌山や伊豆の地域性自体が、一郎の行動や発話にエキセントリックな彩りを付与しているわけではない。この二つの空間を結びつけているものは、〈半島〉という地理的属性である。すなわち一郎は〈紀伊半島〉と〈伊豆半島〉に赴くのであり、この二つの半島が、日本人の重大な関心事でありつづけるもう一つの半島、つまり〈朝鮮半島〉という空間を召喚することになるのである。実際この二つの半島は形状が朝鮮半島にある程度近似しており、また併合後の朝鮮が単に「半島」と称されるのはありふれた表現となる。そのため一郎をこの二つの半島に赴かせることが、彼——近代日本——と〈朝鮮〉との関わりを擬似的に浮び上がらせることになるのである。終盤に語られる伊豆への旅においては、それがより明瞭な形で表象されている。ここで一郎は「神は自己だ」「僕は絶対だ」（ともに「塵労」四十四）といった科白を吐き、その前には山の上から眼に入る光景を指して「あれ等も悉く僕の所有だ」（同三十六）という宣言をおこなうのだったが、こうした言葉は東京にいる一郎の口から出ることはなかった。それらは決して、単に旅先で友人と二人だけでいる状況の気安さが促したものではなく、やはり彼が赴いた先が、こうした傲慢な眼差しを誘発する空間だったからにほかならない。すなわち一郎とHさんが旅をしている〈伊豆半島〉が、〈朝鮮半島〉を擬似的に縮小した空間であるために、そこでの眼差しが〈朝鮮〉への意識を模倣する形で発動してしまうのである。

　そう考えれば、一郎の言説は必ずしも奇矯なものではないことが分かる。つまり朝鮮が日本によって植民地化された空間であるなら、〈宗主国〉である日本を象る一郎が、そのすべてが「悉く僕の所有だ」と言うことは自然だからだ。そしてこうした宗主国的な傲慢さを一郎に露わにさせる条件を、同伴者であるHさん自身が担っていることも見逃せない。この旅で一郎は文字通り傍若無人の発言を重ねていくが、この箍《たが》をはずしたような言動を一郎におこなわせているのは、彼が〈半島〉にいるという地理的条件に加えて、Hさん自身が植民地的な輪郭をはらんだ人間だからでもある。すなわちここでHさんはもう一つの植民地的空間としての〈中国〉を寓意する存在として現れているのである。それは語り手の二郎がHさんに初めて会った時の印象に明示されている。

丸い顔と丸い五分刈の頭を有《も》つた彼は、支那人のやうにでく〳〵肥つてゐた。話振《はなしぶり》も支那人が慣れない日本語を操つる時のやうに、鈍《のろ》かつた。さうして口を開くたびに、肉の多い頬が動くので、始終にこ〳〵してゐるやうに見えた。

（傍点引用者、「塵労」十四）

ここで二度も繰り返される、「支那人」の直喩は、Hさんを〈中国〉の表象として位置づけることになる。一郎と同じ学者であり、「記憶の好《い》い」（「塵労」十五）頭脳を持った人物の「話振」が「支那人が慣れない日本語を操つる時のやうに、鈍かつた」と形容するのは不自然な取り合わせのようにも映るが、それは彼に付与された地理的な文脈を前景化するため以外ではない。つまりHさんの報告を見る限り、伊豆の旅における一郎の言動は、決して同僚に対する敬意を払いつつなされたものとはいえず、〈主〉としての一郎の発言の恣意性に〈従〉としてのHさんが追随している側面が強いのである。もちろんそれは神経質な一郎と対比的なHさんの「鷹揚」（「塵労」二十七）な性格にもよっているが、この「鷹揚」さも、明治三八、九年の「断片」に「支那人は呑気の極鷹揚なるなり」とあるように、漱石のなかでは〈中国〉に結びつく属性にほかならない。そしてこの性格の作用もあって、旅のなかで交わされる議論の話題はほぼつねに一郎から出され、その進行においても一郎が主導権を握っている。一郎が自己の〈絶対性〉を主張するくだりにおいても、Hさんはこの明言の奇矯さを指摘するというよりも、むしろ一郎の言葉を受容的に反復している。

「神は自己だ」と兄さんが云ひます。兄さんが斯《か》う強い断案を下す調子を、知らない人が蔭で聞いてゐると、少し変だと思ふかも知れません。兄さんは変だと思はれても仕方のないやうな激した云ひ方をします。

「ぢや自分が絶対だと主張すると同じ事ぢやないか」と私が非難します。兄さんは動きません。「僕は絶対だ」と云ひます。

（「塵労」四十四）

重要なのは、人が「少し変だと思ふ」ような発言を一郎がここですることに、いささかも躊躇していないということであり、このやり取りの後、一郎の言動がさらに常軌を逸していったことがHさんの報告として記されている。二郎に対しても見せないような荒々しい言動に一郎がのめり込んでいくのは、〈半島〉の空間性と、Hさんがはらむ〈中国〉としての時局的な劣位性が相乗して彼に作用しているからだといえよう。

そして伊豆の旅における一郎の振舞いは、同じ〈半島〉への旅であった和歌山での出来事にも、遡及的に当てはめられる。ここで一郎が、二郎とお直に同宿させるという計画を思いついて実行させるのは、やはり周囲を優越する意識が彼の内で強く発動していたからだと考えられる。一郎はお直が二郎に愛情を抱いていることを疑っており、その内心を探らせるために、二郎と共に旅をさせようとするが、それはいいかえればお直が自分に帰属する度合いを、二郎を介して確認しようとする試みである。こうした実験は、二人を東京からどこかへ旅行させることによっても実現しうるが、それを和歌浦の旅先で思いつく一郎の内側には、お直の〈所有者〉としての意識があらためて喚起されていたからにほかならない。

男性主人公と彼が志向する対象である女性との間に別の男性が介在するという三角関係の構図は、漱石の作品世界に繰り返し姿を見せるものであり、『行人』もこれらの作品、とりわけ『それから』『門』における構図を継承している。この二つの作品では、主人公が得ることになる女性は、日本の帝国主義的欲望の対象としての韓国（朝鮮）の寓意であり、ライバルとなる男性は、それに対する抵抗者としての韓国民衆を象っているとと見なされた。この寓意的な照応もこの作品に引き継がれており、これまで見た一郎の周囲を睥睨する眼差しは、日本の東アジア諸国に対する優越意識を表象していた。『行人』が『それから』『門』と明瞭な差異をなすのは、『それから』の平岡や『門』の安井が、直接間接に主人公に脅威を与える存在であったのに対して、彼らに相当する位置にいる『行人』の二郎が、一郎を脅かす度合いがきわめて希薄なことである。第一に二郎は一郎の〈弟〉であるという近しさのなかにいる人物であり、お直も彼から奪い取られた女性ではない。むしろここでは一郎は、自身を捉えている不定形の焦燥に形を与えるべく、あえて方向性の明瞭な不安を仮構しているようにすら見えるが、その前提となっているのが、一郎の身に及んでくる脅威の不在なのである。

一郎を脅かしうる存在でありながら、〈弟〉としての従属的な位置にとどまりつづける二郎の一郎に対する微力さは、明らかに併合後の日本と朝鮮との関係と照応している。『それから』の背後には明治三〇年代後半から四〇年代前半にかけて頻発した義兵の蹶起があり、『門』の起点には、話題として言及されるように、明治四二年（一九〇九）一〇月に起きた、安重根《アンジュングン》による伊藤博文暗殺事件が横たわっている。漱石の作品世界で主人公に脅威を及ぼす存在として現れる男性は、韓国を植民地化しようとする日本に対するこうした抵抗の姿勢の形象化にほかならなかった。安重根への文脈を持つ『門』の安井が大陸から日本に帰還するという情報だけで、宗助が恐慌をきたしてしまうように、併合前の韓国は日本人にとって得体の知れない脅威の在り処として受け取られがちな空間であった。たとえば伊藤博文の暗殺直後の『東京朝日新聞』には、「恐ろしい朝鮮」と題された紀行文（筆者は渋川玄耳）が連載されており、その第一回（一九〇九・一一・五）には、韓国の統治に毎年「三千万円からの汗水」を注いでいるにもかかわらず、「まだ〳〵此末どれ丈厄介が掛つてどれ丈金と人とを費さねばならぬやら、思へば日本に取つて此程恐ろしい国はあるまい」という感慨が冒頭に記されている。

こうした「恐ろしい朝鮮」のイメージは征韓論の時代から存在したが、とりわけ伊藤暗殺後は現実に反日運動が各地で生起したこともあって、日本人の間であらためて強化されることになる。渡韓を企図する者に向けて書かれた文章でも「統監政治が布かれて、既に前後五年に及んだ今、猶日人の韓国地単独旅行は至極危険で、護衛巡査が付かねばならぬと云ふ情ない有様にある」(真継義太郎「渡韓せんとする者は如斯き用意と覚悟とを要す」『実業之世界』一九〇九・一二)という警告がされたりしている。そこには文字通り日本を脅かす隣国としての韓国の姿が浮び上がっているが、こうした〈恐ろしさ〉は「朝鮮」が正式の呼称となった併合後には次第に低減していく。それは反日運動に対する封じ込めが徹底されたことに加えて、日本からの移住者が急増し、朝鮮が日本人の生活圏としての比重を高めていったからである。中根隆行の『〈朝鮮〉表象の文化誌』(新曜社、二〇〇四)によれば、朝鮮における日本人居住者は、明治三九年(一九〇六)には八万三千人余であったのが、併合が成立した明治四三年(一九一〇)には一七万一千人余へと増加している。また漱石の『彼岸過迄』にも言及があるように、不況が深刻化する国内に見切りをつけて、朝鮮に職を得ようとする者も珍しくなかった。こうした傾向に対して、朝鮮が「意外に秩序立ち意外に取締の厳重にして一攫千金を夢みる能はざること、意外に黄金の落ちて居らざること、就職口の少なきこと」(旭邦「客に朝鮮の近事を語る」『朝鮮』一九一一・一〇)が実情であるという、現地からの警告も寄せられていた。[7][8]

こうした趨勢のなかで、朝鮮のイメージは「恐ろしい」国とは別個のものに変容していく。第一に政策的にも日本は隣接する朝鮮を「同化」する方向性を取り、日本人の価値観をいかに朝鮮人に分け持たせるかという議論が重ねられることになった。その際前提とされるのは、地理的な近しさに伴う人種的な類似性である。たとえば大隈重信は併合直後の明治四三年九月に、「日韓両国は太古より既に一体となるべき関係を有して」おり、「骨相からいふと日本人と朝鮮人は能く似て居る」といった共通性を持つ以上、「朝鮮人も同化されて日本人となるを得べしと信ずるのである」と明言していた（「朝鮮人には如斯して日本魂を吹込むべし」『実業之日本』一九一〇・九）[9]。法学者の浮田和民も「日韓人民は古来同種同文の一民族にして親密なる関係を有し、民族史上より観察すれば日韓同化の容易なる可きは固より疑を容れざる所なり」（傍点原文、「韓国併合の効果如何」『太陽』一九一〇・一〇）と述べるように、地理的、人種的な近似性を根拠として、訓育によって朝鮮人を日本人に同化させうるという前提が統治の基本に置かれることになった。『行人』の連載が開始された大正元年（一九一二）には「本国人と、鮮人の関係は、仲の良い夫婦、仲の良い兄弟の同棲の如き状態でなくてはならぬ。（中略）即ち日本人は鮮人を見ること愛する弟の如く、鮮人は日本人を見ること敬愛する兄に対する如く成ればよいのである」（傍点引用者、小宮三保松「大正の新時代を迎ふるの感想」『朝鮮及満州』一九一二・一）[10]といった感想が提示されているのである。

4 被抑圧者のしたたかさ

日本と韓国を「夫婦」に見立てる視点は、併合前後にもあった一般的なものであり、『それから』『門』の主人公が、友人に帰属していた女性を奪い取ろうとする展開が、それを下敷きにしていることはすでに眺めたとおりである。逆にいえば、少なくとも〈夫と妻〉の異質性が二つの国の間に想定されていたということでもあるが、併合後朝鮮が〈日本〉となることによって、血のつながった〈兄弟〉として両者を連繋させようとする着想が、とくに朝鮮の統治に関わる者によって出されるようになる。しかし日本と朝鮮の間に想定される〈兄弟〉的なつながりを前提として「同化」を推し進めようとすることは、逆に〈日本人〉ではありえない朝鮮人の異質さを浮び上がらせることになる。この時期に多く書かれた朝鮮渡航者の見聞記、体験記を見ても、一様に記されているのは、内地人と比べて著しい衛生の観念の欠如であり、無愛想としか思えない対人的な態度であり、庶民における労働意欲の希薄さである。最後の点については、それが長年にわたる官吏や両班《ヤンバン》による搾取の結果であるという洞察を多くの筆者がおこなっているが、「不潔」さと「無愛想」さも、文化的な慣習の差異に帰着されるものであり、それ自体が必ずしも朝鮮人の劣位性を物語っているわけではない。しかし日本人の眼に映ったこうした文化、慣習の差異が、日本人の〈兄〉としての意識を喚起する契機となったであろうことは容易に察せられる。

　こうした日本人の併合後の朝鮮に対する認識は『行人』に明瞭に織り込まれている。興味深いのは、「同化」を建前とすることによってかえって強く前景化されてくる朝鮮人の他者性が、もっぱらお直の形象に託されていることだ。すなわちここでも二郎とお直はともに〈朝鮮〉の表象だが、二郎が併合によって日本の〈弟〉となり、日本への脅威の度合いも低減させていった朝鮮の政治的な位相を表していたとすれば、お直はその趨勢のなかで、逆に日本への他者性を開示し始めた生活者としての朝鮮を象っている。先に挙げた、日本人の眼に映った生活者としての朝鮮人の輪郭は、はっきりお直に託されている。たとえば「愛嬌に乏しいのは朝鮮婦人の通弊」（愚堂「余の初めて見たる朝鮮」『朝鮮』一九一一・三）[11]といった記述が見られるのと符合するように、お直も「持つて生れた天然の愛嬌のない」（「兄」十四）女性として語られている。またお直は自分を「魂の抜殻」（「兄」三十一）と表現し、「私が冷淡に見えるのは、全く私が腑抜の所為《せゐ》だつて」（「兄」三十二）と二郎に語っているが、朝鮮の庶民が官吏や両班の搾取によって活力と自律性を欠き、表情の乏しさもその反映として捉える観察は多くなされている。「朝鮮人は由来無事を楽む民なり、事無れ主義の民なり」（旭邦「併合一週《ママ》年の朝鮮」『朝鮮』一九一一・三）[12]、あるいは「朝鮮人は敵愾心少く反抗力少き割合には、又陰柔と云ふ方で中々心服と云ふことの少くない性質を持つて居る」（小宮三保松「併合の目的は同化に在り同化せんとせば先ず彼我親善融和せざるべからず」『朝鮮』一九一一・九）[13]と記される朝鮮民衆の印象は、「腑抜」で「冷淡」であるという、お直の自己規定と重なる部分が大きい。

とくに最後に挙げた記事に述べられている朝鮮人の二面的な性格は、ほとんどお直のそれとしても読み替えられる。お直自身が「一度打《ぶ》つても落付いてゐる。二度打《ぶ》つても落付いてゐる。三度目には抵抗するだらうと思つたが、矢つ張り逆らはない」（「塵労」三十七）という「敵愾心少く反抗力少き」態度を示すにもかかわらず、「中々心服と云ふことの少くない性質」をうかがわせて、その内心を一郎に忖度させつづけているのである。「彼等の心底何の活火が在るかは容易に知るべからざれども、亦容易に心服せしむべからざるものあるは疑ひない」（筆者不詳「朝鮮に於ける感想」『新人』一九一一・八）[14]といった声も出されているように、併合後の日本と朝鮮の関係に見出される、「同化」しうる相手として朝鮮人を見なそうとすることが、かえってその内面を不可視のものとして他者化させるアイロニーが、一郎とお直の関係に託される形で『行人』の主題としての位置を占めているということができる。

この表出の寓意性によって、1節で挙げた、一郎が抱えている一見異質な第一と第三の問題性の連関も理解しうる。一郎が「兄・二十」の章で二郎に語る、「おれが霊も魂も所謂スピリットも攫《つか》まない女と結婚してゐる事丈《だけ》は慥《たしか》だ」という言葉が、併合後の日本と朝鮮の関係を含意していることはこれまでの考察によって明らかだが、〈支配する者〉が〈支配される者〉の「スピリット」を把握しようとするのは、日本の朝鮮に対する統治の性格を示唆してもいる。つまり帝国主義的な侵攻において、宗主国が植民地の人間の「心底」を摑もうとするのは一般的な傾向ではないからだ。通例〈主人——奴隷〉の関係において重要なのは、奴隷が主人に全面的な恭順の姿勢を示し、求められた労働を十分にこなすことであり、その「心」のあり方は本質的な問題とはならない。それは古代のアテネや一九世紀のアメリカの状況を見るまでもないが、植民地支配においても、たとえばイギリス人が直接統治時代にインド人に対しておこなった振舞いは、ヒンズー教をはじめとするインド人の価値観を否定し、彼らを〈野蛮人〉と見なして、みずからカーストの最上位を占めようとするものであった。統治者としてのイギリス人に、人種、宗教を異にするインド人の「心」を把握しようとする志向は皆無であった(15)。

もちろん日本による朝鮮の植民地支配が肯定されるべきものではないが、少なくともこうしたイギリス人のインド統治と比べれば、朝鮮人の価値観を日本人のそれに歩み寄らせようとする試みがなされていたことは否定できない。近代日本の形象化である一郎が、第三の問題性として抱える、現象世界を「所有」しようとする欲求と、第一の問題性である、妻のお直の「心」を掴み取ろうとする志向が、彼の内で連結しうるのはそれを写し取っている。日本の統治がこうした方向性を取っているからこそ、そこに「心服」し切らない朝鮮人の心性が前景化されてくるのである。

それはいい換えれば日本の統治下にあって、朝鮮人が〈日本人〉になり切らないしたたかさを保持しつづけたということである。同じ植民地であった台湾と比べても、そうした朝鮮人の民族意識の強さから「台湾よりも大に、且つ台湾よりも治めがたき朝鮮」(『中央公論』「社論」一九一一・五)という印象を日本人に与えがちであった。見逃せないのは、こうした印象を反映するように『行人』のお直が、一郎に表向き恭順の姿勢を示しながらも、彼に「心服」し切らない内心を漂わせ、また現実に自己の連続性となるものを確保するしたたかさを持つ人物として描出されていることだ。それは具体的には、彼女に芳江という子供がいることによって示されている。芳江は一郎とお直の間にできた子供であるにもかかわらず、妹のお重が「芳江さんは御母さん子ね」(「帰ってから」三)と評するように、明らかに一郎よりもお直に帰属する存在として位置づけられている。このお重の科白の直前にも、「母の血を受けて人並よりも蒼白い頬をした小女は、馴れ易からざる彼女の母の後を、奇蹟の如く追つて歩いた。それを嫂は日本一の誇《ほこり》として、宅中《うち》の誰彼に見せびらかした」(傍点引用者、「帰つてから」三)という記述がされており、芳江が一郎ではなくお直の「血を受け」ていることが明示されているのである。

もちろんこの芳江の位置づけは、お直が一郎以外の男性と姦通したことをほのめかすためではない。『門』においては御米が流産、死産を繰り返し、子供をもうけることができないでいたが、それは易者に「人に済まないことをした」報いであると告げられるように、韓国の国土を民衆から奪い取る日本の帝国主義的侵攻に対する、漱石の批判的な眼差しの形象化として眺められた。お直が御米の後身であるなら、彼女が子供をもうけ、それを「誇」として「見せびらか」すというのは一見理屈に合わないようにも見える。けれどもむしろそこに日本の帝国主義的な進展を模しつつ、そこに状況への批判と未来への視点を織り込もうとする、漱石独特の造形が現れている。つまり『それから』の三千代や『門』の御米が、帝国主義的欲望の対象としての〈領土〉の形象であったのに対して、『行人』のお直は、すでにその欲望が達成された後に、より身近に生きる〈人間〉となった朝鮮を表象しているからだ。三千代や御米が自他の〈死〉をはらんだ存在としての性格を持っていたのに対し、お直が恭順さのなかでしたたかさを漂わせた存在として描出されているのはそのためである。娘の芳江は、「母の血を受けて」いると記されているように、被抑圧者の無化され切らない生命の連続性の証にほかならない。そこに朝鮮が植民地化されながらも、途切れることなくその「血」がしぶとく後世に伝えられていくという、漱石のヴィジョンを見ることができるのである。(16)

5 傲慢と孤立

総じて『行人』においては、従属的な位置にあった者が、その従属性を脱して自立していくという経緯がアナロジーとして繰り返される。後半二郎が家を出て下宿を始めるのはその端的な例であったが、展開の冒頭で大阪に赴いた二郎が訪問する岡田も、もともとは「自分の家の食客」(「友達」二)であり、「勝手口に近い書生部屋で、勉強もし昼寝もし、時には焼芋抔《など》も食」(同二)っていた。また彼等の家から嫁いでいく「お貞さん」にしても、「自分の家の厄介もの」(「友達」七)として女中的な人物であった。語り手の二郎自身を含めて、こうした従属的であった人物たちがそれなりの自律性を獲得していくという変容がちりばめられることによって、お直自身の一郎に対する非従属性が暗示されることになる。これは「あの女」や精神病の娘、盲目の女といった女性たちの輪郭が、一郎の抱えている内的な問題を暗喩していたのと対称をなす構図である。

こうしたアナロジーのなかで、一郎が懐疑するように二郎とお直の間に、ある種の親密さが想定されるのは当然であるといえよう。これまで見てきたように、寓意的な次元においても、二郎とお直はともに〈朝鮮〉の表象である以上、彼らは〈一体〉であってもおかしくない者同士である。一郎は二郎とお直の親密さの場面を直接目撃したわけではないが、二人の間に親密な空気が流れていることは事実であり、敏感な一郎がそれを性的な地平に置き直していた蓋然性は十分想定しうる。その点について藤沢るりは、お直の結った髪型に対して二郎が「兄さんの御好みなんですか、其でこ〳〵頭は」(「兄」八)とからかわれ、それに対してお直が「知らないわ」(同八)と返事をする関係が、一郎とお直の間にはありえず、したがって一郎の「直は御前に惚れてるんぢやないか」[18]（「兄」十八）という懐疑が、決して「突然」（同十八）のものではなかったことを指摘している。藤沢はこのやり取りを、二人の「相性の良さ」の現れとして眺め、彼らの間に男女の愛が介在している証とは受け取ってはいないが[17]、二人のやり取りをたびたび耳にしているであろう一郎が、そうした憶測をおこなったとしても不思議ではない。

もちろんお直とのやり取りにおける二郎の発話に滲出している親しさ自体が、彼女への二郎の好意を傍証している。興味深いのは、二郎がおそらくお直に好意を抱いているにもかかわらず、彼自身はそれに対してほとんど無自覚であり、一郎をはじめとする周囲の人間の反応によってそれが浮上してくるという構図である。「直は御前に惚れてるんぢやないか」と一郎に唐突に尋ねられた際にも、二郎はそれをありえない仮定として斥けながら、つづけて「だつて御前の顔は赤いぢやないか」（「兄」十九）と一郎に切り返されると、「実際其時の自分の顔は赤かつたかも知れない」（同十九）というとまどいのなかに投げ込まれてしまう。また中盤で二郎が妹のお重の結婚を話題にした際も、お重は「あなたこそ早く貴方の好きな嫂《ねえ》さん見た様な方をお貰ひなすつたら好《い》いぢやありませんか」（「帰つてから」九）と反撥し、二郎を不機嫌にするのである。兄や妹にこうした発言をさせてしまうのは、やはりその客観的な等価物といいうるものを、彼らが日々の二郎とお直の関係から受け取っているからにほかならない。にもかかわらずそうした好意や親密さの表現に対して二郎はほとんど無自覚なのである。先に挙げたお直の髪型をめぐる科白にしても、おそらく二郎自身は単に日常的な儀礼として口にしているつもりであるに違いない。

こうした、自己の関心の傾斜に対して無自覚でありながら、それを外在化させてしまう人物の振舞いは、漱石の作品にこれまでも表象されていた。『門』の宗助が、歯医者の待合室にあった『成効』（『成功』）という雑誌の表題と内容に対して距離を感じるにもかかわらず、それに動かされる形で論語を繙いている因果性を想定しえたのは、その一例である。『それから』においても、労働を否定する代助の内にはむしろ労働への志向が潜在しており、そのため平岡との議論でも発言に矛盾をきたして論破されてしまうのだった。この意識の表層から乖離した他者的な情動の背後には、人間が社会に流通している関心の地平を浸透させつつ、自己意識を発動させるという、漱石独特の意識観が存在している。漱石の人物たちはこの社会的関心の浸透にしばしば無自覚であり、にもかかわらずその意識の下部ないし辺縁で捉えられたものが、結果的に彼らの身体的行動の源泉となることが珍しくない。『行人』の二郎とお直との関係は、あくまでも家庭の私的な次元に生起しているが、ここでも二郎はお直への感情を意識の辺縁に追いやりつつ、結局それに動かされた行動を取っている蓋然性が高いのである。

さらにこの挿話に示唆される人間の情動の他者性は、私的な人間関係にとどまらず、作品のはらむ時代的な寓意性を補強する機能を果たしている。つまり二郎とお直がともに〈朝鮮〉の表象であるならば、二郎がお直に対してほとんど無意識に示す親密さとは、日本の統治に逆行する朝鮮民衆の〈祖国〉への愛着を物語るものとなるからだ。そして二郎の受容的な態度に応じるように、お直の二郎への接近も否定しえない傾斜として存在している。もともとお直が「妾《わたし》のやうな魂の抜殻はさぞ兄さんには御気に入らないでせう」(「兄」三十一)という認識を持っている以上、親しい言葉をかけてくれる相手である二郎に好意を持つのは自然である。二郎が家を出て下宿を始めた際にも、お直は彼の下宿を一人で訪れ、火鉢を挟んで「顔と顔との距離があまり近過ぎる位の位地」(「塵労」四)で二郎に向き合ったりしている。

この表面的な恭順を示しながら、心性としての離反を〈主〉としての人物に感じ取らせているお直と二郎は、統治しつつも「心服」しえない頑強さを感じ取らせていた半島の朝鮮民衆と強い照応をなしている。一郎が「己《おれ》は自分の子供を綾成《あや》す事が出来ないばかりぢやない。自分の父や母でさへ綾成《あや》す技巧を持つてゐない。それ所か肝心のわが妻《さい》さへ何《ど》うしたら綾成《あや》せるか未だに分別が付かないんだ」（「帰つてから」五）という感慨を覚えているように、日本も宗主国として朝鮮を統治し、その民衆を「同化」することに力を入れながら、彼らを「綾成す」――「心服」させることの困難さを受け取りつづけていた。そして一郎の不安や焦燥が半ばはみずからの傲慢さが招いたものであるように、日本の統治者が朝鮮民衆を「同化」しきれない隔靴掻痒の思いを抱くのも、併合の際に大隈重信が掲げたように、言語、慣習をはじめとして朝鮮民衆に「日本魂を吹込む」という、自国の文化の押しつけを建前としていたからにほかならない。

もっともこうした照応を想定しても、一郎の傲慢な自我意識の空転は過剰なものとして映らざるをえない。Hさんの報告に語られるように、一郎は「絶対」の境地を志向しつつ、「絶対」でありえない個的な人間の枠内で呻吟しつづけるが、この狂気に近接していくような苦悩を、日本が朝鮮統治によって喚起されていたわけではない。そうした状況を踏まえれば、一郎の自我意識を過剰に空転させ、さらに「Einsamkeit, du meine Einsamkeit!（孤独なるものよ、汝はわが住居《すまひ》なり）」という、ニーチェの『ツァラトゥストラ』の一節を引用してその孤独を訴えさせている時代的な文脈は、むしろ日本と朝鮮の関係の外側に求められる。(19)すなわち朝鮮と台湾を植民地とすることによって、日本が「東洋第一」の〈帝国〉に成り上がったにもかかわらず、そこに安住しきれない国際的な状況が日本を取り巻いていたのである。

それはもっぱら、対西洋の関係に起因するものであり、日露戦争後日本が帝国主義国として、半島と大陸における利権の拡張に邁進することによって、西洋諸国との緊張関係を高めていた状況があることを念頭に置く必要がある。日露戦争の仲裁役となったアメリカは、戦後日本の軍事力を脅威とすることで黄禍論を生じさせ、在米邦人の排斥がおこなわれるなど、一転して日本に対立的な国としての相貌を帯び始める。一方イギリスは日英同盟を持続させていたものの、日露戦争後はドイツのヨーロッパにおける進出を阻止するために、他の列強諸国との連携を強化する方向を取り、とくにアメリカへの接近が図られた結果、日本に対して距離を置こうとする流れが次第に明確になっていった。その背景には、日本が戦後ロシアとの間に二度にわたる協商条約を結び、連帯関係を強めていった事情があるが、イギリスはロシアとともに日本の韓国併合に同意したものの、日本のこうした拡張に強い警戒心を抱くようになり、日本に対する世論も悪化していく。そして明治四四年（一九一一）の日英同盟改訂の際には、将来日米が戦争関係に入った時に、イギリスが日本に加担しない旨の但し書きが加えられ、それ以降に顕在化していく日本対英米の対立の端緒が開かれることになったのである。

一方明治四三年（一九一〇）にロシアとの間に結ばれた第二次日露協約は、満州における両国の勢力範囲とそこでの活動を明確にするものであったが、国民感情としては、三国干渉から日露戦争に至るまで、日本人の敵対的な感情を吸収する対象であったこの国を親密な相手として捉えることは難しかった。有馬学が紹介するように、一九一七年にロシア革命が勃発した際には、この革命が「恐るべき、忌むべき、憎むべき呪詛」である国の脅威を「日本の周囲から一掃する」だろうという声が上がったのである[20]。それはロシアがそれだけ日本に対する抑圧の在り処として見なされていたことを物語っている。満州への旅を記した漱石の日記にも、ロシア人に対して「露助」という侮蔑的な呼称が何度も用いられ、こうした感情が漱石の内にも浸透していたことをうかがわせる。

そして後発の帝国主義国として欧米列強に伍し、そのなかで自己を主張しようとしながら、それが裏目に出る形で孤立した状況に追いやられていくという経緯が端的に現れることになったのが、『行人』連載の前年である明治四四年に起きた辛亥革命である。この時も列強諸国は革命の帰趨自体よりも、それを契機として自国の利権を確保しようとする行動を展開したが、清の立憲君主制に固執して革命を抑圧しようとする日本は、自国の不利益を招く事態を回避するべく共和制を成立させようとするイギリスと対立することになった。そして結局日本はイギリスの姿勢に同調せざるをえなくなり、「日本の態度は非干渉に立ち帰りて、一日も早く講和成立し、統一せる政府の設立を希望する外他意なし」（『時事新報』一九一一・一二・二六）という事態に立ち至ったのである。

辛亥革命時における日本の振舞いも、清の旧体制を尊重したゆえというよりも、革命による新体制の成立が、自国のそれまでの権益を損ねることを恐れてのものであったことはいうまでもない。しかし〈強国〉としての自覚からみずからイニシアティブを取ろうとする列強への働きかけはことごとく裏切られた。袁世凱が大統領に就任した新政府に対して、列強が保持していた権益を認めさせようとする日本の提案に対しても、ロシア以外の国の賛同は得られず、孤立を深めるに終わった。アジアの国際情勢に対して強い関心を持つ漱石は、日記でもこの出来事に言及している。明治四四年（一九一一）一二月五日の項には先月死んだ三女の雛子や自身の病勢と比較しながら、「新聞を見ると官軍と革命軍の間に三日間の休戦が成立して其間に講和条約をきめるのださうである。彼等から見ればひな子の死んだ事などは何でもあるまい、自分の肛門も勘定には這入るまい」という記述が見られる。2節で言及したエレベーターの場面でその表象が垣間見られたとはいえ、前年に起きた大逆事件への言及がされていないことと比して、漱石の中心的な関心が奈辺にあったが察せられる。『行人』の一郎が自己の支配者的な優越性に固執しつつ、それに見合う反応を示さない周囲との乖離のなかで孤独を深めていく様相も、同時代の国際社会における日本の孤立に対する眼差しなしには、生まれえなかったに違いないのである。

註

（1）その点で生方智子が、精神病の「其娘さん」が一郎の「メタファー」として存在することを指摘している（「歇私的《ヒステ》里《リー》者のディスクール――『行人』の〈語り〉と〈構成〉」『漱石研究』第15号、二〇〇二・一二）のは妥当である。しかしこの「メタファー」性はむしろ、ここでちりばめられる病んだ女たちをめぐる挿話群全体によって担われている。

（2）引用の後半部は初出では「人の心を確実に握つてゐる方が、遙かに幸福なのであつた」となっていたのが、単行本以降引用の形となっている。『漱石全集』（岩波書店、第八巻、一九九四）の表記は初出に倣っているが、ここでは一般に流布している単行本の形を取った。

（3）山崎正和『不機嫌の時代』（新潮社、一九七六）。山崎は一郎の意識が「十分に感じるべき瞬間の手前で立ちどまり、同時にそれの向かう側に突き抜けて」おり、この「二重の空白」が彼を「不機嫌」にしているのだと述べている。これは的確な分析だが、ここで述べているように、一郎を「不機嫌」にしているのは時間意識の問題だけでなく、半ば以上は対象を空間的に支配、所有することの困難さに関わる問題である。

（4）三浦雅士「文学と恋愛技術」（『漱石研究』第15号、前出）。三浦は『出生の秘密』（講談社、二〇〇五）においても、「一郎の狂気を時代の所産に見せかけようとする意図はその目的をおよそ達していない」と述べている。三浦もこの著書で、漱石が人間の個的な問題と国家の問題を連結させる傾向を持つことを指摘している。三浦は漱石が出生時に捨子同然に扱われたという「秘密」と、西洋の「継子」として進展していった日本の開化を結びつけ、この結合が漱石文学を貫流していると考えている。漱石が自身の「出生の秘密」を国全体の状況に敷衍していたという論には、全面的には賛同しかねるが、個的な人間の存在と国家のあり方を重ね合わせる着想が漱石の表現の基底に存在することは、ここでも述べているように、疑えない側面である。

（5）この言葉は矢内原忠男『余の尊敬する人物』（岩波新書、一九四〇）に含まれている。なおこの箇所の参照は海野福寿『韓国併合』（岩波新書、一九九五）によった。

（6）『和歌山県史』（和歌山県史編纂委員会編、一九八九）、及び www.tanken.com/elevat.html による。

（7）引用は琴秉洞編『資料　雑誌にみる近代日本の朝鮮認識3』（緑陰書房、一九九九）による。本論で引用した日本人の朝鮮に対する見解は、『太陽』『中央公論』『日本及日本人』以外のものはすべて本書（1～5）によっている。

（8）『資料　雑誌にみる近代日本の朝鮮認識5』（緑陰書房、一九九九）より引用。
（9）『資料　雑誌にみる近代日本の朝鮮認識4』（緑陰書房、一九九九）より引用。
（10）『資料　雑誌にみる近代日本の朝鮮認識5』（前出）より引用。
（11）『資料　雑誌にみる近代日本の朝鮮認識5』（前出）より引用。
（12）『資料　雑誌にみる近代日本の朝鮮認識5』（前出）より引用。
（13）『資料　雑誌にみる近代日本の朝鮮認識5』（前出）より引用。
（14）『資料　雑誌にみる近代日本の朝鮮認識5』（前出）より引用。
（15）森本達雄『インド独立史』（中公新書、一九七二）によれば、もともと東インド会社の駐在員たちは、インドの風土や慣習になじもうとする姿勢は不在であったが、一九世紀半ばにイギリスがインドを直接統治するようになると、インド人に対して「ブラック・インディアン」「木石漢」「半ゴリラ・半ニグロ」などと公然と嘲笑し、優越者意識を露骨に示すようになった。併合時の日本側にあった「朝鮮人を同胞とした以上は、之に理想の活火を与へ、前途洋々の大希望を起さしむるにある」（「朝鮮に於ける感想」前出）といった、植民地の民衆を少なくとも自国の「同胞」と見なそうとする姿勢はそこにはうかがわれない。
（16）ちなみに芳江の「蒼白い頬」と形容される顔色の悪さは、朝鮮の学校への視察者が「同校の生徒は顔色甚だ悪しく」（石田新太郎「同化策より見たる台湾人と朝鮮人」『朝鮮』一九一一・九、引用は『資料　雑誌にみる近代日本の朝鮮認識5』（前出）による）と記しているように、栄養状態の悪さから朝鮮の子供たちに一般的に見られる特徴でもあった。
（17）藤沢るり「『行人』論・言葉の変容」（『国語と国文学』一九八二・一〇→漱石作品論集成第九巻『行人』桜楓社、一九九一）。
（18）初出では「お直は……」となっており、『漱石全集』（第八巻、前出）でもそれに倣っているが、註（2）と同じくここでは単行本以降の形で表記した。
（19）この一節は『ツァラトゥストラ』第三部の「帰郷」の節の冒頭に置かれており、その後のくだりでも反復されている。冒頭部ではこれにつづいて「わたしは荒々しい異郷で荒々しく暮らすこと、あまりにも長きにすぎたので、おまえのもとに帰郷して、涙なきをえないのだ！」（吉沢伝三郎訳、ちくま学芸文庫『ニーチェ全集』10、一九九三）という、「孤独」を自分の〈郷里〉としてなつかしむ感慨が語られている。「絶対」者に自己を擬そうとする一郎の狷介さはツァラトゥストラの輪郭を想起させるが、両者の志向はむしろ対照的である。後者の目指す「超人」の境地とは、決して他者の上に君臨し、自身に従属させることではなく、むしろ自己に本来内在する生命を完全に具現化することによって自己超克した状態を指すからだ。

(20) 有馬学『「国際化」の中の帝国日本』(日本の近代4、中央公論新社、一九九九)による。引用の文は室伏高信「日本乎独逸乎」(『東方時論』一九一八・一〇)。

第七章

未来への希求

——「こゝろ」と明治の終焉

1　語り手のいる地点

夏目漱石の作品における時間構築においては、しばしば執筆時を追い抜いた未来の時間が、語りのなかに織り交ぜられる。第五章で指摘したように、『門』（一九一〇）のなかの時間は明治四二年（一九〇九）から四三年（一九一〇）にかけてであることが示されているにもかかわらず、前作の『それから』（一九〇九）を受け継ぎつつその六年後に位置づけられている内容を考慮すれば、物語が展開していくのは、まだやって来ていない〈明治四八年〉であると見なすこともできた。もちろんこの二作における男女の結びつきが示唆している日韓併合は、これらが出た後に成るのであり、その点では両者の内容自体が未来を先取りしていた。また『坊つちやん』（大正四年）（一九〇六）においても、語り手が四国の中学校を辞した明治三八年（一九〇五）秋から、作品が発表される明治三九年（一九〇六）四月までの間に半年ほどの時間しかなく、彼が街鉄の技手に転身し、下女の清が死んで墓に葬られている〈現在〉は、やはり明治三九年よりも数年後に想定する方が自然に映るのである。

こうした、語り手の視点を執筆時よりも後の時間に置く方法の基底には、漱石独特の未来志向的な眼差しが流れている。森田草平宛書簡に「功業は百歳の後に価値が定まる」（一九〇六・一〇・二二付）と記しているように、漱石のなかには、変転していく時代、社会のなかで、人間やその事業の価値が本当に定まるのは、はるか先のことであるという認識があった。明治三九年の「断片」には「同時代ノ人カラ尊敬サレル」ためには「皇族」「華族」「金持」「権勢家」に「生レ、バヨイ」としながら、「然シ百年ノ後ニハ誰モ之ヲ尊敬スル者ハナイ」という価値観の変化が起こるであろうという見通しが記されている。この予見の正確さはともかくとして、こうした記述は漱石がつねに、価値の変容がもたらされる時間としての未来を志向する意識の持ち主であったことを物語っている。それはいいかえれば、現実世界を客観的に眺めるための距離を取ろうとする意識でもある。現に同じ明治三九年の「断片」には、「己レヲ大ニスル方法」として、「己レノ住ンデ居ル世界ヲ遠クカラ眺メル法」が挙げられ、「遠クカラ見ルト自己ノ世界ノ高低、深浅、高下及ビ自己ト周囲トノ関係ガ歴然トワカル」という認識の姿勢が提示されている。この「自己ノ世界」を相対化する地点としての「遠ク」は当然空間的な次元だけでなく、時間的な次元においても仮構されるうるのであり、漱石がしばしば執筆時よりも未来に視点を置こうとするのも、こうした〈現在〉を「遠ク」から捉えようとする姿勢の現れにほかならなかった。

『こゝろ』（一九一四）は、こうした未来を先取りしようとする漱石的な意識によって支えられた作品である。従来から指摘されているように、この作品を語り始める「私」がいる地点は、作品の発表時である大正三年（一九一四）よりも後に置かれる方が自然に映るという側面が見出される。つまり明治という時代の終焉とともにみずから命を閉じることになる「先生」との鎌倉での出会いから語り始める「私」の〈現在〉と、語られる時間としての〈過去〉との間には相当の距離があるように見なされるのである。たとえば「私はその時未だ若々しい書生であつた」（上二）や「年の若い私は稍《やゝ》もすると一図になり易かつた」（上十四）というように、「私」が語り手となる「上　先生と私」「中　両親と私」、とりわけ先生との出会いが中心的に語られる「上」においては、「私」の〈若さ〉が強調され、また「子供でもあると好《い》いんですがね」という先生の「奥さん」の言葉に対して、「私」が「何の感情」も覚えず、「子供を持つた事のない其時の私は、子供をたゞ蒼蠅《うるさ》いもの、様に考へてゐた」（上八）と述べるのは、少なくとも「私」が執筆時の時点において、さほど若くはなく、また自身の子供を持っていることを示唆している。この子供の有無を鍵として、先生の自殺後に「奥さん」と「私」が結ばれるという、小森陽一らによる周知の議論が展開されることになった。[1]

「私」と「奥さん」が共生ないしは結婚するという可能性は、それ自体としては検討されるべき問題性であり、後であらためてそれについて言及したい。とりあえずこの記述から客観的に汲み取られるのは、先生の死が生起してから「私」がこの物語を語り出すまでに、かなりの時間が流れているということである。明治天皇が逝去したのは明治四五年（一九一二）七月三〇日であり、乃木希典が大葬の日に夫人とともにそれに殉死したのは同年九月一三日であった。一方『こゝろ』が東京・大阪の『朝日新聞』に連載され始めるのは大正三年（一九一四）四月からであり、乃木殉死との間に一年半ほどの間隔しかない。その間に「私」が子供をもうけ、〈若さ〉を失っていくというのは、少なくとも自然な展開とは受け取り難いのである。蓮實重彥は小森陽一、石原千秋との鼎談で、作品のなかに「時間の隔たりを指示している文章がずいぶんある」ところから、「僕の感じで言うと、あれは、もう大正も終わりかかった頃に書かれたような気がしてならないんです」という感想を語り、それに対して小森、石原もほぼ同調している。石原はやはり語られる出来事と執筆の開始時の間の距離が短すぎるために、「非常に不自然」であることを指摘し、小森は過去を相対化しうる内面を獲得するためには「かなりの時間」が求められるはずであり、そのため「私」が語っている時間は大正三年に限定されないという見方を語っている。[2] あるいは松澤和宏は、「私」が他者の言説にほかならない先生の遺書を公開することが、著作権の問題と関わってくることから、当時の著作権の保護期間である「三十年」という時間を、先生の自殺と「上」の語り出しの間に想定しうるという論を提示している。[3]

いずれも相当の妥当性を持つ、『こゝろ』の時間設定に対するこうした議論を通底する要素として挙げられるものが、語り手の〈成熟〉である。先生の遺書である「下　先生と遺書」で語られる、先生と友人の「K」が共に下宿する家の「御嬢さん」をめぐって拮抗し、Kの自殺に至るという、血なまぐさい側面も含まれた出来事を冷静に提示しうるだけの内面の落ち着きを、「私」が獲得していることを示唆するべく、作品の発表時よりも未来の時間に「私」がいることが示唆されているという見方が、こうした論の支えとなっている。小森陽一の意見もそうした見方によっているが、この問題をいち早く扱った論文である中本友文の「『こころ』の「私」／漱石の一人称小説の〈語り〉」（『高知大学学術研究報告』第38巻、一九八九）でも、「私」が語り手となっているのが、「「私」がかつての若さを通り抜け、人間として成熟の時を迎えるいつか」（傍点原文）であると想定されていた。

もっとも先に言及したように、「上」においては、もっぱら「私」が〈若々しい青年〉であったことが強調されている。海岸で見かけた中年の男に興味を覚えて追跡し、ついに懇意になるまでに接近していくという「私」の振舞いも、その〈若さ〉ゆえであったと見なされる。確かに先生の過去を提示しようとしながら、自身の語りとしてはそれを抑制していく「私」の口調には一種の落ち着きが滲んでおり、それを彼の〈成熟〉として受け取ることもできる。しかしこうした筆致に現れている〈成熟〉は、過去の経験や出来事に物語の輪郭を与えようとする、すべての語り手の持つ客観性と本質的な差異はないということにもなるだろう。むしろ「私」の属性として想定される〈成熟〉は、この作品に仮構しうる〈未来〉の視点から逆算されて括り出されている側面が強い。その点でこの価値は、作品の構造からいわば論理的に導き出されたものであり、「上」「中」の展開に現れる「私」の言動から汲み取られたものではないともいえるのである。

2 〈明治〉と〈大正〉の寓意

『こゝろ』の構造から論理的に抽出される〈成熟〉の問題を考える際に念頭に置くべきなのが、個人と国家・社会を相互の比喩性によって重ね合わせる漱石の手法である。これまでの作品においても繰り返し見られたように、漱石の主人公たちはほとんどつねに〈近代日本〉の寓意をまとって現れる。『こゝろ』の語り手としての「私」に想定しうる〈成熟〉も、彼が執筆時において獲得しているであろう現実的な〈成熟〉よりもむしろ、漱石的な造形の系譜のなかで、「私」に仮託される〈近代日本〉が備えるべき〈成熟〉を示唆している。「私」の〈成熟〉の内実がここで具体的な次元で語られないのは、結局それが日本の未来に実現されることが期待される状態としてしか仮構されえないためである。そこに漱石がこの作品に込めたペシミズムとオプティミズムが見出される。

そのように考えると、この作品に「私」と先生という、世代を異にする〈二人〉の語り手ないし主人公が登場していることの理由は明瞭になるだろう。すなわち「私」とは新しく始まった〈大正〉という時代の暗喩であり、先生とは明治天皇の死によって閉じられ、乃木希典の殉死によってその終焉が浮き彫りにされた〈明治〉という時代を表象する存在にほかならないからだ。先生が乃木の殉死に触発され、明治という時代とともにみずからを葬ったのは、その意味で必然的であった。また「私」が「上」の語りにおいて、過度にその〈若さ〉を強調していたのも、第一に彼に付与された時代的な記号性のゆえである。これまでも田中実は、先生の遺書である「下」の意図が、「「先生」の〈こころ〉を手記の読者、すなわち、〈ポスト明治の可能性に生きる読者〉に開くこと」にあるという見方を示しているが[4]、この「ポスト明治」は総体としての次代の読者を指す以前に、具体的に「私」という人物として形象されているといえよう。

〈明治〉と〈大正〉の寓意的形象としての先生と「私」の造形は、鎌倉で彼らが出会う経緯にすでに込められている。海岸の雑踏のなかに先生を見出し、それ以降先生に執着を覚えて追跡しつづけた「私」は、波の上で体を仰向けに横たえた先生と同じ格好を取り、「愉快ですね」（上三）と声をかけることで接触を果たすに至る。「私」が雑踏の中で先生を見出したのは、「先生が一人の西洋人を伴《つ》れてゐたから」（上二）であったが、先生が伴わせていた「西洋人」はそれ以降作中に姿を現さない。この「西洋人」は先生が〈知識人〉であることを示す記号であるとともに、日本が日英同盟をはじめとする西洋列強への随伴のなかで近代化を遂げていった進み行きの暗示としても受け取られる。そして先生と西洋人が海に入って行った後で「私」が「先生の事を考へ」て、誰であるか分からないままに「どうも何処《どこ》かで見た事のある顔の様に思はれてならなかつた」（上二）という感慨を覚えるのは当然である。なぜなら先生と「私」は〈明治――大正〉という時間的連続性によって結ばれた者同士であり、「私」は自分に先行する時間として〈明治〉すなわち先生を「何処かで見た」はずだからだ。またそう考えれば、先生が最後までその名前を示されず、ただ「先生」と呼ばれることの意味も理解しうる。つまり教師でも文学者でもない先生を、「私」は初めから「先生」と呼びつづけるが、確かに〈大正〉にとって〈明治〉は〈先に生まれた〉時代である点で、「先生」に違いないからだ。もともと「先生」とは、「先に生まれた者」すなわち「先人」としての意味を持つ言葉であった。(5)

先生が〈明治〉を寓意することは、帰郷した「私」の物語として進んでいく「中」の展開によって明確化されている。ここで大学を卒業して郷里の家に帰った「私」は、両親の歓迎を受けるが、「私」は大学の卒業を「珍しさうに嬉しがる父」（中一）に「田舎臭い」（中一）ものを感じてしまう。「私」が郷里で書物を繙く日々を送っているうちに、明治天皇の逝去と乃木大将の殉死が新聞で伝えられ、父はそのどちらにも強い衝撃を受ける。天皇と同じ腎臓の病を患っている父の状態は次第に悪化していき、やがて危篤に陥る。そのうちに東京にいる先生から会いたい意向を伝える電報が来るが、父の病状の深刻さから「私」はそれに応じることができない。すると先生から上京を不要とする旨の電報が届き、それにつづいて分厚い手紙が送られてくるに至って、「私」はついに父の元を離れ、その手紙を懐に入れて、東京に向かう汽車に飛び乗るのである。

この「中」の展開においては四人の人間に〈死〉がもたらされることになる。すなわち明治天皇、乃木希典、「私」の父、先生の四人である。そのうち明治天皇と「私」の父は同じ腎臓の病によって、乃木と先生は「殉死」という形を取った自死によって、それぞれの生を閉じることになる。この〈天皇――「私」の父〉、〈乃木――先生〉の組み合わせは当然作者の配慮によってなされたものである。とりわけ明治天皇と同じ病によって「私」の父が死に至ることになる設定は、漱石の意識的な方向付けを浮び上がらせている。郷里にも明治天皇の病状は刻々と伝えられていたが、その記事を読んだ父は、「勿体《もったい》ない話だが、天子さまの御病気も、お父さんのとまあ似たものだらうな」(中四)という感想をもらす。そして天皇の逝去の報に接した際にも、父は「あゝ、あゝ、天子様もとう〳〵御かくれになる。己《おれ》も……」(中五)という悲嘆の声を上げるのだった。

ここで近代化を目指す日本を率いた為政者と、地方の片隅で日々を送ってきた無名の人間を、同じ病によって連繫させ、その為政者の死に際して、無名の人間に「己も……」という同一化の言葉を発させるのが、強いアイロニーを帯びていることは明らかだろう。それはもちろん明治天皇個人を揶揄するためのものではなく、漱石の抱く近代日本に対する認識の表現である。つまりこれまでも眺めてきたように、日本の近代化に対する漱石の批判の眼目は、「外発的」な開化が進行していきながら、日本が前近代の残滓をとどめ、近代国家として十分成熟していかないところにあった。それを端的に示していたのが『三四郎』(一九〇八)であり、主人公の青年は前近代の暗喩である熊本という〈地方〉から上京し、東京に、すなわち近代社会のなかに入っていきながら、そこでも依然として前近代の記号である〈暗さ〉や〈黒さ〉をまとった人びとのなかにいつづけるのだった。この作品に図式化されているように、漱石の作品世界では〈地方〉は基本的に

〈前近代〉の暗喩であり、それが『こゝろ』の構図をもなしている。そしてそうした世界の住人として生を送ってきた人間と、「一等国」の仲間入りを目指す明治期の日本を率いた人間が重ね合わされるのは、結局日本の近代化の進行が前近代的なものの残存と並行していたことを物語らざるをえないのである。

そして「私」の父と先生は、その〈無名性〉においてつながっている。先生も東京帝国大学を卒業しながら、自己表現の活動に一切手を染めておらず、「丸で世間に名前を知られてゐない人」（上十一）として過ごしている点では、私の「父」と同次元の存在である。この両者の共通性については「私」自身がよく意識しており、「上二十三」では次のような考察をおこなっている。

私は心のうちで、父と先生とを比較して見た。両方とも世間から見れば、生きてゐるか死んでゐるか分らない程大人しい男であつた。他《ひと》に認められるといふ点からいへば何方《どつち》も零《れい》であつた。それでゐて、此将碁を差したがる父は、単なる娯楽の相手としても私には物足りなかつた。かつて遊興のために往来《ゆきき》をした覚のない先生は、歓楽の交際から出る親しみ以上に、何時か私の頭に影響を与へてゐた。たゞ頭といふのはあまりに冷《ひやゝ》か過ぎるから、私は胸と云ひ直したい。肉のなかに先生の力が喰ひ込んでゐると云つても、血のなかに先生の命が流れてゐると云つても、其時の私には少しも誇張でないやうに思はれた。私は父が私の本当の父であり、先生は又云ふ迄もなく、あかの他人であるといふ明白な事実を、ことさらに眼の前に並べて見て、始めて大きな真理でも発見したかの如くに驚ろいた。（上二十三）

この一節に語られる「血」の論理について小森陽一は、論考「『こゝろ』を形成する心臓《ハート》」（『成城国文学』1号、一九八五・三→『文体としての物語』筑摩書房、一九八八）で、親子のつながりといった「既成の家族観を乗り越え、自ら心臓の鼓動をとおして、新しい人間関係の倫理をつむぎ出す」ことへの志向を見て取ろうとしている。けれどもその「新しい人間関係の倫理」の内実は示されておらず、またここで示唆されている、「私」が先生の死後に「奥さん」と一緒になり、その結果「今の「私」に「貰ツ子」ではない子供がすでにいる」という仮説は、逆に「私」が「既成の家族観」のなかにとどまることを意味しているともいえよう。この一節はむしろ、ここで追ってきた寓意の論理を補強するものとして捉えられる。つまり「私」が「本当の父」よりも「あかの他人」である先生に強い親近感を覚え、自分の「血」や「肉」のなかに先生の「力」や「命」が流れていると感じるのは、両者が〈明治——大正〉という連続性を表象する者同士である以上、当然の感覚だからだ。一方父はむしろ一代を置いた〈前近代〉の暗喩であるために、「私」は自分との間に距離を感じ取ってしまうのである。

3　〈豊かさ〉のアイロニー

「中」の展開において死がもたらされる四人の人物の連繫は、次頁のような円環として図式化される。〈為政者〉と〈軍人〉と〈知識人〉と〈農民〉によって形作られるこの円環は、それ自体が〈明治日本〉の構図であるといってもよいが、これらの人びとにいずれも〈死〉がもたらされることで、〈明治〉の終焉が浮き彫りにされることになる。とくに先生がこの円環の一角をなす存在であることによって、その自死が単に明治天皇、乃木希典の死に自己を連ねさせるにとどまらず、明治という時代をみずから葬ろうとする行為であったことが見えてくるのである。そしてこの円環の図式において興味深いのは、先生と乃木希典の連繫が双方向的になりうることだ。つまり先生は「殉死」という行為によって乃木を模倣しただけでなく、乃

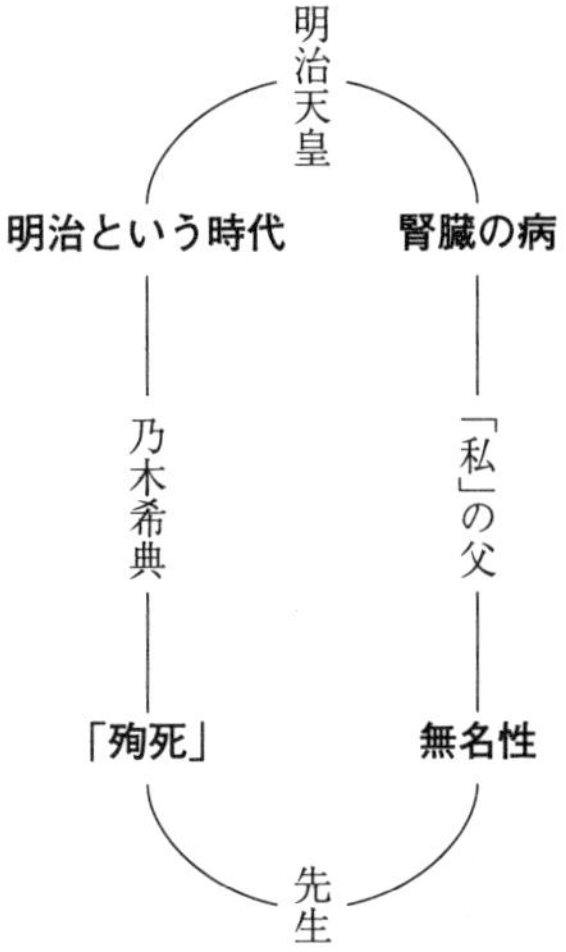

木の〈軍人〉としての輪郭を象徴的に分有することになるのであり、先生によって寓意される〈明治日本〉の軸をなすものがとりもなおさず〈戦争〉であったことが、この連繫によって浮び上がってくるのである。そして「下」においては、その先生が暗喩的に担った〈戦争〉が描かれることになる。

長い遺書として語られていく「下」では、先生が学生時代に下宿していた家の娘である「御嬢さん」をめぐる先生と友人のKのせめぎ合いが中心に語られるが、この両者の拮抗に言及する前に触れる必要があるのが、その前史として語られる、先生が若い頃叔父に財産を奪い取られた経験である。先生は両親の死後、郷里の家を叔父に管理してもらっていたが、彼が東京で学生生活を送っている三年間に、自分が引き継ぐべき財産の多くを叔父のものにされてしまったのだった。本来自分に帰属すべき財産が、叔父の介入によってそうならないという、『門』（一九一〇）においても見られた構図の原型となるのが、『坊っちゃん』において「うらなり」が婚約者であった「マドンナ」を、教頭の「赤シャツ」に奪い取られるという成り行きである。ここでは「学士」であり「月給の多い方が豪《えら》いのぢやらうがなもし」（七）と下宿の婆さんに評される赤シャツが、その力にものをいわせてマドンナを奪ったのだったが、『こゝろ』の叔父はより狡猾な財産管理によって、先生の財産を自分の帰属にしてしまったのである。ちなみにうらなりも、「宅《うち》には相当の財産があつたので、寧ろ鷹揚に育てられました」（下三）という先生と同じく、婆さんの言葉によれば「御金もあるし、銀行の株も持つて御出《おいで》るし」（七）という家に生まれながら、「あまり御人が好過ぎるけれ、御欺《おだま》された」（七）結果、婚約者を失うのだった。

漱石の作品にしばしば現れる、信頼していた者に自分の貴重な〈財産〉を奪い取られるという展開の起点にあると想定されるものは、これまでも繰り返し言及してきたように、日清戦争の終結直後に生起した、ロシア・ドイツ・フランスによる三国干渉である。この出来事が日本人に大きな屈辱として受け取られ、日露戦争までの「臥薪嘗胆」を強いられることになったは述べるまでもない。それを写し取るように『こゝろ』の先生も「私は是で大変執念深い男なんだから。人から受けた屈辱や損害は、十年立つても二十年立つても忘れやしないんだから」（上三十）という執着を持ちつづける人物であった。この三国干渉の後、西洋列強は極東の平安を保つためという干渉の大義名分をみずから反故にして、中国の分割に乗り出していく。遼東半島には三国干渉の中心であったロシアが進出し、三年後の明治三一年（一八九八）に南端の旅順、大連を租借するに至っている。若い漱石もこの出来事に接して、結局〈力〉によって左右される国際関係の現実を垣間見たに違いない。講演「私の個人主義」（一九一四）で「元来国と国とは辞令はいくら八釜《やかま》しくつても、徳義心はそんなにありやしません。詐欺をやる、誤魔化しをやる、ペテンに掛ける、滅茶苦茶なものであります」と述べている感慨の起点にあるものも、三国干渉の経験であったと推されるのである。

『坊つちやん』においては、道義を押しのけて〈力〉の論理がまかり通ってしまう現実世界の理不尽さに対する憤りが坊っちゃんの行動に託されていたが、『こゝろ』では、おそらく同じ歴史的事件が踏まえられつつ、むしろ現実的な利害関係を前にして態度を一変させてしまう強国の振舞いが作中人物の造形に流入していると考えられる。先生は「私」に、人間は悪人に生まれつくのではなく、「金を見ると、どんな君子でもすぐ悪人になる」（上二十九）のだと語っていた。その認識に対して「私」は「あまりに平凡過ぎて詰らなかつた」（上二十九）という印象を受け取るが、それが、叔父との出来事を通して得たものであることが「下」で明示されている。

あなたは未だ覚えてゐるでせう。私がいつか貴方に、造り付けの悪人が世の中にゐるものではないと云つた事を。多くの善人がいざといふ場合に突然悪人になるのだから油断しては不可《いけ》ないと云つた事を。あの時あなたは私に昂奮してゐると注意して呉れました。さうして何《ど》んな場合に、善人が悪人に変化するのかと尋ねました。私がたゞ一口金と答へた時、あなたは不満な顔をしました。私はあなたの不満な顔をよく記憶してゐます。私は今あなたの前に打ち明ける。私はあの時此叔父の事を考へてゐたのです。

（下八）

ここで「金」を前にした人間に帰せられている態度の急変は、三国干渉時に日本人が西洋列強の振舞いに見ることになったものでもある。もともと極東地域の利害に強い関心を寄せていたロシアが、日本に遼東半島が割譲されることに異議を唱えるであろうことは予想されたものの、ドイツとフランスがロシアと同盟して下関条約の結果に干渉してくるのは意想外の展開であった。とくに従来日本と友好的な関係を保ってきたドイツは、日清戦争の当初は中立的な立場を取り、日本の軍力に対して敬意を表するほどであったが、イギリス・ロシアがこの流れに乗じて中国の要所を占領するのではないかという見通しが生まれるに至って、自国の不利益を回避するべく、ロシアとフランスの同盟に加わり、干渉の推進役を果たすことになった。またフランスも陸奥宗光の『蹇々録』（一八九六）に「我が国に対する好情は敢えて独逸に譲らず(6)」と記される関係にあったにもかかわらず、それまでに結ばれていたロシアとの同盟関係を優先させる形で、日本への干渉に加わることになった。一方イギリスはこの同盟に加わらず、日清戦争時には日本に強い好感を示していたものの、干渉時に日本が援助を求めた際には冷淡な態度を取り、日本に肩入れしようとはしなかった。それはもちろん、それによってイギリスが三国と敵対する事態に陥ることを嫌ったからである。

このように三国干渉時には、それまで〈味方〉であると思われていたドイツ・フランス・イギリスがにわかに態度を変じ、日本に対して敵対的ないし冷淡な立場を示した。とりわけドイツの振舞いは『蹇々録』で繰り返し「豹変」として言及されている。総じてこれら西洋列強は、清（中国）という〈獲物〉をさらわれまいと「猛烈仮面を脱却し爪牙《そうが》を暴露し来りたり」（『蹇々録』）というあからさまな変貌を見せ、それによって日本は遼東半島から追いやられることになった。日本をめぐる国際関係が人間同士の関係に転換されがちな漱石の世界で反復される、「金」に象徴される現世的な富を、「叔父」のような近しい人間に横取りされるという構図は、おそらくこうした対西洋の経験を下敷きとしている。考えてみれば、日本にとってのドイツ・フランス・イギリスは、いずれも近代国家建設のための範となった、〈父〉に代わる「叔父」的な存在だったのである。

『こゝろ』の「下」の内容と下関条約後の日本との照応はこれだけにとどまらず、それ以降の展開にまで及んでいる。日清戦争は三国干渉によって、日本が不当な損失を蒙って帰結したようにも映るが、現実にはこの戦争によって日本は〈豊か〉になっている。下関条約によって日本は二億両《テール》（約三億円）の賠償金を受け取り、また台湾と膨湖島を割譲されている。さらに遼東半島返還の代償として三千万両《テール》（約四五〇〇万円）を獲得し、日本は紛れもなく帝国主義国家の一員に名を連ねることになった。そしてこの〈失う〉ことによって〈豊か〉になるというアイロニカルな状況は、『こゝろ』にも映し出されている。つまり先生は叔父に財産を奪い取られたものの、すべてをなくしたわけではなく、実際にはかなりの財産を引き継いでいる。先生はそれを旧友に託して金の形にしてもらった上で受け取っているが、その前後の経緯について次のように述べられている。

自白すると、私の財産は自分が懐《ふところ》にして家を出た若干の公債と、後から此友人に送つて貰つた金丈《だけ》なのです。親の遺産としては固《もと》より非常に減つてゐたに相違ありません。しかも私が積極的に減らしたのでないから、猶心持が悪かつたのです。けれども学生として生活するにはそれで充分以上でした。実をいふと私はそれから出る利子の半分も使へませんでした。此余裕ある私の学生々活が私を思ひも寄らない境遇に陥し入れたのです。

（傍点引用者、下九）

これにつづく「下十」の冒頭も、「金に不自由のない私は、騒々しい下宿を出て、新しく一戸を構へて見やうかといふ気になつたのです」（傍点引用者）という一文で始まっている。日清戦争後の日本が、西洋列強に屈辱を味わわされながらも、現実には賠償金と割譲された領土によって〈豊か〉になっているように、先生も叔父に財産を奪われながらも、結果的には一般の学生には望めないような〈豊かさ〉の持ち主となっているのである。彼が「騒々しい下宿」を出て、「御嬢さん」と母親が営む家に入り、そこで「学生としての私には過ぎる位」（下十一）の部屋に移ることができたのはそのおかげである。また身につける物にしても、先生はたとえば「ハイカラで手数のかゝる編上」（下二十六）の靴を履いているのである。

もちろん現実には日本人の生活全体が、日清戦争の勝利によって豊かになったわけではなく、むしろその反対であった。賠償金と遼東半島返還の報償金の総額約三億六千万円余の大部分は、それ以降の軍備拡充に充てられ、国民の生活のためには教育基金と災害準備基金として二千万円が配されるのみであった。また戦後の軍備強化の手段として増税政策が取られ、登録税、営業税、酒造税等の増税、新税の設定がおこなわれた。また地租も引き上げられ、横山源之助の『日本の下層社会』（一八九九）にも描出されるように、庶民の生活は苦しさを増していった。一方国全体の趨勢としては、紡績業を中心として日清戦争前後の十年間に国民所得総額は倍増し、輸出入額も四倍増となるなど、資本主義国家としての成長は著しかった。そして中心人物を具体的な庶民よりも国家の暗喩として象ろうとする漱石の方法においては、「下」の主人公としての先生は、庶民の〈貧困〉よりも国としての〈豊かさ〉をまとって現れるのである。

4　〈Korea(n)〉としてのK

先生が「御嬢さん」と母親の「奥さん」の家の下宿人となる「下十」以降の展開はしたがって〈日清戦争後〉に相当する段階となるが、それを象徴するように、「奥さん」は日清戦争による未亡人として設定されていた。ここで「奥さん」は先生を娘の結婚相手に擬そうとするような振舞いを示し、それがかつて自分の娘と結婚させようとしていた叔父を想起させて鬱陶しく思うこともあった先生は、あたかも母娘との間に緩衝材を置くかのように、大学の友人であるKを同じ家に下宿させることにする。そこからやがて「御嬢さん」をめぐる先生とKの拮抗関係が生まれてくることになるが、この一人の女性をめぐる三角関係の構図は、当然『それから』『門』に現れたものの反復にほかならない。そこに込められていたものは、これまでも見てきたように、明治四三年（一九一〇）八月になされた日韓併合の寓意であり、主人公がライバルの男に帰属していた女性を奪い取ってしまうという、二つの作品に共通する成り行きは、日本が韓国人民からその国土を奪い、植民地化してしまう政治的展開と照応していた。それ以前の『坊っちゃん』や『虞美人草』（一九〇七）『三四郎』の主人公たちが独身者であったことを踏まえても、この二作品における〈結婚〉の含意は明瞭である。そして『こゝろ』に至って、そこにはらまれていたものが明瞭に姿を現すことになる。すなわちこれまで様々な憶測を呼んできたKという人物のイニシャル[7]は、明らかに〈Korea〉あるいは〈Korean〉

を暗示しているからだ。

前作の『行人』(一九一二〜一三)においては、日韓の併合関係がある程度の定着を示し、朝鮮が〈日本〉の一部としての近しさと、それゆえに喚起される他者性を同時に提示するに至った状況が、作中の人間関係に託されていたが、『こゝろ』では寓意の軸を三国干渉時にまで遡及させ、そこからの明治日本の帝国主義的進展の帰趨が辿り直されている。『こゝろ』に込められた明治日本の政治的な寓意性についてジェイムズ・A・フジイは、「現に進行しつつあった、大陸における日本の冒険主義への、テクストの、沈黙の共謀というべきものに、我々が出会う」(遠田勝訳)と述べ、漱石がこの作品で、自然主義文学の伝統に不在であった「近代日本の歴史」を彫り込むことを企図していたと主張している。[8] フジイはその側面を主として乃木希典の形象に見ているが、むしろそれは作中における先生とKの現実的な力関係により強く滲出している。つまり「下」に描かれる先生とKの関係は、『それから』の代助――平岡、『門』の宗助――安井と比べても、現実生活における強弱をより明確に示しているのである。前節で眺めたように、先生は叔父の裏切りにあいながらも相当の財産を受け継ぎ、結果的に〈豊か〉な身分の学生として「御嬢さん」の家に住み始める。一方Kは富裕な寺に生まれ、医者の家に養子に行ったものの、Kの大学での勉学が養家の望む医学ではなかったことから援助を絶たれ、実家に復籍した後もやはり勘当同然の状態となり、経済的にきわめて窮迫している。彼が先生の下宿先に転がり込むような形で同居生活を始めたのもそのためであった。

松澤和宏はこうした先生とKの間にある、経済的な懸隔に着目し、二人を「主人」と「食客」として差別化しようとする漱石の方向性を抽出しようとしている。松澤は漱石の原稿を精査した上で、その推敲の過程が、Kの〈貧しさ〉を浮き彫りにする形でなされていることを強調している。[9] 松澤はこの「主人」と「食客」として両極化される二人の関係が物語るものについては考察していないが、それが日清戦争後の日本と東アジア、とくに韓国（朝鮮）との力関係に照応するものであることは明らかだろう。下関条約の第一条に記された「清国ハ、朝鮮国ノ完全無欠ナル独立自主ノ国タルコトヲ確認ス」という一文は、朝鮮の清への宗属関係を破棄することを示しながら、現実には日本が朝鮮を支配下に置くことの宣言にほかならなかった。その後朝鮮は一八九七年に国号を大韓帝国（韓国）に改め、九九年には憲法に相当する「大韓帝国国制」を制定して、独立国であることを主張した。しかし明治三〇年代半ばから日本はロシアの満州進出を抑制するためにも、韓国を「保護国」化する姿勢を打ち出し、頻発する義兵の叛乱を鎮圧しつつ、明治四三年（一九一〇）におこなわれる併合への路線を明確化していった。

こうした明治三〇年代後半から四〇年代にかけての韓国の状況と照応するように、『こゝろ』のKは自律的な生活力を持たない弱さと、それと裏腹な、克己的な精神の強さによって特徴づけられる青年として現れている。Kは「意志の力を養つて強い人になるのが自分の考だ」（下二十二）と明言し、しかもその「意志の力」を現世的な成功を得るためではなく、むしろその宗教志向の強さから「自分で自分を破壊しつゝ進みます」（下二十四）と述べられるような、自己滅却的な方向で発揮しようとする人物である。そしてKに込められているような、自身が滅びることを辞さない精神のなかで、韓国民衆は日本に対する抵抗運動を繰り返していった。そのなかでも日本に対する抵抗の姿勢を象徴する人物として浮び上がってくるのが、明治四二年（一九〇九）一〇月にハルピンで伊藤博文を暗殺し、翌年三月に死刑に処せられた安重根《アンジュングン》である。第五章で見たように、漱石はすでに『門』において主人公宗助を脅かす存在である安井に、その名前を通して安重根の影を託していた。『こゝろ』ではより具体的な次元で、韓国——Koreaを象徴する人物としての安重根の存在をKに織り込んでいる。『門』の冒頭近くに伊藤博文の暗殺事件が話題として出てくるように、漱石がこの事件と韓国人の暗殺者に強い関心を抱いていたことは疑いない。蔵書にも『安重根事件公判速記録』（満州日々新聞社、一九一〇、以下『速記録』と略記）が含まれており、ここでの紹介や訊問のやり取りから、漱石は安重根の輪郭をある程度摑んでいたと考えられる。

Kと安重根を連繫させる要素は多く見出される。たとえばKは「物質的に割が好かつた」（下十九）浄土真宗の寺に生まれたのだったが、安も支配層の両班《ヤンバン》ではないものの「資産も相当に有」（『速記録』、以下安重根に関する引用は同じ）する「名家」の出であった。またKが仏教を中心とする宗教への強い志向を持つように、安も「天主教」（カトリック教）への熱心な帰依の下に生きていた。そしてKが実家とも養家とも縁を絶たれ、孤絶の道を歩んでいるように、安も日本に対する抵抗運動に身を投じて以降は「兄弟妻子を捨て」た単独者として行動している。こうした家族との縁を絶ちながらも自己を貫こうとする精神の剛直さは両者に共通しており、Kが議論において「容易に後へは返りません」（下二十四）という頑強さを見せるように、安も「自己を信ずる力強く先入主になりては容易に他の説を容れ」ない人物であった。そして両者をもっとも強く重ね合わせる重要な要素が〈血〉である。「御嬢さん」をめぐる先生との拮抗に敗れたKは、みずから頸動脈を切り、烈しい血の迸りを残して自決するが、この〈血〉は、安重根の抵抗精神を象徴するものでもあった。『速記録』には「指を切つて同盟」という節があり、「〇韓国の旗に指を切つた血を以て独立と云ふ字を書きしと云ふ事ありしや△それは如何にも大韓独立と書きました」（傍点原文）といった訊問のやり取りが含まれている。安らに日本への抵抗と自国の独立を誓わせたこの〈血〉が、より烈しさを加えた形でKに託されていると考えても不自然ではないはずである。

このように〈安重根〉の像をはらんだ人物としてKを眺めると、先生に帰属する者となる「御嬢さん」は、『それから』『門』で主人公が友人から奪い取る女性と同じく、国土としての〈韓国〉を表す存在として捉えられる。彼女が日清戦争によって「父」を失った娘であるという設定も、日清戦争後、清というそれまでの宗属国を失い、代わって日本が新たな〈主人〉になろうとしていた韓国（朝鮮）の状況と照応している。一方女性に関心を示さず、「女といふものは何にも知らないで学校を出るのだ」（下二十七）といった侮蔑的な言辞を口にしていたKが、「御嬢さん」に恋愛感情を抱くことになるのも、もともと彼らが〈一体〉の存在であったからだともいえよう。「御嬢さん」にしても、少なくとも先生の目に映った限りでは、彼よりもKに対する親近感に動かされているように見えるのである。たとえば先生が大学から帰ってくると、先生の部屋に控えの間のように付いた、四畳のKの部屋に「御嬢さん」がいて、Kと談笑していたりする。また外出した際にも、Kと「御嬢さん」が一緒に歩いていたように思われる場面に遭遇したりするのである。こうした先生の嫉妬を喚起する出来事が継起した末に、先生はKの「御嬢さんに対する切ない恋心」（下三十六）を打ち明けられるのである。

それは先生に「先《せん》を超された」（下三十六）という思いを掻き立て、それに駆り立てられるように「奥さん」に向けておこなった「御嬢さんを私に下さい」（下四十五）という申し出に対して「どうぞ貰つて下さい。御存じの通り父親のない憐れな子です」（下四十五）という許しが与えられることになる。寓意の構図に「奥さん」を位置づければ、それは韓国内部にあった一進会のような合邦推進派にも、併合の動きに迎合的であった韓国政府自体にも、あるいは日韓併合に対して同意を与えたロシア・イギリスのような西洋の強国にも擬せられよう。いずれにしても先生が「御嬢さん」に自分の思いを伝えず、その主体性を問題にすることなく、その帰属先としてのみ名乗りを上げたのは、繰り返される義兵の叛乱や安重根の行為に込められた韓国民衆の希求を無視して、韓国を属国化しようとする日本の振舞いと重ならざるをえない。それを傍証するように、Kの告白を聞いてからの先生のKに対する態度は、きわめて戦略的な色合いを帯びるようになるのである。

私は丁度他流試合でもする人のやうにKを注意して見てゐたのです。私は、私の眼、私の心、私の身体、すべて私といふ名の付くものを五分の隙間もないやうに用意して、Kに向つたのです。罪のないKは穴だらけといふより寧ろ明け放しと評するのが適当な位に無用心でした。私は彼自身の手から、彼の保管してゐる要塞の地図を受取つて、彼の眼の前でゆつくりそれを眺める事が出来たも同じでした。
Kが理想と現実の間に彷徨してふら〳〵してゐるのを発見した私は、たゞ一打で彼を倒す事が出来るだらうといふ点にばかり眼を着けました。さうしてすぐ彼の虚に付け込んだのです。私は彼に向つて急に厳粛な改たまつた態度を示し出しました。無論策略からですが、其態度に相応する位な緊張した気分もあつたのですから、自分に滑稽だの羞恥だのを感ずる余裕はありませんでした。

（傍点引用者、下四十一）

このくだりにちりばめられた、傍点を施した言葉はいずれも〈戦争〉ないし〈戦い〉と関わるものであり、先生がKとのせめぎ合いにうち勝って「御嬢さん」という〈獲物〉を得ようとする行動に入り込んでいることが分かる。そしてこの〈戦い〉の帰趨は初めから明らかであった。Kの「恋心」は本来の自己を空無化する力として作動してしまい、そのことを了解している先生は、引用部分のような探索行動の結果、かつてKが自分に言った「精神的に向上心がないものは馬鹿だ」（下三十）という言葉を今度はKに向けて放ち、打撃を与える。さらにKは先に見たような経済的な悪条件から、妻を娶ることの困難さを自覚しており、「御嬢さん」に対して積極的な行動に出ることができない。一方先生は妻を娶るための条件を十分に持っており、この圧倒的な〈軍備〉の差異のなかで、先生は先手を打つことでKとの〈戦い〉に勝ちを収めることになったのである。

5　達成の空虚さ

こうした自身の行為に対して先生は「おれは策略で勝つても人間として負けたのだ」（下四十八）という感慨を抱くが、確かに先生はKとのせめぎ合いに勝った一方で、人間としての頽廃をはらむことになったといえよう。もっともそれは決して彼がKを出し抜く行為を取ったからではない。むしろ先生は愛していない相手を、ライバルに打ち勝つためだけに獲得したことによって、人間として〈敗北〉したのである。こうしたいい方は、この作品に語られたものに対する逆行として響くかもしれない。先生が「御嬢さん」の家の下宿人になった頃を回想した「下十四」では、先生が「御嬢さん」に「殆ど信仰に近い愛」を抱いていたことが述べられ、以下のような説明がなされているからである。

> 御嬢さんの事を考へると、気高い気分がすぐ自分に乗り移つて来るやうに思ひました。もし愛といふ不可思議なものに両端《はじ》があつて、其高い端には神聖な感じが働いて、低い端には性欲が動いてゐるとすれば、私の愛はたしかに其高い極点を捕《つら》まえたものです。私はもとより人間として肉を離れる事の出来ない身体でした。けれども御嬢さんを見る私の眼や、御嬢さんを考へる私の心は、全く肉の臭を帯びてゐませんでした。
> （傍点引用者、下十四）

この記述は一見先生が「御嬢さん」に対して真摯な愛を抱いていたことの証左であるように見えて、むしろその逆のことを物語っている。つまり「御嬢さん」に向かう「私」の「心」が、「全く肉の臭を帯びてゐ」

ないのであれば、それは男女の愛とは別の感情が彼の内に抱かれていたことを示唆することになるからだ。男女間の愛が、相手の個別の肉体を所有することを目指してなされる点で、博愛や家族愛と区別されることは常識であろう。先生が語っているのは、彼が「御嬢さん」の美しさを崇拝していたということであっても、彼女を恋愛の対象として渇望していたということではない。もちろん明治期の青年に西洋的なプラトニック・ラブへの憧れが広く抱かれていたことは周知のとおりだが、その基底をなすキリスト教への帰依のなかに先生が生きていたわけではない。またこうした伝統的な「色」に代わる「恋愛」の代表的なイデオローグであった北村透谷でさえ、その成就を「男女既に合一して一になりたる暁」（『厭世詩家と女性』一八九二）というい方をしているように、決して男女の関係から「肉の臭」を排除していたわけではない。総じて明治二、三〇年代の言説においても、肉体的な合一が恋愛を全うする条件として挙げられることは珍しくない。明治二八年（一八九五）の加藤直士『恋愛の福音』（警醒社）では、恋愛は「他の物体を捕へて我と合体せしむるにあらず。我が半身をして、其の終に帰する所に帰せしむるのみ」というプラトン的な融合観が語られ、日露戦争後の明治三九年（一九〇六）に出された吉田暢編『恋愛観』（百藝雑誌社）では、「恋愛は一個の男性が一個の女性に対する愛それの精神的活動に関係する肉体的活動――即ち肉交――が無ければならぬ」（圏点省略）といった意見が多く主張されている。こうした、恋愛の精神性を尊びながらも、「肉」の要素も是認しようとする見方と比べれば、引用の部分における先生の「御嬢さん」への志向は、「恋愛」とは別個の次元に置かれるものといわざるをえない。

そしてKと「御嬢さん」の親密さの目撃によって掻き立てられた嫉妬が、先生に彼女への欲望を強く自覚させることになる。しかしそれは先生が「御嬢さん」を本当に愛し始めたというよりも、彼女をより端的な〈獲得〉の対象としたということである。ここではジラール的な「欲望の三角形」が完全に成り立っており、先生はKの「御嬢さん」に対する欲望を模倣して行動しているにすぎない。現に「下三十二」では、抑え難い嫉妬のなかで「是非御嬢さんを専有したいといふ強烈な一念に動かされてゐる私」（傍点引用者）として自己を位置づけている。そこに動いているものは、もっぱら「御嬢さん」を自分に帰属させ、「専有」物としたいという欲求であり、だからこそ先生が求婚を申し出る相手は「御嬢さん」自身である必要がなかったのである。しかしこの戦略的な行動に成功して「御嬢さん」が現実に〈自分のもの〉になることが確実になった時点で、先生はそれが〈恋愛〉の見かけを借りた略奪行為であったことに気づいて、自分の人間としての〈敗北〉を自覚することになる。やや悪意のある見方をすれば、先生が「御嬢さん」に抱いていた感情を「信仰に近い愛」として表現するのも、あくまでも執筆時における美化であり、学生時代の彼が本当にそうした眼差しを「御嬢さん」に向けていたかどうかは疑わしいともいえよう。たとえば先生は「御嬢さん」に対して、「下らない事に能《よ》く笑ひたがる女」（下二十六）という否定的な評価も与えているのである。

このように眺めると、「御嬢さん」をめぐる先生とKとのせめぎ合いが、文字通り一つの〈獲物〉を対象とする〈戦い〉であったことが分かる。もちろん両者の関係を〈戦い〉として捉えていたのは先生の方であり、Kにとっての「御嬢さん」はあくまでも自分の情念の対象であっただろう。逆にいえばそのために、〈獲物〉を捕らえる戦略においてKはあまりにも無策であり、周到な戦略によってKを追いつめ、機先を制した先生を凌ぐことができなかったのである。Kの自殺は絶望の表現であると同時に、その迸る血によって内にはらまれていた情念の烈しさを先生に見せつける行為でもあり、それによって先生は自身の内面の空虚に気がつかされることになる。そしてそれが先生の表白する〈淋しさ〉の起点をなしているのである。

山崎正和は論考「淋しい人間」（『ユリイカ』一九七七・一一→『淋しい人間』河出書房新社、一九七八）でこの先生が繰り返し口にする〈淋しさ〉の感情を分析し、それが愛の感情から「性欲も憐憫も所有欲も、いささか功利的な依存心もすべて」排除した結果、「審美的な観照作用のようなものだけが残ることになる」状態を指していると述べている。これは論理的には整合しているが、現実に先生が、そうした潔癖な「愛」の観念を持っていたとは到底いえない。確かに漱石の人物は一般に、自己の主体性が他者に侵害されることを忌避する傾向が強く、『それから』の代助が父親の操作する政略結婚の道具となることを拒むのも、一度叔父に裏切られた先生が、「奥さん」に猜疑の眼を向けるのもその発露であった。しかしそうした潔癖さは、自己の主体性を保持するための方策であり、「愛」の観念を純化するための姿勢ではない。先生が「淋しい人間」であるのは、あくまでも外的な達成に見合うだけの内面の充実を欠如させていることに対する感慨にほかならない[10]。

「上十四」で先生が「私」に「自由と独立と己れとに充ちた現代に生れた我々は、其犠牲としてみんな此淋しみを味はゝなくてはならないでせう」と語るのは、こうした自己拡張的な行為や表現が、「淋しみ」をもたらす機縁となってしまうアイロニーを示している。重要なのは、「自由と独立と己れ」による行為が、しばしば内面の裏打ちなくされてしまう結果、「淋しみ」という空虚さが生まれてしまう因果性である。それはこの科白の少し後で先生が、「遣《や》つたんです。遣《や》つた後で驚ろいたんです。さうして非常に怖くなつたんです」と述べていることによっても傍証される。この言葉を口にする先生が、かつてのKとの経緯を念頭に置いていることは疑いない。確かに先生は行為の意味を十分に吟味することなく、ともかく「遣つた」のであり、それがもたらした結果に直面して「非常に怖くなつた」のである。

そしてこうした、自己の主体性に対する侵害を避けるべく、自己拡張的な行為にやみくもに身を挺して、何がしかの達成を得るものの、その結果癒し難い空虚感を抱かされる主体を、〈近代日本〉の側に反転させうることは明らかだろう。これまでも漱石の作品において、見かけと内実の落差や乖離は近代日本への批判として繰り返し表象されてきた。日露戦争に勝って「一等国」になりながらも、内実は疲弊しており、日本は遠からず「滅びる」(一)運命にあるという『三四郎』の広田先生の宣言や、外側からは分からないものの、診察すると「中が丸で腐つて」(五)いることが分かる『門』の宗助の歯の病などはその端的な例であった。『こゝろ』でもやはり、外側からは見えない形で中の悪化が進行していくというイメージが盛り込まれている。それは明治天皇と「私」の父を媒介している腎臓の病である。「上二十四」で「私」の父の病について聞かされた先生は、「自分で病気に罹つてゐながら、気が付かないで平気でゐるのがあの病の特色です」という知識を語るが、この本人の自覚のないうちに、内側が悪化していくという病のイメージは、近代日本の腐敗を暗示していた宗助の歯の病と底を通じている。そして「私」の父と同じ腎臓の病を明治天皇が抱えていたとすれば、この人物が文字通り率いていった〈明治日本〉がはらんでいる、「病」の性質がそこに浮び上がってくるのである。

もちろん明治期の日本が、清、ロシアと戦い、帝国主義国家として肥大していく過程自体が〈淋しい〉ものであったわけではない。近代日本の軌跡を託された主人公たちが述懐するこうした思いは、あくまでも漱石がそこに込めようとした批判意識の表出である。とりわけ『こゝろ』では各人物の寓意性を強めた形で〈明治日本〉への批判的総括が前景化されている。Kが自殺する際に、首吊りや身投げといったより一般的な方法ではなく、自室で頸動脈を切るという過剰なやり方を取るのも、その方向性のなかでもたらされた造形である。Kが迸らせる血は、国土を奪われていく韓国民衆の抵抗精神の表象でもあり、それを踏まえれば、この一連の出来事をくぐり抜けることで、先生が「たゞ人間の罪といふものを深く感じたのです。其感じが私をKの墓へ毎月《げつ》行かせます」(下五十四)と遺書で述べていることの意味は明瞭になるだろう。すなわち先生がおこなう毎月の墓参とは、すなわち寓意的には日本が韓国を植民地化したことに対する謝罪にほかならないからである。

6 「明治の精神」への決着

これまで様々な議論が重ねられてきた、先生が殉じようとする「明治の精神」も、そこから把握することができる。この「明治の精神」については、作品内の表現から二つの把握の方向性が想定される。一つは「自由と独立と己れ」という、個人の自己達成の時代として〈明治〉を捉える方向性であり、もう一つは「下五十五」で明治天皇崩御の報に接して先生が、「其時私は明治の精神が天皇に始まつて天皇に終つたやうな気がしました」という感慨を抱くように、天皇の至上性を軸として近代化が推し進められていった時代として〈明治〉を眺める方向性である。従来の論調でもどちらかに比重を傾ける形で、この言葉の把握がおこなわれてきたといえる[11]。けれども〈個〉と〈国家〉の間で両極化されるように見えるこの二つの「明治の精神」は、作品の論理において結局一つに重ねられ、後者の側面を浮き彫りにすることになる。中心人物に〈近代日本〉の寓意を担わせる漱石の着想においては、個人としての人物の行動は、それ自体としての有機性を持ちながら、同時に日本という国家が辿る軌跡の暗喩としても機能する。「自由と独立と己れ」という、一見社会における個人的達成を示唆する表現も、国際社会における日本の国家的拡張に反転していく。そして前節で眺めてきた先生の〈淋しさ〉も、その次元に転位される性格を帯びていたのである。

明治時代における人間と社会の関わりを考えれば、それが個人の「自由と独立と己れ」の精神を遍在させていたとはいい難い。むしろ小堀桂一郎が述べるように、この時代において「自我を拡充して大いなる個人を実現するといふ事業・行動は即ち世のため人のためであるとの大前提が社会一般の了解事項[12]」であった。

創作や翻訳に豊かな才能を示しながら、国家的事業に携わることを強迫観念のように抱きつづけた二葉亭四迷は、その「大前提」に動かされつづけた典型である。個人の「自由と独立と己れ」という形における「明治の精神」を啓蒙したように見える福沢諭吉にしても、「一身独立して一国独立する」(『学問のすゝめ』一八七五)という表現に見られるように、終局的に目指すものは国家の真の独立であった。こうした個人と国家を相互の照応のなかで捉える着想において、福沢と漱石の間には強い近似性が認められる。国の外的な達成とその内実の未成熟の乖離を批判する視点も共通しており、福沢も「天下の形勢、文明はその名あれどもいまだその実を見ず、外の形は備はれども内の精神は耗《むな》し」(傍点引用者、『学問のすゝめ』)という批判を与えていた。

こうした共通性は、日露戦争時から作家活動を始めた漱石の時代になっても、福沢が啓蒙的な言論活動をおこなった明治初期と比べて、日本の姿が基本的に変わっていないことを物語っている。「自由と独立と己れ」という価値にしても、それを身につけていなければならないのは、個人であるとともに、西洋列強とのせめぎ合いに晒されつづける日本という国家自体でもあった。けれども『こゝろ』においてこの価値が、少なくとも表現上は個人を主体とする形で提示されていたのは、そうした形での実現の可能性を漱石が感じ取っていたからである。この作品が大正三年(一九一四)という、新しい時代の始まりに書かれている理由はそこに見出される。「断片」などの多くの書き付けから、日露戦争後の日本が個人主義の傾向を強めていっていることを漱石が実感していた[13]ことが分かるが、明治末の『白樺』や『青鞜』の創刊は、そうした時代の到来を具現化する流れであった。自身の周りに集まっている青年たちも、現実に大正期の文学や思想の担い手となっていくのであり、そこから彼らを踏まえて形象された「私」は、〈大正〉という新しい時代の暗喩として生きることになる。もっとも〈明治〉が終わって一年ほどしか経過していない作品の執筆開始時では、

〈大正〉が〈明治〉と差別化される時代として、明確な輪郭を持っていたわけではない。「私」が社会人となり、結婚して家庭を持つという、少なくとも数年後の未来の時間に生きていることを想起させる設定が取られているのが、その差別化を実現するための時間を示唆するためであったことは、2節で述べたとおりである。

そこに漱石が抱く〈新時代〉への両義的な展望が見出されたが、いずれにせよそれを〈明治〉とは異質の時代として仮構しようとする点に、その未来志向的な眼差しが込められていた。そして先生の自殺もそこから括り出された成り行きとして捉えられる。柄谷行人が「友人を裏切ったという罪悪感が、あるいは明治は終ったという終末感がこの作品をおおっている暗さや先生の自殺決行に匹敵しないことは明瞭だ」(傍点原文)と述べているように[14]、先生の自殺に心理的な必然性が乏しいことは否定できない。確かに先生は、作者に「無理矢理自殺させられてしまった」(大岡昇平『小説家夏目漱石』筑摩書房、一九八八)ようにも映るが、むしろそこに漱石の寓意的手法が滲出している。つまり〈明治〉の暗喩である先生は、当然その時代の終焉とともに生を終えねばならず、しかもその〈明治〉を貫流していた負の趨勢を葬るべく、みずから命を閉じねばならないのである。さらにすでに指摘されているように[15]、「私」が郷里で受け取った先生からの電報に応じてすぐに上京していれば、先生は自殺しないですんだかもしれないのであり、「私」が父の看病のために郷里にとどまったことが、先生に遺書を書く時間を付与することになった。その意味では先生が「私」に〈殺された〉ともいえるが、この作品はもともとそう受け取られるように書かれている。つまり〈明治〉の寓意である先生は、みずから生を閉じるとともに、〈大正〉という新しい時代によって葬られねばならないからであり、自殺でありながら「私」の関与を浮上させている展開は、その両義性を浮び上がらせる形で巧みに仕組まれている。

このように考えれば、先生が自身とともに葬ろうとしている「明治の精神」とは、結局戦争と侵略による国家の拡張に邁進する「精神」にほかならなかったことが分かる。そもそも〈明治天皇〉と〈乃木大将〉の連繋によって括り出されるものとは、何よりもまず、西南戦争から日露戦争に至る〈戦争〉の系譜であるはずだ。『こゝろ』でも、先生が西南戦争で軍旗を失った乃木が「死ぬ覚悟をしながら生きながらへて来た年月を勘定」（下五十六）して、「西南戦争は明治十年ですから、明治四十五年迄には三十五年の距離があります」（下五十六）と述べるくだりが見られる。そしてこの「三十五年」がほぼ先生の年齢に相当する時間であることを見逃すことはできない。それは先生が生きてきたのが文字通り〈戦争〉の時代であったことを物語るのであり、事実遺書の終盤で先生は「波瀾も曲折もない単調な生活を続けて来た私の内面には、常に斯《か》うした苦しい戦争があつたものと思つて下さい」（傍点引用者、下五十五）と述べているのである。そして先生の自死が乃木の行為の模倣であることを念頭に置けば、先生とはとりもなおさずもう一人の〈乃木〉であったことが見えてくるのである。そこから先生の「奥さん」つまりかつての「御嬢さん」が、乃木の夫人と同じ「静」という名前を持つことも理解しうる。またそう考えることで、先生がKの墓に毎月赴くことのもう一つの意味も浮上してくる。すなわちそれは併合によって〈殺した〉韓国への謝罪であると同時に、乃木が戦場で死なせた膨大な数の兵士たちへの詫びと鎮魂でもあったのである[16]。しかも乃木は長州出身の軍人であり、これまで〈近代日本〉を寓意する主人公たちの仮構的な出自をなしてきたこの土地との類縁が、ここで再び浮上してきている。

こうした文脈を押さえれば、先生が明治天皇、乃木希典の死につづいてみずから命を絶つという帰結が、寓意の論理性においては必然性を持つことが確かめられる。その時乃木夫人とは異なり、先生の「奥さん」が運命をともにしないことも妥当な結構であることが分かる。「奥さん」が国土としての〈韓国〉を表象する存在であれば、本来の〈仲間〉であったKに代わって、彼女は未来に向けて生きつづけなければならないからだ。したがって小森陽一が、先生の死後に「私」と「奥さん」の共生の可能性を想定したのは、皮肉な形で〈適確〉な見方であったといえよう。つまり現実に、大正期以降も韓国は日本に併合されたままだったのであり、〈大正〉を寓意する「私」は確かに〈韓国〉である「奥さん」と〈共生〉しつづけるからである。同時に『門』におけると同様に、『こゝろ』でも「奥さん」は寓意的には日本の帝国主義的欲望の対象としての〈韓国〉であると同時に、その欲望によって動かされてしまった〈日本〉自体でもある。そして『門』の宗助と御米が、日韓併合の不毛を暗示するように子供に恵まれなかったように、『こゝろ』の先生と「奥さん」にも子供は与えられていない。それを前提すれば、Kの悲劇の真相について「奥さんは今でもそれを知らずにゐる」（上十二）という「奥さん」の安穏さ、鈍感さは、国土を奪われた韓国民衆の痛みをそれとして実感しえない、日本の帝国主義の傲慢と無神経を示唆しているといえよう。だからこそ、そのことに眼を開かせるべく、「私」は遺書を公開するに至ったのである。「奥さん」に対する「私」の現在の眼差しが批判を含んだものであることは、「上二十」で「尤も其時の私には奥さんをそれ程批評的に見る気は起らなかつた」（傍点引用者）と記されていることからも推察される。

しかしこうした造形は一つの矛盾をはらむことになる。つまり「奥さん」がKの悲劇に無知である状態とは、日韓の併合関係が持続している、つまり二人が〈共生〉している段階に相当するのに対して、その真相を「奥さん」に知らしめるには「私」と彼女との距離が必要であるために、逆に「私」と「奥さん」の〈共生〉は否定されることになるからだ。漱石はこの矛盾にあえて解決をつけず、そのどちらにも引き寄せられるような造形をおこなっている。小森陽一が提示した仮説に対して賛否両論が生まれたのもそれと呼応しているといえよう。

けれども『こゝろ』に込められたこうした未来志向のヴィジョンにもかかわらず、大正期の日本は漱石の希求する方向に進んでいくことはなかった。確かに個人の意識的な次元では、「自由と独立と己れ」に対する志向が一般化していき、国家との合一を自明の前提とするような心性は退いていった。しかし国の方向性は明治という〈戦争の時代〉を超克することなく、帝国主義的な拡張の流れは、太平洋戦争の敗戦に至るまで終息することがなかった。『こゝろ』が完結した大正三年（一九一四）八月には、日本はすでに始まっていた第一次世界大戦に参戦し、〈大正〉も依然として〈戦争の時代〉でありつづけることが明らかになったのである。それを反映するように、つづいて書かれた『道草』（一九一五）『明暗』（一九一六）の晩年の二作では、漱石は未来志向的な着想を取らず、眼を過去の世界に転じることになる。『道草』では自身の経験を踏まえつつ、過去を象徴するかつての養父につきまとわれる人物に、『明暗』では恋人に去られた過去の地点に遡行していこうする人物にそれぞれ託す形で、漱石は現在に至る自己と日本の軌跡をあらためて問い直していくのである。

註

（1）小森陽一「「こころ」を生成する心臓《ハート》」（前出）、石原千秋「『こゝろ』のオイディプス――反転する語り」（『成城国文学』1号→『反転する漱石』青土社、一九九七）で、先生の死後に「奥さん」と「私」が結ばれる可能性が示唆され、それに対して三好行雄「〈先生〉はコキュか」（『海燕』一九八八・一一）「ワトソンは背信者か――『こころ』再説」（『文学』一九八八・五）、田中実「『こゝろ』という掛け橋」（『日本文学』一九八六・一二→『小説の力――新しい作品論のために』大修館書店、一九九六）などの反論が寄せられた。批判の焦点は、作品を論じながらその〈外側〉に属する事態を云々することができるのかという点にあるが、私自身はその姿勢自体に問題はなく、作品内の論理と整合しているからどうかだけが問われるべきだと考えている。この問題に対する私の観点は6節に述べたとおりである。

（2）『漱石研究』第6号（一九九六・五）における蓮實重彦、小森陽一、石原千秋による鼎談「『こゝろ』のかたち」。漱石作品論集成第十巻『こゝろ』（桜楓社、一九九一）における玉井敬之、藤井淑禎、浅野洋による巻末鼎談でも、浅野は「私」が語り手となっている現在が「近未来であってもちっともおかしくない」と発言している。また石原千秋の『『こゝろ』大人になれなかった先生』（みすず書房、二〇〇五）でも、『こゝろ』が「一種の「未来小説」（?）になっている」という指摘がある。

（3）松澤和宏『生成論の探求――テクスト　草稿　エクリチュール』（名古屋大学出版会、二〇〇三）所収の「『こゝろ』論（3）」（原題「『心』における公表問題のアポリア――虚構化する手記」『日本近代文学』第61集、一九九三・一〇）。松澤は「三十年後の五十代半ばに達した「私」が往時を回想しながら手記を綴っているという想定も不可能ではない」と述べている。

（4）田中実「『こゝろ』という掛け橋」（前出）。田中がここで主張する、『こゝろ』が「ポスト明治」へのメッセージであるという指摘は重要であり、そこからこの作品が様々に読み解かれていく可能性があると思われる。本論はその試みの一つである。いいかえれば古くからある、先生と「私」の関係を、漱石とその弟子たちの関係に還元してしまう読み方は、作品の世界を狭めてしまうことになるだろう。

（5）小森陽一の「「私」という他者性――『こゝろ』をめぐるオートクリティック」（『文学』一九九二秋）でも、「もとより「先生」とは、先に生まれた者の意である」という指摘がなされている。しかしここでは先生が「先」に生まれたものは、それだけ「きたなくなつ」た「年数」を重ねている」という意味で挙げられている。

（6）引用は岩波文庫『新訂　蹇蹇録　日清戦争外交秘話』（一九八三）による。なお三国干渉については、『蹇蹇録』の他に中塚明『日清戦争の研究』（青木書店、一九六八）、鹿島守之助『日本外交史』4（鹿島平和研究所、一九七〇）、白井久也『明治国家と日清戦争』（社会評論社、一九九七）などを参照した。

（7）絓秀実は「消滅する象形文字」（『新潮』一九八九・六→『日本近代文学の〈誕生〉――言文一致運動とナショナリズム』太田出版、一九九五）で、Kを、先生を支配する「King」であるとするとともに、漱石自身と重ね、本名の「金之助」との照応を見て取っている。絓も述べているように、宗教への傾斜や養子に出されている経験などにおいて、Kと漱石自身の軌跡は相互に符合する面があり。K＝金之助という等号を想定することに無理はないと思われる。本論では問題を複雑化しないために述べなかったが、Kの存在は明らかに先生の〈豊かさ〉に仮託された物質主義的な趨勢へのアンチテーゼでもあり、「岩崎」に象徴される明治期の功利主義社会に対峙しようとした漱石の心性が盛り込まれていることは否定しえない。その意味でおそらくKは「Korea――安重根」と「金之助」を融合させたイニシャルであろう。また渡部直己は『不敬文学論序説』（太田出版、一九九九）でKを幸徳秋水と結びつけ、高橋源一郎は『日本文学盛衰史』（講談社、二〇〇一）でKを石川啄木（幼少期の名前は工藤一）になぞらえている。

(8) ジェイムズ・A・フジイ「『こゝろ』における、死、帝国、そして歴史の研究」（『文学』一九九二秋）。

(9) 松澤和宏『生成論の探求――テクスト　草稿　エクリチュール』（前出）所収の「『こゝろ』論（1）」（原題は「沈黙するK――『こゝろ』の生成論的読解の試み」『文学』一九九三夏）。

(10) 外的な達成と内実の欠如の乖離からもたらされる〈淋しさ〉の感覚は、次作の『道草』（一九一五）にも引き継がれている。ここでは漱石自身をモデルとする大学教師健三が、養父であった男をはじめとして、周囲の人間に過剰に依存されるしがらみに苦しみながら、それを避けられない因縁を宿命のように受け取る姿が描き出されていた。たとえば健三は自分を頼りにする、生活力を欠いた兄や姉に接して「淋しい心持」（六十九）を覚えるのである。その基底には、「切り詰めた余裕のない生活をしてゐる上に、周囲のものからは、活力の心棒のやうに思はれて」（三十三）いるという、やはり見かけと内実の乖離が横たわっている。

(11) 桶谷秀昭は「自由と独立と己れ」が「明治の精神」の「一面」であり、それが他方では「自己本位」の精神の犠牲となり、寂寞に襲はれざるをえない」淋しさをもたらすと述べている（「淋しい明治の精神――『こゝろ』論」『文芸』一九七〇・一一→『明治の精神　昭和の心』學藝書林、一九九〇）。また三好行雄も「自由と独立と己れに充ちた時代」を「運命としてひきうけながら、なお、そのかなたに人間の耐えねばならぬ孤独と寂寞を知ってしまった精神」として「明治の精神」を捉えている（「『こゝろ』鑑賞」『鑑賞日本現代文学5　夏目漱石』角川書店、一九八四、所収）。こうした自己達成への志向と、それと背中合わせになった淋しさの両面性において「明治の精神」を捉える見方がある一方で、江藤淳は先生が「いわば、乃木大将のように、明治大帝のみあとをしたおうともした」ことが「明治の精神に殉死」したことの内実であると述べ、明治天皇――乃木大将の連繋によって形づくられる〈公〉の側面に引き付ける形で「明治の精神」を眺めている（「明治の知識人」『決定版夏目漱石』新潮社、一九七四、所収）。近年の把握では、むしろこの〈公〉的な次元で「明治の精神」を考える方が主流となっているようである。大澤真幸は、天皇の超越性が明治時代の日本人の心的構造を規定していた点で、「自己の選択が本源的に他者に媒介されている」ことが「明治の精神」の持つ構造であると述べている（「明治の精神と心の自律性」『日本近代文学』第62集、二〇〇〇・五）。また須田千里も「明治の精神」を「個」を乗り越えた「公」の精神だったと見ることができる」と述べている（『文学』増刊『明治文学の雅と俗』岩波書店、二〇〇一・一〇）。

(12) 小堀桂一郎「乃木希典と日露戦争――「明治の精神」を再確認する」（『正論』二〇〇四・一二）。

(13) 明治三八、九年の「断片」では「昔は御上の御威光なら何でも出来た世の中」（但し抹消）であったのが、「今は御上の御威光でも出来ぬ事は出来ぬ世の中」（圏点原文、但し抹消）となり、「次には御上の御威光だから出来ぬと云ふ時代が来るべし」（圏点原文）という予見が記されている。また講演「私の個人主義」（於・学習院、一九一四）でも「近頃自我とか自覚とか唱へていくら自分の勝手な真似をしても構はないといふ符徴に使ふやうです」と述べている。

(14) 柄谷行人「意識と自然」（『群像』一九六九・六→『漱石論集成』第三文明社、一九九二）。

(15) 小森陽一「「私」という他者性」（前出）。小森は「私」が先生の電報に込められた「決定的な「会いたい」という申し出を読みとれずにいた」ことが、先生を死へと追いやったという見方を示している。

(16) この先生と乃木の連関について丸谷才一は、「徴兵拒否者としての夏目漱石」（『展望』一九六九・六→『コロンブスの卵』筑摩書房、一九八八）で、「兵士たちを二〇三高地でさんざん戦死させたにもかかわらず生きつづけた乃木大将は、Kを死なせたにもかかわらず生きつづけた「先生」と相似形を作る」と述べているが、これは妥当な指摘であろう。

第八章

〈過去〉との対峙

――「道草」「明暗」と第一次世界大戦

1　持続する「軍国主義」

戦争と侵略の時代としての〈明治〉を葬り、新しい〈大正〉にそれとは異質な時代としての〈成熟〉を託した『こゝろ』（一九一四）の企図は、それにつづく事態の展開によって直ちに裏切られることになった。『こゝろ』の連載が終了した大正三年（一九一四）八月に日本は第一次世界大戦に参戦し、九月にはドイツが権益を持つ山東省に上陸して攻略を開始することによって、〈大正〉もやはり〈戦争の時代〉として続行していくことが明らかになったのである。夏目漱石はこの戦争にも強い関心を示し、大正五年（一九一六）初めに書かれた『点頭録』では、かなり長い論評をこの戦争に対して与えている。漱石はこの戦争を「軍国主義の未来」という観点から捉え、「信仰の為の闘ひとも、又意義ある文明の為の衝突とも見倣す事の出来ない此砲火の響を、自分はたゞ軍国主義の発現として考へるより外に翻訳の仕様がなかつた」という価値づけをおこなっている。具体的にはドイツによって標榜されている「軍国主義」に対して、「個人主義」を重んじるイギリス・フランスがどこまで抗しうるかという問題が漱石の関心を惹きつけているが、この軍国主義と個人主義の拮抗について『点頭録』の筆致は悲観的であり、ドイツの侵攻によってイギリス・フランスも軍国主義へと牽引されていく状況に対して、「自分は独逸によつて今日迄鼓吹された軍国的精神が、其敵国たる英仏に多大の影響を与へた事を優に認めると同時に、此時代錯誤的精神が、自由と平和を愛する彼等に斯《か》く多大の影響を与へた事を悲しむものである」と述べられている。

ここで漱石がドイツの方向性に対して「時代錯誤的精神」という評価を与えていることは興味深い。『こゝろ』の先生のおこなった「殉死」的な自死はまさしく「時代錯誤的精神」の所産であり、その「錯誤」

の根底にあるものが「軍国主義」であったことが、この文脈によって傍証されているからである。そして日本も日英同盟を盾に取りつつこのヨーロッパで勃発した戦争に加わることによって、大正の時代においても「軍国主義」が息づいていることを露呈することになった。すなわち漱石の希求とは裏腹に、明治の軍国主義は過去のものとして葬られたのではなく、新しい時代においてもしぶとく生きつづけていることが明らかになったわけだが、『こゝろ』の後に書かれた『道草』(一九一五)『明暗』(一九一六)の二作を貫く主題は、まさに容易に死ぬことなく生命を保っている〈過去〉との対峙にほかならない。[1]『道草』では縁を切った過去の象徴である養父が、金の援助を求めて大学教師の健三につきまといつづけ、その接近と要求を健三は斥けることができない。『明暗』の主人公津田は、突然自分の元を去っていった恋人の存在が脳裏を離れず、その仲を取りもった会社の上司夫人の促しもあって、その過去に遡行していくように、温泉場に赴いて彼女との再会を遂げるのである。

なかでも自伝的性格の強い『道草』は、葬ったはずの〈過去〉が現実には葬られておらず、〈現在〉の傍らにわだかまりつづけるという感覚を強く打ち出している点で、前作の『こゝろ』に込められたヴィジョンをみずから相対化する意味を帯びている。『こゝろ』では漱石の未来志向的な眼差しによって理念的に仮構された、時代の転換が主題化されていたが、『道草』はより現実的な意識によって、過去と現在の連続性の強固さが、健三と養父島田との関係を軸として形象化されているのである。ただし人物の関係に託された時代的な図式性は、『こゝろ』における先生――私の関係から、いわば一代前にずらされている。『道草』における健三――島田の関わりは、明らかに近代――前近代の関係の暗喩となるからだ。したがって『道草』でなされているものが、明治の「軍国主義」が次代に持ち越されていくという感慨の直接の表出であるわけではない。けれども時代の推移の軸を一代前にずらして描き出される〈過去〉の残存の光景は、それまでの作品と同じく主人公によって寓意される〈明治日本〉を彩った要素が、容易に消失することなく生き延びていくであろうことをほのめかさずにいないのである。

健三が〈明治〉の寓意であることは、端的にその輪郭が『行人』の一郎と近似していることによっても確かめられる。一郎は明敏な頭脳を持つ学者でありながら、つねに「こんな事をしてはゐられない」（「塵労」三十二）という焦燥のなかに過ごさねばならない人間であり、〈現在〉を閑却して〈未来〉を過剰に志向しがちになる彼の意識は、講演「現代日本の開化」（一九一一）で、西洋人が百年をかけて達成した事業を、たかだか四、五十年の間になし遂げようとして「神経衰弱」に陥っていると語られる日本人全体の意識と照応していた。第六章で見た三浦雅士の指摘[2]にあるように、一郎の焦燥が漱石の近代批判の寓意化であることは明らかだが、『道草』の健三はこの一郎の焦燥を引き継いだ地点で生を送っている。健三は一郎と同じ大学教師であり、また一郎と同様に「仕事をするよりも、しなければならないといふ刺戟の方が、遥かに強く彼を支配して」（二）おり、「自然彼はいら〳〵しなければならなかつた」（二）という状態で日々を過ごしている。そして周囲の人間に対して自己を差別化する意識も一郎を反復しており、妻の御住に対しても「教育が違ふんだから仕方がない」（三）という論理によって、彼女との間に生じがちな齟齬を塗り込めようとするのである。

ただ『行人』との明確な差異をなすのは、一郎が露わにするような自己絶対化への志向を健三が有さないことで、彼のなかにもある優越意識は基本的に周囲との相対的な力関係のなかで生じている。すなわち養父をはじめとして兄、姉、岳父といった人びとはいずれも現在落魄した境涯にあり、健三はこうした周囲の近親者たちに当てにされ、「活力の心棒のやうに思はれて」（三十三）いる。それによって『こゝろ』の先生について見た、外的な達成と内実の欠如の乖離がもたらす〈淋しさ〉の感覚が健三にももたらされている。彼は自分の地位や生活がさして恵まれたものであるとは思われないにもかかわらず、「自分のやうなものが親類中で一番好《よ》くなつてゐると考へられるのは猶更情なかつた」（三十三）という感慨を覚え、生活力を欠いた姉の姿に「淋しい心持」（六十九）を抱かされたりするのである。しかし『こゝろ』とは逆に『道草』では、健三は感情的には孤独を覚えながら、人間関係においてはむしろ〈独り〉にしてもらえない他者との関わりを担わされつづける。健三の近親者たちは、彼の経済生活を現実的に浸食する力として作用するのであり、とりわけ島田との関係が尾を引きつづける状況は、〈明治〉的なものが持続していき、時代の刷新がなかなか達成されない大正初期の状況と呼応する形で、過去の清算し難さという主題を強く浮上させることになるのである。

2 〈遠さ〉の両義性

主人公をめぐる粘着的な人間関係に、時代間の連続性を重ね合わせる『道草』の構築において注目すべきなのは、叙述される出来事が漱石自身の経験を踏まえながら、そこに巧みな圧縮が施されていることである。すなわちこの作品の冒頭で健三は、イギリスを示唆する「遠い所」（一）から帰り、「駒込の奥に世帯を持つ」（一）て間もない頃に、島田の接近を受けるが、伝記的な事実としてはイギリスから帰国した漱石が駒込千駄木に居を構えたのが明治三六年（一九〇三）三月であるのに対して、妻の夏目鏡子の回想によれば、養父塩原昌之助が漱石の元に近づくのは三年後の明治三九年（一九〇六）の春頃であった。[3]容易に推察されるように、塩原が漱石に接近したのは、『吾輩は猫である』（一九〇五〜〇六）の評判によって漱石が作家として手にしたであろう経済的な余裕を当てにしてのものであった。鏡子も復縁を求める塩原に対して「お金を目あての言ひがかりでせう」と語っているが、現実に明治四二年（一九〇九）三月から一一月にかけて、塩原は漱石に対して金の無心を繰り返しおこない、『道草』の終盤にも描かれているように、漱石は塩原との関係を絶つために手切れ金を支払わねばならなかった。この六年余りにわたる出来事の経緯が、『道草』では一年弱の展開として圧縮して叙述されているのである。

この虚構によって展開の緊密度が高められるだけでなく、健三の帰国と島田の接近の時間を重ね合わせることによって、〈遠く〉なったはずの過去の精算し難さが強く前景化されることになる。健三が「帰つて」来る前にいた場所が、曖昧な形でしか示されないのも、この二つの出来事を重ね合わせる造形と照応している。あらためて引用すれば、作品の冒頭部分は次のような叙述で始まっていた。

健三が遠い所から帰つて来て駒込の奥に世帯《しよたい》を持つたのは東京を出てから何年目になるだらう。彼は故郷の土を踏む珍らしさのうちに一種の淋し味さへ感じた。

彼の身体《からだ》には新らしく後《あと》に見捨てた遠い国の臭がまだ付着してゐた。彼はそれを忌んだ。一日も早く其臭を振ひ落さなければならないと思つた。さうして其臭のうちに潜んでゐる彼の誇りと満足には却つて気が付かなかつた。（一）

この叙述で特徴的なのは、過去から現在に至る健三の居場所を示す固有名が「駒込」に限られ、帰還するまで身を置いていた空間が「遠い所」「遠い国」という、抽象度の高い普通名詞によって表現されていることである。あえてイギリスという固有名を伏せて曖昧な〈遠さ〉によって過去の居場所を提示するところに作者の戦略がある。すなわち「駒込」が、健三の生きている現在の日本の居場所を示す記号であるのに対して、「遠い所」は決してイギリスに限定される地点ではないからだ。これまでも健三が帰還してくる「遠い」場所が帯びている多義性について、越智治雄はこの「遠い所」の在り処として「むしろ、漱石が修善寺の三十分の死を過して遠い時空のあわいからまさに帰って来たことをこそ想起するほうがよい」と述べ、漱石が死に隣接した地点から〈帰還〉してきたことの反映を見て取っている。[4] けれども『道草』を執筆している漱石は、胃潰瘍による数度の病臥をはじめとする身体の衰弱のなかにあり、遠からぬ自己の人生の帰着点を視野に入れていた。同じ大正四年（一九一五）に書かれた『硝子戸の中』で漱石は、「不愉快に充ちた人生をとぼ〳〵辿りつゝある私は、自分の何時か一度到着しなくてはならない死といふ境地に就いて常に考へてゐる」と記しているのである。したがって漱石が自己を投げかけて描出している健三に、〈死〉からの離脱と〈生〉への帰還が託されているとは見なし難い。

一方江藤淳は「健三が「遠い国」から帰って来たように、このとき漱石は明治時代という過去から、大正時代という現在に身を投じていたということです」という指摘をおこない、表現の表層における空間的な〈遠さ〉に、時間的な距離の含意を見ている。[5] この視点自体は的確だが、むしろ〈明治〉と〈大正〉が容易に〈遠く〉ならないところにこの作品のモチーフが存在している。そしてこの〈遠く〉なったようでその距離が拡大していない相手とは、〈大正〉にとっての〈明治〉であると同時に、健三にとっての養父島田にほかならない。健三が養家から「帰つて来て」以降の「十五六年」（一）の時間の経過によって、そこが「遠い所」となっているという感覚が、叙述の下層にすべり込まされている。一方作中の展開はこの〈遠さ〉をなし崩しにする形で進行していくのであり、最初の章で早くも「縁を切つた」（一）はずである養父島田と再会する場面が現れるのである。

このかつての居場所からの空間的、時間的な〈遠さ〉を提示しつつ、それが崩されていくアイロニーを明確化するために、健三の帰国と養父の接近を近接した時間のなかに置く提示がなされていたといえよう。そしてイギリスとの距離を時間的に援用する形でほのめかされる養家との〈遠さ〉は、明らかに大正四年という執筆の時間から括り出されたものである。漱石がこの自伝的作品を、塩原昌之助との交渉が収束した約六年後に執筆したのは、『こゝろ』と同じく時代の転換をモチーフとしているからであり、大正という新しい時代が始まることで〈遠さ〉を増すことになったはずの〈前近代〉が、にもかかわらず〈死ぬ〉ことなく傍らで生きつづけているという感慨が、主人公と養父の関係の基底に込められている。

けれどもそのように眺めた場合、さらにアイロニカルなのは、この決着をつけるべき過去の居場所への密かな執着が、叙述に漂わされていることだ。引用した冒頭部分の「遠い所」「遠い場所」は〈イギリス〉を示唆していながら、その時点で「遠い」過去の居場所となった養家へと反転していく両義性をはらんでいたが、とくに第二段落の記述は、後者の含意により強く引き付けられる色合いを帯びている。「彼の身体《からだ》には新らしく後《あと》に見捨てた遠い国の臭がまだ付着してゐた。彼はそれを忌んだ。一日も早く其臭を振ひ落さなければならないと思つた」という過去の居場所が〈イギリス〉である蓋然性は決して高くなく、むしろ「忌んだ」と記される忌まわしさを喚起することになる対象は島田にほかならない。そしてそれ以降の展開において、健三が忌み、その影を「振ひ落さなければならない」相手としての島田が浮び上がってくるのである。漱石自身の帰国後の姿においては、彼がイギリスの「臭」を「振ひ落」そうとしていた形跡は希薄である。帰国後一高と東京帝大で教鞭を執り始めた漱石は、フロックコートを隙なく着込み、胸元には白いハンカチを覗かせ、両端の跳ね上がったカイゼル髭を生やした、典型的な洋行帰りのハイカラな紳士の風体で学生の前に姿を現している。『道草』の叙述においても、健三は「黒い髭を生《はや》して山高帽を被つた」（一）と記される、明らかにイギリスに当たる「遠い国」の「臭」を漂わせた姿によって輪郭づけられているのである。

一方で漱石が留学中の強い違和感から〈イギリス嫌い〉を標榜していたこともよく知られている。にもかかわらず漱石は膨大な英文学の作品を読み込み、小説家となってからもしばしば作品の源泉をそこから得ていた。留学先としてのイギリスの「臭」を遠ざけようとしつつ、同時にそこに「誇りと満足」を無意識の内に感じ取ってそれを自身の出で立ちや社会的活動に表出するアンビヴァレンスは、漱石自身と主人公の造形の両方に見出される。そしてそのアンビヴァレンスを、〈遠く〉なった過去の居場所としての養家の側に反転させれば、そこから離脱した「淋しみ」と相俟って、忌むべき場所であるはずの養家に対して、それとは逆行する執着を抱く健三の姿が浮上してくるのである。これまでもたびたび描かれてきたように、漱石の作品では人物が自己の自覚しえない無意識的な欲望や志向に動かされた行動を取ることが珍しくない。島田との関係においても、その接近は健三にとって喜ばしいものではないにもかかわらず、彼は養父を一方的に斥けるわけではなく、「絶交しやうと思へば何時《いつ》だつて出来るさ」（五十六）という言葉に御住が「然し今迄付合つた丈《だけ》が損になるぢやありませんか」（五十六）と反駁すると、「そりや何の関係もない御前から見れば左《さ》うさ。然し己《おれ》は御前とは違ふんだ」（五十六）という自己の内面の複雑さを主張する。島田と縁を切るための百円を支払う際にも、健三は「遣らなくても可いのだけれども、己《おれ》は遣るんだ」（九十八）という矛盾をはらんだ明言を御住に向かっておこなっている。

「世の中に片付くなんてものは殆どありやしない」（百二）という感慨に健三が捉えられるのも、遠ざけるべき相手を受容してしまう側面を彼が無意識のうちにはらんでいるからにほかならない。それは寓意の次元に置き直せば、捨象すべき前時代の悪しき残滓に対する執着が持続することによって、時代の皮肉な〈連続性〉がもたらされるということである。漱石自身は個人の生命と国家、共同体の存在を、ともに通時的な連続性のなかで重ね合わせる傾向を持ちながら、それに逆行する形で、江戸から明治、明治から大正への時代の刷新を希求していた。にもかかわらず、時代の性格が容易に変わりえないものであることを、第一次世界大戦への日本の参戦を機に漱石は実感させられることになった。それを物語るように「四十六」章には「過去の眼に映じた此老人は正《まさ》しく過去の幽霊であつた。また現在の人間でもあつた。それから薄暗い未来の影にも相違なかつた」と語られ、「過去の幽霊」が現在から未来への時間的な展開において、主体の傍らにとどまりつづけるというイメージが提示されているのである。

その「過去の幽霊」である存在が、今生きている人間の元を訪れるという構図は、『道草』で初めて姿を現したものではない。以前述べたことがあるように、(6) それがより生々しい形象として描出されるのが『夢十夜』(一九〇八)の「第三夜」である。ここで夜道を行く「自分」の背に負ぶさって、「自分」に「百年前」に殺されたと告げる盲目の子供にはいくつかのイメージが折り重ねられているが、その一つとして想定されるのが養父の塩原昌之助である。『夢十夜』が書かれたのは明治四一年(一九〇八)であり、先に見たようにこの年は夏目家に復籍することで縁を切り、〈殺した〉はずである養父塩原が、金銭的な援助を求めて漱石に接近しつつある時期であった。〈死んで〉いながら自分につきまとって離れない養父の存在が、自分の背中に取り付きつづける盲目の子供のイメージに流れ込んでいることは否定し難い。(7) 前段落で引用した、島田が「過去の幽霊」であり「現在の人間」であり、また「薄暗い未来の影」であるという記述にしても、「第三夜」に含まれる「其小僧が自分の過去、現在、未来を悉く照して、寸分の事実も洩らさない鏡の様に光つてゐる」という一行との照応性を示している。そして『夢十夜』が書かれた七年後に、塩原昌之助は転換していくようで転換していかない時代の負の連続性を表象する存在としてあらためて召喚され、作中人物としての生命を付与されることになったのである。

3　狭間としての〈明治〉

『夢十夜』「第三夜」の盲目の子供と比べれば現実的な様相のなかに姿を現す『道草』の島田も、〈死んだ〉はずの人間が生きつづけているという不気味さを漂わせて作中に導き入れられている。「一」章で「十五六年」ぶりで再会した島田は、次のような像によって健三の眼に捉えられている。

彼〔健三—引用者注〕の位地も境遇もその時分から見ると丸で変つてゐた。黒い髭を生《はや》して山高帽を被つた今の姿と坊主頭の昔の面影とを比べて見ると、自分でさへ隔世の感が起らないとも限らなかつた。然しそれにしては相手の方があまりに変らな過ぎた。彼は何《ど》う勘定しても六十五六であるべき筈の其人の髪の毛が、何故《なぜ》今でも元の通り黒いのだらうと思つて、心のうちで怪しんだ。帽子なしで外出する昔ながらの癖を今でも押通してゐる其人の特色も、彼には異な気分を与へる媒介《なかだち》となつた。　（一）

再会した養父島田の、かつてと「あまりに変らな過ぎ」る姿の根拠として、「何《ど》う勘定しても六十五六であるべき筈のその人の髪の毛」が、「元の通り黒い」ことが挙げられているのは、この人物が現実の時間を超えて生きうる存在であることを示唆している。それは『夢十夜』「第三夜」の子供が、〈殺され〉てからも「百年」の時間を生きうることと照応しているが、ここで島田が「帽子なし」の人物として登場することが、彼の不気味な生命力と連繋していることは容易に察知される。それは彼の〈不死性〉を証す部分を露わにするための条件をなすとともに、ややうがった見方をすれば、それは彼の〈自然〉に密着した生存の原理を暗示するものとも受け取られる。つまり島田の欲求に対する率直さは、それに歯止めを掛ける倫理的な力が彼のなかで作動していないことをうかがわせている。そして樋口覚が『日本人の帽子』（講談社、二〇〇〇）のなかで指摘する(8)ように、帽子が文明化の象徴であるとすれば、それは可視化された社会的秩序の暗喩でもあり、またフロイトの自我の構造における「超自我」の記号化であるともいえる。超自我は人間の意識層にいわば「帽子」のようにかぶさって抑圧を与える部位にほかならないが、島田はこの「帽子」すなわち〈文明人〉としての倫理的な規範から解き放たれて、より直接的な〈自然〉の要求にしたがって行動する存在として位置づけられている。彼の生命力のしぶとさも、そこからもたらされているといえるだろう。

この島田の輪郭に見られるように、『道草』の造形の論理を特徴づけるのは、前近代の残滓が容易に死なずに、近代のなかに食い込んでいるという図式が反復されながら、その死んでいかないものの存在に、より生々しい存在感が付与されていることである。一方ここでは国内の時代的転換に主眼が置かれることによって、『こゝろ』まで繰り返しなされてきた、日本の東アジア諸国に対する帝国主義的な姿勢の寓意化はほとんど見出されない。そのためそれまで韓国（朝鮮）を象る存在とされがちであった主人公の妻が、別個の暗喩性を帯びて現れている。つまり健三の妻の御住は、むしろ島田に近似した様相において描出されているのである。たとえば「五十四」章で出産前の大きなお腹を抱えて「打つとも蹴るとも勝手にしろといふ態度」を示す御住に対して、健三は「詰りしぶといのだ」という感慨を覚えるが、この「しぶとい」という属性が、健三が島田から受け取るものでもあることはいうまでもない。また島田が文明化の象徴としての帽子をかぶらないことによって、それに馴致されない〈自然〉の欲望をはらんで健三に近づいてくるように、御住がしばしば起こすヒステリーの発作についても、「自然は緩和剤としての歇斯的里《ヒステリ》を細君に与へた」（七十八）と記され、彼らを接近させるものが「自然」の力の発現であることが示唆されている。そして御住に対して健三が「教育が違ふ」(三) 人間として軽侮の眼を向けようとするのも、島田と同じく彼女が〈教育——文明〉の外側に生きる存在であることを物語っているのである。

重要なのは、もちろん〈教育——文明〉の体現者としての健三が、軽侮の対象とする島田や御住の「自然」を凌駕することができず、逆にそれに強い圧迫を蒙っていることだ。この作品における御住自体は決して前近代の暗喩をなすわけではなく、理性的主体を任じようとする健三が統御しえない他者性によって彩られている。むしろ彼女のはらむ「自然」への近しさやその〈しぶとさ〉が島田の輪郭に合流することによって、前近代のしたたかな生命力が前景化されているのである。金の無心に訪れる島田を健三は排除することができず、御住に対しても「女だから馬鹿にするのではない。馬鹿だから馬鹿にするのだ」(七十一) と言いながら、その「論理《ロジック》」(七十一) は御住を圧倒することができず、「彼等は斯《か》くして円い輪の上をぐる〳〵廻つて歩いた」(七十一) という拮抗関係がつづいていくのである。

したがって、これまで帝国主義的な侵攻の時代として主人公の表象に託されてきた〈明治〉は、ここでも健三の「黒い髭を生《はや》して山高帽を被つた今の姿」(一) に象徴される〈西洋化〉の時代として寓意されながら、内実としては「教育」や「論理《ロジック》」に比重がかけられることによって、「自然」の含意を加味された〈前近代〉のしたたかさの前に萎縮していきがちな存在として捉えられている。その結果前作の『こゝろ』で明治天皇——乃木大将との連繋のなかで荘厳化されつつ葬られようとした〈明治〉は、この作品ではより現実的に、次代の出現によって居場所を失い、衰滅していかねばならない存在として捉え直されている。見逃せないのは、『こゝろ』で先生の若い「私」に対する信任として現れていた、明治から大正への進展に相当するものが、『道草』においても表象されていることだ。すなわち御住が新たにもうけた子供は、作品の設定では明治年間に生まれていながら、漱石の造形意識においてはむしろ新しい時代である〈大正〉の照応物として位置づけられている。たとえば赤ん坊の誕生に際して、健三は次のような漠然とした感慨を抱いている。

出産率が殖えると死亡率も増すといふ統計上の議論を、つい四五日前ある外国の雑誌で読んだ健三は、其時赤ん坊が何処《どこ》かで一人生れゝば、年寄が一人何処《どこ》かで死ぬものだといふやうな理窟とも空想とも付かない変な事を考へてゐた。

「つまり身代りに誰かゞ死ななければならないのだ」（八十九）

作中において三十代である彼が、ここで自分が直接赤ん坊の「身代り」となって死んでいくことを想到しているわけではない。むしろ「身代りとして最も適当な人間」（八十九）として島田が想定されているが、先に引用した『硝子戸の中』の記述にも見られたように、健三に自己を投げかけてこの作品を執筆している漱石が、さほど遠方にあるわけでもない自身の死を意識していたことは失念しえない。その意味で死にゆく者として想定されている島田は、いわば〈身代りの身代り〉である。そして『こゝろ』で提示された、若い「私」が先生に代わって大正という新しい時代を生きていくという、肯定的なヴィジョンはそこから徹底的に剥奪されている。新しく生まれた赤ん坊は、健三にとって「恰好の判然しない何かの塊」（八十）と表現される、不定形の生命体であり、その「気味の悪い感じ」（八十）において、明確に島田との類縁をはらんだ存在にほかならない。

ここには新しく始まった大正という時代に対する、『こゝろ』とは対蹠的な認識が込められているといえよう。『こゝろ』においては、未来に想定される虚構の地点に語り手の「私」を置き、そこで明治とは異質な〈成熟〉を獲得しているであろう眼差しによって、明治の歩みが総括されるという構想が取られていた。

しかし第一次世界大戦への参戦によって、〈大正〉も〈明治〉と同質の時代として展開していくであろうことが見えてくるのに応じて、この未来志向のヴィジョンは修正されざるをえなくなる。現実的な眼で眺めれば、〈大正〉は未だ生まれたばかりの「恰好の判然しない」時代にすぎず、同時に明治を生きてきた人間にとっては、もはや自分の時代が終焉しているという事実を突きつけてくる他者であった。そしてこの〈島田――前近代〉と、〈赤ん坊――大正〉に挟まる形で、健三に仮託された〈明治〉は『こゝろ』の先生のように「殉死」を遂げることもできず、自己の居場所を失いつつ、新時代の「身代り」としての衰滅を辿るしかない。こうした身の置き所を持たないとまどいは、赤ん坊の誕生後に語られる、健三の幼少期の挿話にも表出されている。実家と養家の間を行き来することで、自分の居場所を見出しかね、「健三は海にも住めなかつた。山にも居られなかつた。両方から突き返されて、両方の間をまご〳〵してゐた」（九十一）と語られる状況は、あくまでもかつてのものとして提示されていながら、それが赤ん坊が生まれた後の章に置かれることによって、健三の現在を表象するイメージとして浮び上がってくるのである。

4　起源の曖昧さ

『道草』で繰り返し現れる、健三の行為が日常的な具体性を欠いた叙述のなかで提示される表現も、こうした健三の位置づけと響き合っている。すでに指摘されているように、この作品では「彼は明日の朝多くの人より一段高い所に立たなければならない憐れな自分の姿を想ひ見た」（五十一）や「彼は又宅《うち》へ帰つて赤い印気《インキ》を汚ない半紙へなすくり始めた」（九十七）といった、具体性を意識的に希釈した表現が、しばしば健三の行為に対して与えられる。前者は教壇に立って講義をすることであり、後者は試験答案の採点をすることであることが明らかであるにもかかわらず、その具体的な内実が明示されないこうした表現について、清水孝純は修辞学における「迂言法《ペリフラーズ》」の援用によって、それが「〈意味〉を見失ったままいわば〈ペネロピーの仕事〉を続けて行かざるをえない存在の悲惨さであり哀れさ」であるものを暗示する機能を担っていると述べている。(9) これは妥当な解釈だが、健三に自身の社会的行為の「〈意味〉を見失」わせている動因に対する考察はなされていない。当然「不条理」といった言葉が挙げられているが、むしろそれは健三が前後の時代に挟まれて、「両方の間をまご〳〵」しなくてはならない、明治という時代の表象であることによってもたらされている側面が強いといえよう。

　つまりここで健三は教師としての日常を送りながら、その教師としての社会的行為の意味を剝奪されつつ生きているのであり、いいかえれば健三は教師として存在していると同時に存在していないのである。けれども健三は講義ノートの作成に心血を注ぐ熱心な教師であり、学生にその価値を否認されているわけでもない。彼の教師としての存在の希薄化は、あくまでも叙述の次元でなされているのであり、それは明らかに彼に担わされた〈明治〉という、すでに〈死んだ〉時代の位相と呼応している。しかし逆にいえば、健三に託された〈明治〉が、すでに過ぎ去っていながら未だに命脈を保っているということでもある。そこに時代の連続性に対する認識とともに、〈明治人〉としてみずから〈大正〉という新しい時代を生き延びている漱石の生活者としての感覚が込められてもいる。そして同一化の地平を失う形でその生を持続させていきつつ、〈明治〉としての健三はあらためて過去に遡行していくことで、自己の起源を探っていこうとするのである。

　そこではもちろん養父島田との再会が、彼にその探索を促す動因として働いているが、自身の通時的な起点に養父という〈偽の起源〉をしか見出せないことが、一層彼の現在の実存を朧化させ、「然し今の自分は何《ど》うして出来上つたのだらう」（九十一）という疑念を抱かせている。健三が経験した二つの居場所の一方として挙げられているものの、実家への言及はほとんど姿を見せず、とくに島田と再会して間もない前半の記述においては、健三の意識が遡及していって出会う先は、あくまでも同一化を拒む他者でしかない。たとえば健三は島田に直接出会う前に、その代理人である吉田と面会するが、「十五」章では、それ以降「幼時の記憶が続々湧いて来る事があつた」にもかかわらず、個々の記憶の内に「必ず帽子を被らない男の姿が織り込まれてゐるといふ事を発見」している。にもかかわらず「斯《こ》んな光景をよく覚えてゐる癖に、何故《なぜ》自分の有《も》つてゐたその頃の心が思ひ出せないのだらう」という、自己の起源が空虚化している感覚を覚えるのである。また「三十八」章でも、過去に遡及していく健三の意識は「大きな四角な家」と出会い、近所の池で釣りをした経験を喚起するものの、その末尾にはやはり、「彼には何等の記憶もなかつた、彼の頭は丸で白紙のやうなものであつた。けれども理解力の索引に訴へて考へれば、何《ど》うしても島田夫婦と共に暮したと云はなければならなかつた」と記され、やはり自己の起源の空白感と、それをかろうじて補塡するものとしての養父母の存在が並置されているのである。

この章に記される、健三が池に投げ込んだ糸を引く「気味の悪いもの」は、この作品で変奏されていく不気味な他者存在の原型をなすが、その感触が幼少期の共棲者としての「島田夫婦」の上に転移されるものであることはいうまでもない。そしてこの自己の起源へと遡行していこうとすると、その起源がとめどもなく曖昧化していき、不気味な他者がそこに浮上してくるという構図が、漱石の捉える日本の〈近代日本〉のイメージであることは明らかだろう。日本の開化が「外発的」な形でおこなわれたと考える漱石の思考の基底には、そもそも鎖国のなかに二百三十年間まどろんできた日本が国を開き、西洋列強による脅威のなかで近代化の歩みを始めた経緯自体が、「外発的」あるいは他律的な転換であったという認識がある。それはこれまでも引用した、対英中の明治三四年（一九〇一）三月一六日の日記にある「日本ハ三十年前ニ覚メタリト

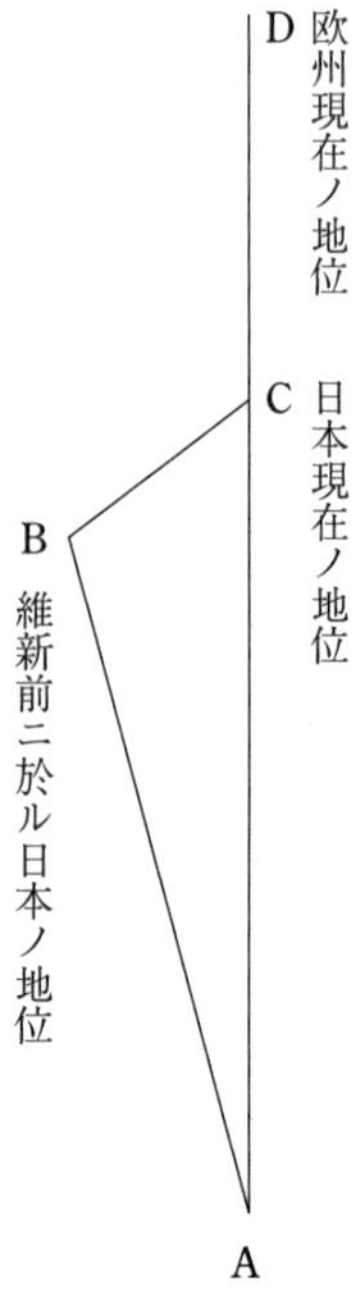

云フ然レドモ半鐘ノ声デ急ニ飛ビ起キタルナリ其覚メタルハ本当ニ覚メタルニアラズ狼狽シツヽアルナリ」という記述からもうかがわれる。西洋列強の恫喝的な接近によって「狼狽」のうちに国を開き、西洋の植民地にならないためにみずからを〈西洋化〉していくという道を選択することによって、近代日本は起源的な同一性を曖昧にするとともに、江戸時代からの連続性をみずから絶つことになった。

『文学論ノート』でも漱石は右のような図によって、維新の際に起きた重大な転換を表現している。見逃せないのは、この図においてABを延長した先が空白になっているように、AC間も実は〈破線〉として示されるべき空白部分であることで、「欧州」を追随してCからDに向かおうとしている日本の近代化は、遡行していけばこの空白部分に遭遇せざるをえない。しかも皮肉なことに、漱石は一方では意識の通時的な連続性に人間の生命の根拠を求め、その連続性を個人から国家、共同体に敷衍していこうとする思考の持ち主であった。多くの主人公が〈近代日本〉の寓意として現れるのはそのためだが、引用した「然し今の自分は何《ど》うして出来上つたのだらう」という自問の言葉にしても、「自分」を「日本」に容易に置き換えることのできる響きを持っている。そしてこの自問にも見られるように、主人公が自己の起源に眼を向けようとすると、必ずそこには曖昧な因果性が浮上してきてしまうのである。

処女作の『吾輩は猫である』の冒頭で、「吾輩」が「どこで生れたか頓と見当がつかぬ」（一）と語っていたのも、第一章で見たように彼が〈近代日本〉を表象する側面を持つことを念頭に置けば、まさにその起源的な曖昧さを暗示することになる。また〈戦う者〉としての『坊つちやん』（一九〇六）の主人公は、現実の親がそうではないにもかかわらず、「親譲りの無鉄砲」（一）に導かれた行動を重ね、『門』の宗助は禅寺で与えられた「父母未生以前」（十八）という公案に難渋しなくてはならない。そして『道草』の健三は、自身の生の起点に不気味な他者しか見出すことができないのである。明治三九年の「断片」では「自己ハ過去ト未来ノ一連鎖ナリ」という漱石的な時間意識が示されたのにつづけて、「自己ノウチニ過去ナシト云フハ吾ニ父母ナシト云フガ如シ」という記述が見られる。ここではあくまでも個人の実存の問題として「父母」に比定される「過去」の重要性が述べられているが、九年後の創作において漱石は、「現在」の衰滅に呼応する形で起源としての「過去」を曖昧化し、文字通り「父母ナシト云フガ如」き状態を、主人公と彼に仮託される〈明治日本〉の両方に仮構しているのである。

5 『坊つちやん』から『明暗』へ

主人公の意識が過去に遡行していくのに併せて、近代日本の起点をあらためて追尋していこうとする着想は、遺作となった『明暗』にも引き継がれている。ここでは主人公津田は、恋人であった清子に突然去られた後、お延と結婚したものの、清子を失ったことへのこだわりから断ち切られず、その地点に遡行していくように温泉場に赴いて彼女と再会する。現在の自己を規定している地点に遡行していこうとする志向は健三よりも明瞭だが、重要なのは津田にとっての起源的な地点が、健三のように自身の幼少期にまで遡らないことで、津田はむしろ時間的には近接した過去に立ち帰ろうとする。そしてこの主人公のおこなう過去への遡行が、『道草』と違った形でやはり近代日本の軌跡を辿り直す比喩性を帯びているのである。

すなわち自分が〈得る〉はずであった貴重な存在を、その手前で失ってしまうという津田の過去は、これまでも繰り返し表象されてきた、日清戦争直後の三国干渉の寓意化であり、ここではその対象に「清子」という名前が与えられることによって、その含みが示唆されている。[10] もともと津田に対する清子の変心は「精神界も同じ事だ。精神界も全く同じ事だ。何時《いつ》どう変るか分らない。さうして其変るところを己《おれ》は見たのだ」（二）と、自身の肉体に生じうる変容になぞらえて追想するように、予期しえない態度の急変として捉えられている。それは『こゝろ』における「平生はみんな善人なんです。少なくともみんな普通の人間なんです。それが、いざといふ間際に、急に悪人に変るんだから恐ろしいのです」（上二十八）と先生によって語られる、叔父の振舞いの急変とも照応している。前章で見たように、この出来事が寓意していた三国干渉は、何よりも信頼していた相手が、掌を返したように冷淡な態度を取りうることを日本人に教える経験であった。

そしてその後のお延との結婚は、やはりこれまでの作品で反復されてきた日韓併合を象っている。「お延」という名前も、併合された朝鮮が日本の国土の〈延長〉となっている状態を示していると見なすことができる。そうした形でここでは『坊つちやん』から『こゝろ』に至る作品の系譜が映し出してきた、日本の帝国主義的侵攻の問題が再び前景化されているのである。その背後にはもちろん、二年前に勃発し、日本も参戦することになった第一次世界大戦が横たわっている。日本がこの大戦に加わることになったのは、日英同盟によってイギリスの要請を受けたことによるが、日本はそれを「千載一遇」の機会として捉え、現実には極東地域におけるドイツ勢力を駆逐し、日本の国際的地位を高めるべく山東半島に兵を送ることになった。[11] 日本は大正三年（一九一四）八月二三日の宣戦布告の後、八月二七日には膠州湾を封鎖し、一一月七日には膠州湾に面する青島のドイツ軍要塞を陥落させた。そして翌大正四年（一九一五）一月には、日本は山東省の統治に関する条項、満蒙における日本の権益に関する条項などによって成る、いわゆる二十一カ条要求を中国に対して突きつけた。中国は最終的に日本人顧問の招聘に関わる第五項を除いて、その条項をおおむね受け入れたものの、この日本の振舞いは中国国内のみならず国際的にも強い反撥を引き起こすことになった。『明暗』が執筆された大正五年（一九一六）には日本の軍事行動自体は収束していたものの、ヨーロッパにおける戦いは依然持続していた。この情勢について漱石が『点頭録』でドイツの「軍国主義」とイギリス・フランスの「個人主義」の戦いとして捉え、前者が優位性を保っていることを憂慮する見解を披瀝していたのは、この章の始めに紹介したとおりである。もちろんドイツが標榜している「軍国主義」が日本において勢力を弱めていったわけではなく、大正五年七月には同盟国となっていたロシアとの間に第四次日露協約が結ばれ、第三国による中国支配を防ぐための相互軍事援助をおこなうことが取り決められている。こうした趨勢のなかで『明暗』は書き進められていったのであり、二十一カ条要求に示される帝国主義的な姿勢を日本が再び強めている状況が、ここでも作品の構図として取り込まれている。

見逃せないのは第一次世界大戦への参戦が、ここで主人公の意識の遡行とともに辿り直されている三国干渉を、日本人一般に強く思い起こさせる契機となったことだ。ドイツが三国干渉の当事国の一つであったことに加えて、日本が派兵した膠州湾は、宣教師の殺害を理由にドイツが軍事行動を起こして清から租借した場所でもあり、それを日本が封鎖するのは、三国干渉の意趣返しとしての意味を持つことになった。実際当時の新聞の報道には、この連想が多く姿を現している。『東京朝日新聞』大正三年八月一七日には「嗚呼問題の膠州湾／思ひ起す当年の三国干渉」という見出しを持つ記事が掲載され、「種々の思ひ出多き膠州湾よ、吾人が其の現状を語るのは頗る感慨深い問題である」といった筆致で、中国の「割譲の歴史」が回顧されている。また翌八月一八日の『東京朝日新聞』にも「憶起《おもひおこ》す遼東還附調印の光景」と題された記事が載り、

「血を以て贏《か》ち得たる遼東半島は三国干渉の結果遂に清国に還附した。我国民の怨恨隠忍茲《ここ》に二十年今や正に独逸に対する恩返しの時が来た。我国民の思は貫かれたのである」という返報の快哉が叫ばれている[12]。

「何《ど》うして彼《あ》の女は彼所《あすこ》へ嫁に行つたのだらう」（二）という疑念を自己の内にわだかまらせながらお延との結婚生活に入り、同じく津田と清子の離別を納得しかねている、上司夫人である吉川夫人の勧めにしたがって清子との再会に赴こうとする津田の行動は、「二十年」前の屈辱を日本人に喚起させることになった膠州湾への派兵と重ねられる。もっとも津田が向かう先は湾港ではなく山中の温泉場だが、彼が清子と再会する場所が「温泉場」に設定されている理由は容易に察することができる。つまり漱石の作品の系譜のなかに、結婚するはずであった女を突然失った、「温泉場」に縁の深い人物がいるからである。それはいうまでもなく『坊つちやん』の「うらなり」にほかならない。うらなりこそが四国の温泉場のある小都市に身を置き、自分の元に嫁ぐはずであったマドンナと称される女性を突然の変心によって失った、津田の前身ともいえる人物だからだ。そして第二章で見たように、『坊つちやん』はまさに三国干渉から日露戦争に至る日本の帝国主義的な進み行きを、圧縮して表象する作品であった。

　その点で『明暗』は『坊つちやん』の着想を引き継ぎながら、その時間的な射程を第一次世界大戦にまで伸ばした形で、やはり近代日本を総括する企図をもって書かれた作品として捉えられる。そしてその〈連続性〉の設定に、大正期に入っても日本を動かしつづけている「軍国主義」に対する漱石の批判的な眼差しが込められている。坊っちゃんの姿が暗示していたように、日本は西洋列強の軍事的圧力に抗するべく「外発的」な形で拡張を繰り返し、結局その基本的な路線に変更が加えられることなく、大正という新しい時代に移行していった。三国干渉を喚起する膠州湾への派兵は、漱石が『こゝろ』で理念的に仮構しようとした時代の転換へのアイロニー以外ではなかった。温泉場へ向かおうとする津田の次のような表白は、この時代を超えて持続していく流れに対する漱石の感慨を映し出しているともいえよう。

「おれは今この夢みたやうなもの、続きを辿らうとしてゐる。東京を立つ前から、もつと几帳面に云へば、吉川夫人に此温泉行を勧められない前から、いやもつと深く突き込んで云へば、お延と結婚する前から、——それでもまだ云ひ足りない、実は突然清子に脊中を向けられた其刹那から、自分はもう既にこの夢みたやうなものに祟られてゐるのだ。（以下略）」（百七十一）

確かに日本は「突然清子に脊中を向けられた其刹那」、すなわち三国干渉によって遼東半島を失った時点から、ロシアをはじめとする西洋列強への意趣返しをするという「夢のやうなものに祟られ」、軍事大国化の道を突き進んできたといっても誤りではない。日露戦争の紙一重の勝利によって、その「夢」は一応成就されたものの、ポーツマス講和条約の結果は日比谷焼打ち事件に象徴される国民の不満を招き、その「夢」への執着はとどまりつづけた。そして膠州湾の封鎖、青島の陥落が三国干渉の再度の意趣返しとして受け取られることによって、日本がなお「この夢みたやうなもの、続きを辿らうとしてゐる」ことがはっきりと看取されることになった。そして『坊つちやん』の舞台となった、松山に擬せられる四国の小都市は同時に港町でもあり、ドイツが良港を求めて清から租借した膠州湾に日本兵が向かう行動が、うらなりが婚約者を失ったことを補填する行動の着想を漱石に与えたとしても不思議ではない。それを示唆するように、うらなりを引き継ぐ津田は〈港〉を意味する「津」という文字を名前に持っているのである。

6 「叔父」たちとの交わり

津田の来歴と後半部分における行動が『坊つちやん』を受け継ぐ意味を持ちながら、差異をなしているのは、恋人を失った経緯の位置づけ方である。うらなりがマドンナを失った理由として、マドンナ自身の意志よりも、彼女を奪ってしまう赤シャツの〈力〉に比重がかけられていたのに対して、津田が清子を失ったのは、あくまでも彼女自身の突然の翻意によるものであり、第三者の力の介入は想定されていない。それは日清戦争以降、日本が帝国主義国家としての肥大を遂げることによって、西洋列強に対する一方的な怨嗟の声を上げねばならない力関係に置かれることが少なくなっていった趨勢と呼応する設定である。第一次世界大戦においても、日本は日英同盟を盾として参戦し、イギリス・フランス・ロシアの三国協商のなかに入って軍事行動をおこなうことになった。開国の際には日本を植民地化しかねない大きな脅威として受け取られた、これら西洋列強に伍して、日本はドイツと戦うことになったのであり、それは日本の国際的な地位の〈向上〉を証すものでもあった。

日清戦争、日露戦争と違って、これまで憧憬と怨嗟の対象であった西洋の強国と同じ陣営に立って日本が戦うという第一次世界大戦の構図は、『明暗』の津田をめぐる人間関係に明瞭に映し出されている。この作品の人間関係の特徴は、主人公の津田と妻のお延が、いずれも「叔父」に養育された人物として設定され、作中の展開においてもそれぞれの叔父たちの家庭と彼らの交わりが前景化されていることである。一方彼らの両親はいずれも「京都」に住んでおり、経済的援助が求められる以外の直接の行き来は作中に姿を現さない。それは漱石的な寓意の論理の上に成り立った、合理的な設定である。『三四郎』における主人公の郷里の熊本が、前近代的世界の暗喩であったように、空間的な距離と時間的な距離を重ね合わせる漱石の図式のなかでは、「京都」はその中央からの遠さによって〈近代〉と〈前近代〉の中間的な位相であり、そこに両親が置かれているという構図が、この作品に込められた問題の在り処を示している。

すなわち『明暗』とは、〈両親〉との直接的な行き来を希薄にした主人公とその妻が、「叔父」や〈上司夫人〉といったより他者性を帯びた人びととの交わりのなかで立ち振る舞っていく物語であり、そこに〈前近代〉への距離を拡げつつ、近代化の範となった西洋列強とのより緊密な関係のなかで行動していた大正初期の日本の姿が映し出されている。二人の中心人物を取り巻く年長の人びとは、第一次世界大戦時に日本が〈仲間〉としたイギリス・フランス・ロシアの三国に重ねられる存在である。このうち津田と清子の離別に疑念を持ち、彼を温泉場に行かせた吉川夫人は、容易に〈イギリス〉に擬せられる。日本が第一次世界大戦に参戦することになったのは日英同盟が結ばれていたからであり、イギリスは一九一四年八月四日にドイツに宣戦布告をして間もなく、日本に軍事協力を要請した。日本が山東半島への派兵をおこなったのはその対応の帰結であり、津田に清子を失った過去を補填させるべく温泉場に行くことを促したのが吉川夫人であったことと照応している。またこの作品では登場人物の名前が寓意的な記号性を持つ傾向が強いが、吉川夫人が〈イギリス〉であることは、やはりその名前に託されている。つまり〈イギリス〉を漢字で表記すれば〈英吉利〉であり、「吉川夫人」の名前はそれに由来するものと考えられるからだ。

一方津田の叔父である藤井と、お延の叔父である岡本は、それぞれ〈フランス〉と〈ロシア〉に相当する人物として見なされる。前者の照応については、フランスの漢字表記である〈仏蘭西〉の〈蘭〉を取って、同じ花の範疇であり、人名としてより一般的な「藤」を当てたことが推される。それを傍証するように、藤井の子供の真事は英語ではなく「仏蘭西語の読本」(二十八)のおさらいをしているのである。加えてこの時期に、「藤」に縁のある文学者がフランスに滞在していたことも見逃せない。それは島崎藤村であり、大正二年（一九一三）年四月からパリで暮らしていた藤村は、戦火に脅かされる現地の様子を度々日本に報告し、それが新聞記事として読者の眼に触れていた。たとえば『読売新聞』大正三年九月二八日には「戒厳令下の巴里より」という報告が掲載され、『東京朝日新聞』大正三年一〇月一九日には、パリを逃れて赴いたリモージュからの報告が載せられている。こうした形で当時の藤村は〈フランス〉と結びつく存在であり、その名前の一文字がフランスの換喩として作用している蓋然性を想定することは困難ではない。その連繫を暗示するように、藤井もやはり「活字で飯を食はなければならない運命の所有者」（二十）という文人的な人物に設定されているのである。

それに対してお延の叔父である岡本が、もう一つの同盟国である〈ロシア〉を寓意する文脈は明瞭ではないが(13)、娘の継子の見合いも兼ねた観劇の場にお延を招いた際の、「あんまり大きいのが前を塞いで邪魔だらう」といった科白や、「毛だらけな腕を組んで、是もお付合だと云つた風に、みんなの見てゐる方角へ視線を向けた」（ともに傍点引用者、五十）といった描写は、〈ロシア人〉を想起させるイメージを漂わせているともいえる。この場には吉川夫妻も姿を見せているが、「大きな叔父の後姿よりも、向ふ側に食《は》み出してゐる大々した夫人のかつぷくが、まづお延の眼に入つた」（五十二）といった叙述は、いずれにしても彼らが〈西洋人〉の比喩として位置づけられていることを物語っている。第一次世界大戦の文脈はこの場面にも露出しており、継子の見合いの相手である男性は「独乙を逃げ出した話」を「何度となく繰り返す」（五十二）人物として現れているのである。

ここで岡本と吉川らが話題とするのも、ヨーロッパ滞在中の逸話であり、ロンドンでの「エドワード七世の戴冠式」（五十四）の際に、岡本が行列を見るために下宿の主人の肩に乗せてもらったという吉川の話を、岡本は「馬鹿を云つちや不可《いけな》い。そりや人違だ。肩車へ乗つた奴はちやんと知つてゐるが、僕ぢやない、あの猿だ」（五十四）と否定する。これは明治三四年（一九〇一）二月二日の日記に記されている、ロンドン留学中の漱石が亡くなったヴィクトリア女王の葬儀を見るために、下宿の主人に肩車してもらったという経験に基づく逸話だが、その名前を明らかにされない「猿」に相当する人間が〈日本人〉であることは疑いない。岡本の返答を受けた吉川の「あの猿と来たら又随分矮小だからな」（五十四）という言葉にもうかがわれるように、「猿」が西洋人の眼に映った日本人のイメージであることはいうまでもない。とくに日露戦争時にロシア皇帝ニコライ二世が、繰り返し日本人を「猿」と揶揄していたことは周知であろう。あるいは『太陽』大正四年（一九一五）二月号に掲載された、ロシア在住の今井政吉による「露国の日本及日本人観」では「日本人は憐むに堪へたる小猿の類だ」と断じ、日本のロシアに対する勝利を「国民的虚栄心」の産物であるという記述を含む、ロシアの作家クープリンの「二等大尉ルイブニコフ」が紹介されている。「虚栄心」は後で触れるように、津田、お延という『明暗』の二人の主人公にはらまれた属性であるともいえ、漱石がこの記事に触発されている可能性も想定しうる。

津田が家庭外で行動するのは、もっぱらこうした人びとの間においてであり、そこに日露戦争までとは異なる連帯関係のなかで西洋諸国と交わりを持つことになった、第一次世界大戦時における日本の国際的位置が溶かし込まれている。作中の展開においては、日本の参戦の契機となったのが日英同盟であった事情を反映する形で、叔父たちよりもむしろ吉川夫人との関わりに比重がかけられている。もっとも現実の経緯としては、吉川夫人が津田に温泉場行を促したようには、イギリスが日本に直接山東半島への派兵を要請したわけではなかった。イギリスが日本に求めたものは、あくまでもシナ海上におけるドイツの武装艦を捜索、攻撃し、イギリス艦の保護を図ってもらうことであったが、日本はこの参戦を国際社会における日本の地位向上のための好機と捉え、イギリスへの援助としては過剰といわざるをえない軍事行動に出ることになったのである。その点で津田の行動は、第一次世界大戦時における日本の〈主体的〉な姿勢を弱めた表象であることになるが、そこにこの時点に至っても、日本が西洋諸国に対する真の自律性を獲得していないと見なす漱石の認識が込められている。それゆえ津田は、日本の対西洋における自律性の乏しさを戯画的に強調する脇役であった『坊っちゃん』のうらなりを引き継ぐ形象として位置づけられ、実際の日英の関係よりも受動性を強めた関わりを吉川夫人に対して持つことになったのだといえよう。

7 「愛させる」主体

興味深いのは、『坊っちゃん』にはらまれていた坊っちゃん――うらなりの〈表と裏〉の関係が、『明暗』にも引き継がれていることである。すなわちここでは津田の妻であるお延が、坊っちゃんに相当する存在として現れており、〈夫婦〉というより対称性の明瞭な関わりのなかで、〈表と裏〉の構図が表象されている。この作品では津田が痔疾の診察のために肛門を〈覗き込まれる〉場面から展開が始まっていたように、彼が受動的な存在であることが明確化されている一方で、妻のお延はむしろ過剰な能動性ないし攻撃性のなかにしか生きえない人物として形象化されている。それを端的に示しているのが、彼女の抱く愛をめぐる議論である。「七十二」章でお延は継子に対して「幸福」になる方途として、「たゞ愛するのよ、さうして愛させるのよ。さうさへすれば幸福になる見込は幾何《いくら》でもあるのよ」と断言する。「誰を」といふ素朴な問いを返す継子にお延はさらに「誰でも構はないのよ。たゞ自分で斯《か》うと思ひ込んだ人を愛するのよ。さうして是非其人に自分を愛させるのよ」と畳みかけるのである。この〈愛し、愛される〉のではなく、〈愛し、愛させる〉

という〈能動性〉の論理がお延の信条であり、彼女は津田を相手としてそれを実行してきたという自覚を持っている[14]。

けれども飯田祐子の指摘[15]にもあるように、お延が継子に能弁を振るって主張するに値するほど、津田が彼女を強く牽引しているかどうかは不明である。お延が津田を夫として選んだ経緯については、「津田を見出した彼女はすぐ彼を愛した。彼を愛した彼女はすぐ彼の許《もと》に嫁ぎたい希望を保護者に打ち明けた。さうして其許諾と共にすぐ彼に嫁いだ」（六十五）という、概括的な記述がなされているだけで、お延が津田のどこに惹かれたのかは何も記されていない。あたかも津田を愛することがお延にとっての宿命だったかのようにも映るが、こうした先験的ともいうべきほとんど条理を超えた〈愛〉は、坊っちゃんとうらなりの間にも見出されるものであった。大人しい英語教師のうらなりに対して坊っちゃんは「おれとうらなり君とはどう云ふ宿世《すくせ》の因縁かしらないが、此人の顔を見て以来どうしても忘れられない」（六）という、やはり根拠の明確ではない〈愛〉を覚え、それ以降坊っちゃんはうらなりを擁護する立場を取りつづける。それは結局うらなりが、坊っちゃんの〈裏〉としての分身であったからだが、お延の津田に対する〈愛〉は、この坊っちゃんのうらなりに対する眼差しを想起させるのである。

これまで見てきたように、『それから』以降の作品において、主人公の妻は帝国主義的欲望の対象としての韓国（朝鮮）を象る存在であると同時に、その欲望自体の外在化としての側面を持つ。併合関係が成立して以降は次第に後者の側面が強まるが、お延はその名前が示唆するように、朝鮮が日本の〈延長〉となった状況を映す形で、日本の帝国主義的な姿勢を象る存在であり、『それから』の三千代や『門』の御米と比べると、男性主人公の分身性をより強く備えている。作品の表現においても、津田とお延の間には様々な共通項が仮構されている。第一に二人とも両親よりも「叔父」に養育されており、また「彼〔津田―引用者注〕はお延の虚栄心をよく知り抜いてゐた。それに出来る丈《だけ》の満足を与へる事が、また取も直さず彼の虚栄心に外ならなかつた」（九十七）と述べられるように、彼らはともに物質主義的な「虚栄心」の強い人間として鏡像的な関係にある。むしろその行動性においてはお延の方が上回っているのであり、そのため性を反転する形で彼女は坊っちゃんの似姿として作中に存在することになる。坊っちゃんが赤シャツや野だいこに対して示していた戦闘的な姿勢を、お延は継子や津田の妹のお秀といった周囲の女たちに振り向け、〈愛する自己〉を熱烈に主張しようとするのである。

そして能動的な存在としてのお延と、受動的な存在としての津田が、相互の分身として〈表裏〉の関係をなすことが、表題の「明暗」に含意されていることは明らかだろう。これまでの作品にも見られたように、漱石は「明」である〈外〉と「暗」である〈内〉の乖離を繰り返し主人公に託し、また外部に「明」として現れた行動自体が、意識下の欲望や執着の外化である点で「暗」の性格を帯びているという様相を描きつづけた。『明暗』についていえば、お延——津田の関係が「明暗」の対照性をなすとともに、津田個人においても「虚栄心」の強い自覚的な「明」の部分と、自己の行動が「夢のやうなもの」に動かされていると感じる、「暗」の側面が共在している。また『明暗』の前身ともいえる『坊つちやん』においても、坊っちゃん——うらなりの関係は、明らかに〈表と裏〉すなわち「明暗」の構造をなしていたのである。(16)

そして主に「明」の側に立つお延と坊っちゃんの類似点も、やはり作中で様々にちりばめられている。たとえば両者はともに曖昧な対人関係を許容しえない、負けず嫌いな性格の持ち主であり、それを示す表現も似通っている。宿直の部屋にイナゴを投げ込まれて激昂した坊っちゃんが、その犯人を突きとめようとして「今夜中に勝てなければ、あした勝つ。あした勝てなければ、あさつて勝つ。あさつて勝たなければ、下宿から弁当を取り寄せて勝つ迄こゝに居る」（四）という決心をするように、夫の友人の小林が不意の訪問をしたことに疑念を覚えたお延は、その疑念に対して「今日《こんにち》解決が出来なければ、明日《みようにち》解決するより外に仕方がない。明日解決が出来なければ明後日解決するより外に仕方がない。明後日解決が出来なければ……」（七十八）という執念深さを表白するのだった。また深い思慮に基づいて行動してきたとはいい難いお延について、叔父の岡本は「お延は直覚派だからな」（六十八）と評するが、坊っちゃんも明らかに「直覚派」であり、直感的な「好き嫌《きらひ》」（八）の判断によって動こうとする人間であった。また端的な年齢の設定においても、坊っちゃんが「二十三年四ヶ月」（五）であるように、お延も「二十三」（四十七）なのである。

もっとも坊っちゃんの振舞いが、総じて外界からの指嗾に対する反射としての性格を持つのに対して、お延の言動の方がその自意識を強く反映させており、それが彼女の意志的、能動的な輪郭を強めている。それが日露戦争後と第一次世界大戦への参戦後という、二つの時代における日本の位置の変化と照応することは繰り返すまでもない。いずれにしても『明暗』における主人公夫婦の関係が、坊っちゃん――うらなりの関係を反復しつつ、国際社会において自己を強く打ち出し、その存在を知らしめようとする流れと、にもかかわらずそのなかで真の自律性を獲得しているとはいえない、大正初年代における日本の姿を暗示していることは否定しえない。お延を特徴づける「愛させる」という能動性にしても、それはとりもなおさず近代の日本が西洋諸国に対して示した姿勢にほかならなかった。漱石が批判した「外発的」な開化は、まさに文明国としての日本を認知させる――「愛させる」――ための努力以外ではなかった。また第一次世界大戦への参戦は、とりわけそうした性格を露わにしていた。先に見たように、日英同盟に基づく日本の参戦は、協力を要請したイギリスをとまどわせる過剰性のなかでなされたが、そこには元老の井上馨が「近年動《やや》モスレバ日本ヲ孤立セシメントスル欧米ノ趨勢ヲ、根底ヨリ一掃セシメザルベカラズ(17)」と述べたような、同盟国に日本の存在を知らしめようとする動機が作動していたのである。

もちろんその一方で、日本が参戦を機にアジアにおける権益をさらに固めようとしていたことも事実であり、大正四年（一九一五）の二十一ヵ条要求はその露骨な現出であった。第一次世界大戦は日本にとって、日露戦争のような国全体の命運をかける総力戦の様相を呈さなかっただけに、自国の国際的な地位向上と、帝国主義的な権益の拡張という、いわば良いとこ取りをねらったエゴイスティックな性格の強い戦争であった。興味深いのは、漱石がここで「軍国主義」の国と見なすドイツに相当する表象が『明暗』に不在であることだ。おそらく日本において大正期にも依然として持続している「軍国主義」によって、ドイツのそれが代替されうると考えられたからであり、それによって中心人物として〈近代日本〉を象っている津田とお延は、日本のなかに明確に息づいている「軍国主義」と、それが派生させる帝国主義的な拡張を批判される対象として作中に位置づけられることになるのである。

これまでの作品で平岡、安井、Kといった、〈近代日本〉の寓意としての主人公を脅かし、あるいは批判する役どころとしての人物は、いずれも抵抗者としての韓国（朝鮮）を象る人びとであった。ここでもKと同じ頭文字を持ち、津田に「脅かされるやう」（百十八）な感覚を与え、その「余裕」（百五十七）のある生活態度を批判する小林は、「朝鮮へ行く」（百十七）人間である点で、朝鮮の換喩としての側面を付与されている。またそこから展開の冒頭で津田の痔疾の診察をする医師が、同名の「小林」であることの意味が浮び上がってくる。第五章で指摘したように、『門』においては見かけでは分からない宗助の歯の病が、「中が丸で腐つて居ります」（五）という重篤な段階にあることが、帝国主義的侵攻を重ねている日本の進み行きに対する漱石の批判的な眼差しと符合していた。津田の痔疾が、それと同様の含意を持つことは明らかで、医師の小林は、津田の肛門から直腸を覗き込み、その内側の病巣に「探りを入れ」（一）、「根本的の手術を一思ひにに遣るより外に仕方がありませんね」（一）という診断を下すのだった。この医師が小林と同じ名前を持つことが、津田の知己の小林との連携を形づくるための戦略であることはいうまでもない。それによって津田――近代日本――が、「根本的の手術」を要するほど、その内側を病んでいるという批判が、〈朝鮮〉につながる文脈をはらんだ形で提示されることになるのである。

8 批判する〈中国〉

こうした〈朝鮮〉からの眼差しに加えて、『明暗』の新しい機軸となっているのは、〈中国〉につながる文脈から主人公夫婦に対する批判がなされていることである。中絶によって十分描かれなかったものの、終盤の再会におけるやりとりでは、〈中国〉の寓意をはらんだ清子は「成程貴方は天眼通ではなくつて天鼻通ね。実際能く利くのね」という科白に、「冗談とも諷刺とも真面目とも片の付かない此一言の前に、津田は退避《たじろ》いだ」（百八十七）といった反応を示すくだりが見られる。おそらく清子はこうした形で津田を微妙に相対化していく存在として造形されていくはずだったと考えられる。また清子が津田の元を去ったのが、第三者の力によるものではなく、彼女自身の主体的な選択として語られていたのも、清子に託される〈中国〉の日本に対する主体的な相対化の表現でもあった。

さらに津田の妹のお秀が、津田とお延を併せて批判の矛先を向ける人物となっていることは見逃せない。もちろんお秀自身は〈中国〉につながる要素を持たないが、彼女の夫である堀にその文脈が託されている。彼は「九十一」章で「道楽もの」と規定され、「呑気に、づぼらに、淡泊に、鷹揚に、善良に世の中を歩いて行く」人間として描き出されている。こうしたイメージは漱石の世界では、明治三八、九年の「断片」に「支那人は呑気の極鷹揚なるなり」と記述があるように、〈中国人〉を暗示する機能を持つ。『行人』のHさんがそうであり、この「鷹揚」（「塵労」二十七）な人物ははっきりと「支那人」（「塵労」十四）に譬えられていた。この輪郭が『明暗』では主に堀に付与されており、また清子もその名前だけでなく「何時でも優悠《おつとり》してゐた」（百八十三）という、「支那人」につながるイメージを持っているのである。一方堀に嫁いだお秀は決して夫に幻滅しているわけではなく、「放蕩の酒で臓腑を洗濯されたやうな彼の趣も漸く解する事が出来た」（九十一）という同一化を果たしている。そして堀自身が作中に姿を現さないことによって、彼に込められた〈中国〉の含意は、お秀を通して外在化されることになる。たとえば津田とお延に向かって発せられる言葉は、二人の連携によって寓意される〈近代日本〉の進み行きに対する〈中国〉からの糾弾として見ることができる。

「私は何時《いつ》かつから兄さんに云はう〳〵と思つてゐたんです。嫂《ねえ》さんのいらつしやる前でですよ。だけど、其機会がなかつたから、今日迄云はずにゐました。それを今改めてあなた方のお揃ひになつた所で申してしまふのです。それは外《ほか》でもありません。よござんすか、あなた方お二人は御自分達の事より外《ほか》に何にも考へてゐらつしやらない方だといふ事丈《だけ》なんです。自分達だけさへ可《よ》ければ、いくら他《ひと》が困らうが迷惑しやうが、丸で余所《よそ》を向いて取り合はずにゐられる方だといふ丈《だけ》なんです」　（百九）

お秀が津田とお延の上にともに見出している、こうしたエゴイスティックな姿勢が、日本が東アジアに対しておこなってきたものと響き合うことは明らかだろう。こうした批判、糾弾が、大正四年の二十一ヵ条要求に対する、中国内での強い反撥を映し取っていることは容易に推察される。中国の主体性を大きく侵害するこの要求に対して、中国各地で強い反日運動が起こり、中国政府は条約を受諾した五月九日を「国恥記念日」とした。これを機に中国の主な〈敵〉は、アヘン戦争以来のイギリスに代わって、ある意味では現在に至るまで日本となったのであり、その翌年に書かれた『明暗』に、〈近代日本〉を寓意する人物に矛先を向ける人物の比重が、〈中国〉につながる存在に傾くことになったのは自然な推移であろう。もっとも日本国内においては、日本の対中国の姿勢を支持する声が圧倒的であり、大正デモクラシーの担い手となった吉野作造でさえ、二十一ヵ条要求を「最小限度の要求であり、日本の生存の為には必要欠くべからざるもの」と見なしていた。(18)こうした趨勢のなかで漱石が日本の帝国主義的拡張を批判する眼差しを保持しえていたのは、『門』や『こゝろ』の韓国（朝鮮）をめぐる表象の提示においてと同様である。

二十一ヵ条要求を突きつける日本は、まさに「自分達だけさへ可《よ》ければ、いくら他《ひと》が困らうが迷惑しやうが、丸で余所《よそ》を向いて取り合はずにゐられる方」にほかならず、その弱者の側に立つ観点をお秀は堀への同化によって付与されているのである。お秀はこの言葉につづいて「自分丈《だけ》の事しか考へられないあなた方は、人間として他《ひと》の親切に応ずる資格を失なつてゐらつしやる」（百九）とまで言い切っているが、こうした厳しすぎる断罪を兄と義姉に対して与える主体には、やはり本来の親族関係とは別の文脈が入り込んでいると考えざるをえない。現にこのやり取りについて、後の章では「昨日の戦争」（傍点引用者、百二十四）とはっきり記されているのである。

そして主人公夫婦に対するこうした指弾の文脈から遡及して眺めれば、津田が抱えた痔疾の病と、それに対する「根本的の手術」の持つ含意は明らかになるだろう。つまり医師が知人の小林と同名である連携によってもたらされる〈朝鮮〉からの視座によって、〈近代日本〉の〈内部〉の腐敗が指摘されていながら、津田の病状が致命的な段階にまで至る「結核性」（二）のものではないとされているのは、それまでの作品にも込められてきた、未来の日本に積極的な展望を持とうとする漱石の姿勢の表出にほかならない。医師の小林は「根本的の手術」について、「切開です。切開して穴と腸と一所にして仕舞ふんです。すると天然自然割かれた面の両側が癒着して来ますから、まあ本式に癒るやうになるんです」（一）と説明している。その後「鋏《はさみ》で肉をじよぎ〳〵切る」（四十二）津田の手術はひとまず成功し、彼は治癒への道を歩み出すことになる。いいかえれば、主人公に託される〈近代日本〉が、その内側で進行していった病患の重篤さから脱却しうる可能性が示唆されているのである。

そしてそこから、書かれなかった清子との再会後の展開に対しても、ある程度の可能性を想定することができる。近代日本を動かしつづけた〈病〉が、アジア諸国に対する帝国主義的欲望であったとしたら、それを「切る」という「根本的の手術」とは、日本がその欲望から脱却し、植民地を自身から〈切り離す〉ことを意味する。それは『こゝろ』で語り手のいる〈未来〉に仮構された〈成熟〉の内実と呼応するものだが、それを作中の構図に振り向ければ、植民地とそれに対する欲望自体を寓意するお延を「切る」つまり〈殺す〉、あるいは津田が彼女と離別するという成り行きが可能性として浮び上がってくる。これまでも大岡昇平や水村美苗によって、お延の自死が中絶後の展開の可能性として示唆されてきたが[19]、それはここで試みてきた読解からも導き出される帰趨である。またもう一つの植民地の寓意である清子と津田があらためて結ばれるという展開ももちろんありえない。あるいは津田が彼女たちをすべて失うことによって、本当の治癒の展望が与えられるという進み行きを漱石は考えていたのかもしれない。しかし漱石は津田の治癒の様相を描く前に世を去り、現実の進行においても日本は〈病〉から脱却することなく拡張の欲望のなかを進みつづけ、太平洋戦争の敗戦にまで到達することになるのである。

註

（1）〈過去〉の強靭な持続力については、『点頭録』の冒頭部分でも言及されている。漱石は新しい年を迎えると「過去が丸で夢のやうに見える」という距離感を感じるものの、別の見方をすれば、現在が直ちに過去化していく以上、現在の観点と過去の観点は完全に連続しており、それを重視すれば「過去は夢所《どころ》ではない。炳乎《へいこ》として明らかに刻下の我を照しつゝある探照燈のやうなものである」と述べられている。

（2）三浦雅士「文学と恋愛技術」（『漱石研究』第15号、二〇〇二・一二）及び『出生の秘密』（講談社、二〇〇五）。

（3）夏目鏡子『漱石の思ひ出』（改造社、一九二八）。ただし江藤淳は、塩原昌之助が漱石に金銭的な援助を求めて接近する時期を前年の「明治三十八年の早春」としている（『漱石とその時代』第三部、新潮社、一九九三）。

（4）越智治雄『漱石私論』（角川書店、一九七一）所収の「『道草』の世界」。

（5）江藤淳「『道草』と『明暗』」（『決定版夏目漱石』新潮文庫、一九七九、所収）。

（6）拙稿「生きつづける「過去」――『夢十夜』の表象と時間」（『〈作者〉をめぐる冒険――テクスト論を超えて』新曜社、二〇〇四、所収）。

（7）江藤淳は講演「夢中の「夢」」（『文学界』一九九三・七）で「塩原昌之助が立っていた角のあたりに立ってみたくなりまして、根津権現の境内に入ってしばらくそこらをさまよってましたら、異様な感じがしましてね。つまり『夢十夜』の「第三夜」じゃないかと思ったのです」と語っている。この直感はきわめて的確であるといえよう。

（8）樋口覚は日本の文化史における帽子の意味を考察した同書のなかで、『道草』のこの箇所に言及し、「この「帽子を被らない男」の意味は、社会に対する屈折した意志表示ともとれるし、「被れない」ほどの社会的不遇にあることを証明しているともとれる」と述べている。ここで指摘されている、社会の流れに与しえない者としての島田の像は、それ自体としては妥当であるものの、やはりこの作品においてはもう少し象徴的な記号性を担わされている。

（9）清水孝純「方法としての迂言法《ペリフラーズ》――『道草』序説」（『文学論輯』一九八五・八→漱石作品論集第十一巻『道草』桜楓社、一九九一）

（10）もちろん『坊つちやん』の下女も「清」という名前であったが、『坊つちやん』だけでなく『吾輩は猫である』『門』『彼岸過迄』などでも下女の名前は「清」であり、漱石の世界ではこの名前は下女の記号として機能している。したがって下女ではない『明暗』の清子がこの名前を持つのは、別個の文脈が彼女に作用していることをむしろ想起させるといえよう。

(11) もっとも第一次世界大戦は日本に直接利害の薄い戦争であったために、参戦にあたっても政府内での意見の対立があった。たとえば加藤高明外相が参戦を強硬に主張したのに対して、元老の山県有朋は日本のアジアにおける孤立を恐れて、参戦には消極的であり、民間からも日本の孤立化を憂慮する声が上がっていた（有馬学『「国際化」の中の帝国日本』日本の近代4、中央公論新社、一九九九、による）。

(12) 山東半島でのドイツに対する軍事行動を三国干渉の意趣返しと捉える感覚は、漱石自身にも紛れもなく分け持たれている。大正三年（一九一四）二月八日の日記には「私は青島陥落の翌日、かういふ御馳走を食べるのは愉快だ実に旨いと云つた」という記述があり、この「愉快」さが、ドイツへの報復を果たしたことによるものであることは否定し難い。その一方で「軍国主義」の優勢を憂え、「個人主義」の確立を唱えているのは矛盾だが、結局漱石はそうした矛盾のなかを生きつつ「国民作家」となったのである。

(13) もっとも「岡本」が〈ロシア〉を示唆していると見られなくもない。つまり漱石の表象の論理のなかで「岡」は、『それから』の「平岡」に見られるように〈韓国（朝鮮）〉の換喩となりえ、そこから「岡」の「本」つまり〈北方〉にある国として〈ロシア〉が意味されることになるからだ。実際朝鮮半島はとくに東部は比較的低い山が連なる「岡」的な地形であり、明治二七年（一八九四）に出た『朝鮮地理誌』（博文館）では「朝鮮ノ土地ハ丘陵多クシテ平地少シ」（傍点引用者）と記されている。それを踏まえれば『坊つちやん』のうらなりがマドンナを失った後に「延岡」に赴く展開も、宮崎の延岡とは関係なく、遼東半島を手放した後に朝鮮への進出の度合いを強めていった日本の帰趨を含意しているともいえよう。またそこから『明暗』のお延についても、本論では日本の〈延長〉として意味づけたが、同時に〈朝鮮〉自体を示唆していると見ることもできるだろう。

(14) お延はお秀の議論においては、「あたしはどうしても絶対に愛されて見たいの」（百三十）といった発言もしているが、これはすでに夫を持っているという点で自分と対等のお秀を相手にしているゆえの表現であろう。しかし「愛される」という受動性についても、「八十五」章では「愛されるやうに仕向けて行きたい」のがお延の「腹」であるという記述があり、やはりその状態を能動的に現出させることが彼女の基本的な姿勢であることが分かる。

（15）飯田祐子「『明暗』の「愛」に関するいくつかの疑問」（『漱石研究』第18号、二〇〇五・一一）。
（16）表題の「明暗」については、従来芥川龍之介と久米正雄に宛てた、大正五年（一九一六）八月二一日付の書簡で漱石が披露した、七言絶句の自作の漢詩に含まれる「明暗双々」を根拠としつつ、内容から抽出される「明暗」に相当する両面性の共在ないし反転を焦点化して論じられることが多かった。たとえば三好行雄は「それこそが現実だと信じている世界は実は〈明暗双々〉のひとつの極でしかな」く、「日常性の明はつねに暗＝夜の思想をはらむものとして顕在し、夜の〈暗く不可思議な力〉に盲いて、昼の論理にかかわって思考する人間の営為はすべて徒労に帰する」（『鷗外と漱石明治のエートス』力富書房、一九八三、所収の「明暗の構造」）と述べ、荒正人は単純に「暗から明へという往相と明から暗へという還相の対比ともとれる」と捉えている（「『明暗』解説」『漱石文学全集9』集英社、一九七二→漱石作品論集第十二巻『明暗』桜楓社、一九九二）。「明暗」という表題の含意を、自作の漢詩中の「明暗双々」という文句から演繹して考えねばならない必然性は決して強くはなく、むしろ作中の表象に与えられた〈明暗〉の対照性から十分に説明できると思われる。
（17）引用は『世外井上公伝』（第五巻、内外書籍、一九三四）による。
（18）吉野作造『日支交渉論』（警醒社書店、一九一五）。
（19）大岡昇平は『小説家　夏目漱石』（筑摩書房、一九八八）で、お延が小林にそそのかされて温泉場に現れ、津田が清子と同伴しているところを見て絶望し、自殺を試みるか、あるいは「どうでもよくなってしまう」という結末の可能性を立てている。水村美苗の小説『続明暗』（筑摩書房、一九九〇）はこの説を踏まえる形で、温泉場にやって来たお延が津田と清子の関係を知り、絶望して滝に身を投げようとするが、最後に自死を思いとどまるという展開を与えている。

夏目漱石年譜

年	年齢	漱石をめぐる出来事	日本をめぐる出来事（カッコ内は月数）
慶応三（一八六七）		一月五日（新暦二月九日）江戸牛込（現新宿区）に、父夏目小兵衛直克、母千枝の五男として生まれる。本名金之助。五男三女の末子であった。	明治天皇が即位し、王政復古の流れとなる（一）。パリで万国博覧会が開催される。
慶応四・明治元（一八六八）	一	一一月夏目家の書生をしたことのある塩原昌之助と妻やすの養子となる。	戊辰戦争が起こり、薩長軍と旧幕府軍が衝突する（一）。
明治五（一八七二）	五		廃藩置県が断行され、封建制度が終結する（七）。
明治七（一八七四）	七	一二月、浅草寿町の戸田小学校に入学する。	
明治九（一八七六）	九	四月養父母が離婚。塩原家在籍のまま夏目家に引き取られる。それに伴い市谷柳町の市谷小学校に転校した。	
明治一〇（一八七七）	一〇		西南戦争が起こる（二）。西郷隆盛は自決し（九）、不平武士の叛乱は終息する。
明治一一（一八七八）	一一	二月漢文調の論文「正成論」を回覧雑誌に発表。市谷小学校上級小学第八級卒業の後、神田猿楽町の錦華小学校に転校。一〇月同校尋常科第二級後期を卒業し、東京府立第一中学校に入学。	自由民権運動が活発になる。大久保利通が暗殺される（五）。板垣退助が自由党を結成する（一〇）。
明治一四（一八八一）	一四	一月実母千枝死去。第一中学校を退学し、私立二松学舎に入学し、漢学を学ぶ。	国会開設の勅諭が発布される（一〇）。

明治一七（一八八四）	一七	九月大学予備門予科に入学。	華族令が公布され、華族制度が整えられる(七)。
明治一九（一八八六）	一九	四月大学予備門が第一高等中学校と改称された。七月成績が下がった上に腹膜炎を患い、原級に留まる。	
明治二一（一八八八）	二一	一月塩原家より夏目家に復籍。七月一高予科を卒業。英文学を志し、九月本科一部（文科）に入学。	枢密院が設置され、憲法草案の審議をおこなう(四)。
明治二二（一八八九）	二二	一月正岡子規を知る。八月学友と房総を旅行し、紀行の漢詩文集『木屑録《ぼくせつ》』を書く。	大日本帝国憲法が発布される(二)。
明治二三（一八九〇）	二三	七月第一高等中学校本科を卒業、九月帝国大学文科大学英文科に入学。	教育勅語が発布される(一〇)。
明治二四（一八九一）	二四	七月特待生となる。	ロシア皇太子が襲撃される大津事件が起こる(五)。
明治二五（一八九二）	二五	四月徴兵を免れるために分家し、北海道に移籍する。その後大正二年に東京市民に復帰している。五月東京専門学校講師に就任。	
明治二六（一八九三）	二六	七月文科大学英文科を卒業。引き続き大学院に在籍。一〇月東京高等師範学校の英語嘱託となる。	
明治二七（一八九四）	二七	二月初期の肺結核と診断される。厭世観に悩まされ、一二月から翌年一月にかけて鎌倉に参禅した。	日清戦争が始まる(八)。
明治二八（一八九五）	二八	四月愛媛県尋常中学校（松山中学）教諭に就	日清戦争が終わる。日本は下関講和条約(四)

		任。一二月帰京し、貴族院書記官中根重一の長女鏡子と見合いをし、婚約する。	によって割譲された遼東半島をロシア・ドイツ・フランスの三国干渉によって失う(五)。朝鮮で閔妃殺害事件が起こる(一〇)。
明治二九(一八九六)	二九	四月第五高等学校講師に就任し、熊本に赴く。六月鏡子と挙式。七月五高教授に昇任する。	
明治三三(一九〇〇)	三三	英語研究のための英国留学を命ぜられ、九月横浜から出帆。一〇月ロンドンに到着。大学の講義は受講せず、クレイグ博士より個人教授を受ける。	治安警察法が公布される(三)。日本を含む八カ国連合軍が義和団の乱を制圧し、北京を解放する(八)。
明治三四(一九〇一)	三四	五月より二ヵ月間科学者の池田菊苗と同居する。池田との交わりで刺激を受け、『文学論』を企図する。	
明治三五(一九〇二)	三五	『文学論ノート』の執筆に取りかかる。秋頃神経衰弱が昂じ、発狂の噂が日本に伝わる。	日英同盟成る(一)。
明治三六(一九〇三)	三六	一月帰国。三月第五高等学校を辞し、四月第一高等学校講師に就任。同時に東京帝国大学文科大学英文科講師を兼任。九月より『文学論』の基となる「英文学概説」を開講する。秋以降再び神経衰弱が昂じる。	
明治三七(一九〇四)	三七	五月新体詩『従軍行』『征露の歌』を『帝国文学』に発表。一二月子規門下の文章会「山会」で初めての小説「吾輩は猫である」を朗読し、好評を博した。	日露戦争が始まる(二)。
明治三八(一九〇五)	三八	一月『吾輩は猫である』を『ホトトギス』に	日本海海戦(五)。ポーツマスで講和条約が結

明治三九（一九〇六）	三九	発表、好評のため、翌年八月まで連載した。次第に教員を辞して職業的な創作家になることを望むようになる。四月『坊つちやん』を『ホトトギス』に発表。五月短篇集『漾虚集』を大倉書店より刊行。弟子たちとの面会日を木曜日と定めた「木曜会」が発足する。	ばれるが、その内容を不満として日比谷焼打ち事件が起きる(九)。韓国統監府が設置され、伊藤博文が初代統監となる(一二)。南満州鉄道会社（満鉄）が発足する(一一)。
明治四〇（一九〇七）	四〇	四月一切の教職を辞し、東京朝日新聞社に入社。五月『文学論』を大倉書店より刊行。六月から一〇月まで『朝日新聞』に『虞美人草』を連載した。	株式相場が暴落し、戦後恐慌が始まる(一)。ソウルで第三次日韓協約調印、韓国を指導下に置いた(七)。
明治四一（一九〇八）	四一	七月から八月にかけて『夢十夜』を、九月から一二月まで『三四郎』をそれぞれ『朝日新聞』に連載。	韓国での反日義兵運動が頂点に達する。
明治四二（一九〇九）	四二	三月頃から一一月にかけてから養父であった塩原昌之助に金の無心をされるようになる。六月から一〇月まで『朝日新聞』に『それから』を連載。九月から一〇月にかけて満州、韓国を旅行し、一〇月から一二月にかけて『朝日新聞』に紀行『満韓ところ〴〵』を連載した。	ハルピンで伊藤博文が安重根に暗殺される(一〇)。
明治四三（一九一〇）	四三	三月から六月まで『朝日新聞』に『門』を連載。八月転地療養に出かけた静岡修善寺で病状が悪化し、大吐血をし、一時危篤状態に陥	大逆事件が起こる(六)。幸徳秋水をはじめとして数百人が検挙され、幸徳ら二六名が大逆罪に問われる。日韓併合成る(八)。

		った。一〇月帰京して入院治療をする。	
明治四四（一九一一）	四四	二月文部省より文学博士号を贈られたが、固辞し、その後数度の折衝がつづいたが、結局物別れに終わる。八月に関西に赴き、「道楽と職業」「現代日本の開化」「文芸と道徳」などを講演する。講演の後胃潰瘍が再発し、大阪で入院した。九月に帰京の後は痔を病み、通院生活をつづけた。	日米新通商条約が調印される(二)。翌年にかけて各国とも新条約が結ばれ、関税自主権がようやく確立された。中国で辛亥革命が起こる(一〇)。
明治四五・大正元（一九一二）	四五	一月から四月まで『朝日新聞』に『彼岸過迄』を連載。九月痔の手術を受ける。一二月から二年一一月まで、病気での中断をはさみつつ『朝日新聞』に『行人』を連載。	天皇機関説論争が起こる(三)。明治天皇が逝去(七)。大喪の日に乃木希典が妻とともに殉死した(九)。
大正二（一九一三）	四六	一月強度の神経衰弱に陥る。三月胃潰瘍が再発し、五月まで病臥する。	桂内閣が倒れ、大正政変が起こる(二)。
大正三（一九一四）	四七	四月より八月まで『朝日新聞』に『心』(『こゝろ』)を連載。九月胃潰瘍で病臥する。一一月学習院で講演「私の個人主義」をおこなう。	シーメンス事件が起こる(一)。第一次世界大戦に参戦する(八)。
大正四（一九一五）	四八	三月京都に遊んだが、胃潰瘍で倒れる。六月から九月まで『朝日新聞』に『道草』を連載。	対中国二一カ条条約を受諾させ、これに対して排日運動が起こる(一)。大正天皇が即位する(一一)。
大正五（一九一六）	四九	五月から『朝日新聞』に『明暗』の連載を始めるが、一一月胃潰瘍で倒れ、一二月九日大内出血により死去した。	吉野作造が「民本主義」を唱え、大正デモクラシーの端緒となる(一)。

あとがき

長年夏目漱石の作品を愛読しながら、その世界を読み解くには何らかの〈補助線〉が必要ではないかと感じてきた。漱石の作品はリアリズムを基調としながら、どの作品にもそれに逆行する要素がはらまれ、それがその世界に不透明さをもたらしているように思われたからである。『吾輩は猫である』の語り手はなぜ「猫」に設定されているのか？『坊つちやん』の父親は少しも無鉄砲な人ではないのに、なぜ坊っちゃんは自分のことを「親譲りの無鉄砲」と称するのか？『こゝろ』の若い「私」は、なぜ平凡な中年男である「先生」に、鎌倉の海岸であれほど執拗に接近したがるのか？　こうした疑問をはじめとして、どの作品においても展開や人物の言動に、奇妙とも不自然ともいえる要素が見出された。

もちろんこうした感想は、別段私独自のものではなく、これまで多くの漱石の読者が抱いてきたものであり、それが批評の素材を提供していることも珍しくない。たとえば柄谷行人氏の最初の評論である「意識と自然」も、冒頭で漱石作品に見られる構築の不自然さを指摘していた。興味深いのは、そうした不自然さを抱えた作品ほど概して魅力的であり、また一般的にも漱石の代表的な作品として見なされてきたということである。『坊つちやん』や『こゝろ』はその最たる例で、今挙げたものだけでなく、本論でも言及しているように様々な不思議な設定や表現で満ちている。にもかかわらずこれらの作品は今読んでも面白く、また漱石の代表作としての位置づけを与えられてきた。

結局こうした不自然さをはらんだ意識的な造形にこそ漱石の面目があり、その意識性を追求することが漱石の世界を解きほぐすことにつながると思われた。その際その不自然さにはある種の〈規則性〉があるように映り、それらを総括的に整理する補助線が存在することが想定されたのである。そして主要な作品を読み進むうちに、その補助線が浮び上がってきたが、それは単純なもので、作品内の人間関係に、同時代の日本をめぐる国際情勢の文脈を挿入することで、不透明さを含んだ表象の多くが説明できることが分かった。たとえば『猫』の「五」章に語られる猫の「吾輩」と鼠の〈戦い〉の場面は、はっきりと日本海海戦に譬えられているが、その翌年に発表された『坊つちやん』では主人公と教頭の「赤シャツ」の〈戦い〉が山場をなしていた。するとこれも、やはり日露戦争を表象していると見なすのが自然に思われた。また『坊つちやん』『三四郎』『それから』の三作の主人公がいずれも独身者であるのに対して、明治四三年（一九一〇）に発表された『門』の主人公は妻帯しているが、日本が韓国を併合したのは同じ明治四三年であり、当時の雑誌には日韓併合を男女の結婚に見立てる戯画が掲載されていた。するとここでも漱石は同時代の日本をめぐる関係を下敷きとして、作品内の人間関係を形象しているとしか思えなかった。

そう考えれば、漱石は『猫』から晩年の『明暗』に至るまで、主要な作品をすべてこの流儀で描いているのではないか、という見通しが立てられた。とくに『それから』から『こゝろ』に至る一連の作品では、日本と韓国（朝鮮）をめぐる関係がつねに盛り込まれているようであり、そこから『こゝろ』の「下」で「お嬢さん」をめぐって先生のライバルとなるKが「K」と呼ばれていることの意味も自然に了解された。こうした表象の方法は、何よりも漱石が明治から大正にかけての日本に批判的に合一しつづけたことの結果にほかならず、漱石が確かに「国民作家」である所以が納得できる気がした。もっともここで取り上げた漱石の作品は決して網羅的ではなく、個々の作品に対する解釈もつねに仮説的な部分を含んでいるが、補助線を施すことによって明確化される部分を強く持つ作品が、これまでの読解においても漱石の世界の中核をなすとされてきたものであることは、その方法が少なくとも見当違いではないことを傍証していると思われる。

漱石について集中的に論じるのは私にとってこれが最初の経験であったが、研究の流れとしては『三島由紀夫　魅せられる精神』（おうふう、二〇〇一）と『〈作者〉をめぐる冒険――テクスト論を超えて』（新曜社、二〇〇四）という前の二冊を受け継いでいる。とくに今漱石について述べた、主要な登場人物に同時代の日本の姿を批判的に映し出す手法は、三島由紀夫が繰り返し取ったものでもある。たとえば『豊饒の海』四部作の本多繁邦が後半の『暁の寺』『天人五衰』で、富裕でありながら覗き見の常習者という頽廃をはらんだ人物として描かれるのは、執筆時の昭和四〇年代の日本に対する揶揄をはらんだ形象化にほかならなかった。また〈人物〉ではないが、『金閣寺』で金閣に火が放たれるのが、安保体制下で戦後の平安に浸っている日本に対する警鐘であることは容易に見て取られる。漱石と三島は〈左〉と〈右〉の対比のなかに置かれがちな二人の作家だが、両者の着想や国家への意識は意外に通底する部分が大きいと考えている。またこうした造形はやはり〈作者〉の意識的な営為によるものとしかいえないが、生活者としての意識を踏まえつつ、作品内の自律的な表象の方向性をもたらしていく〈機能〉としての作者の存在は、『〈作者〉をめぐる冒険』で検証した主題でもある。

なお今回本書を出すに当たっては、翰林書房の今井肇氏のお世話になった。今井氏の寛容と漱石への愛がなければ、このささやかな本は生まれなかったと信じ、深い謝意を捧げたい。

二〇〇六年一一月

柴田勝二

初出一覧

第一章　連続する個人と国家——「文学論」と「吾輩は猫である」の「F」　書き下ろし

第二章　〈戦う者〉の系譜——「坊っちゃん」における〈戦争〉　『敍説』II—08（二〇〇四・八）

第三章　〈光〉と〈闇〉の狭間で——「三四郎」と近親相姦《インセスト》　『敍説』II—09（二〇〇五・一）

第四章　自己を救うために——「それから」と日韓関係　『敍説』II—10（二〇〇六・一）

第五章　陰画としての〈西洋〉——「門」と帝国主義　『東京外国語大学論集』第70集（二〇〇五・七）

第六章　表象される〈半島〉——「行人」と朝鮮統治　『総合文化研究』10（二〇〇六・三）

第七章　未来への希求——「こゝろ」と明治の終焉　『東京外国語大学論集』第72集（二〇〇六・九）

第八章　〈過去〉との対峙——「道草」「明暗」と第一次世界大戦　書き下ろし

漱石の作品、講演の引用はすべて岩波書店『漱石全集』（一九九三〜一九九九）による。なおルビは適宜省き、また必要に応じて補った。

人　名

「夏目漱石」「漱石」は全般にわたるために省略した。

索　引

書　名・作品名